21世纪高等院校信息与通信工程规划教材

21st Century University Planned Textbooks of Information and Communication Engineering

余佩琼 孙惠英 主编

陈秀丽 吴根忠 副主编

电路实验教程

Circuit Experiments

人民邮电出版社

北京

高校系列

图书在版编目（CIP）数据

电路实验教程 / 余佩琼，孙惠英主编． — 北京：
人民邮电出版社，2010.2
21世纪高等院校信息与通信工程规划教材
ISBN 978-7-115-21717-2

Ⅰ．①电… Ⅱ．①余… ②孙… Ⅲ．①电路－实验－
高等学校－教材 Ⅳ．①TM13-33

中国版本图书馆CIP数据核字(2009)第218533号

内 容 提 要

本书是根据电路课程教学基本要求在我校多年电路实验改革的基础上编写的高等学校工科电气类各专业电路课程实验教材。全书共分 5 章。第 1 章、第 2 章对电路测量的基本知识和主要仪器仪表的使用作了详细的介绍；第 3 章为实际操作实验内容，共安排了 15 个实际操作实验；第 4 章介绍了计算机虚拟仿真实验平台——Multisim8 软件；第 5 章为计算机虚拟仿真实验内容，安排了 10 个虚拟仿真实验。

本书可作为本、专科电类专业电路课程的实验教学用书，也可供有关工程技术人员参考。

21 世纪高等院校信息与通信工程规划教材
电路实验教程

◆ 主　编　余佩琼　孙惠英
　　副主编　陈秀丽　吴根忠
　　责任编辑　蒋　亮

◆ 人民邮电出版社出版发行　　北京市崇文区夕照寺街 14 号
　　邮编　100061　　电子函件　315@ptpress.com.cn
　　网址　http://www.ptpress.com.cn
　　中国铁道出版社印刷厂印刷

◆ 开本：787×1092　1/16
　　印张：13
　　字数：317 千字　　　　　　　　2010 年 2 月第 1 版
　　印数：1- 3 000 册　　　　　　 2010 年 2 月北京第 1 次印刷

ISBN 978-7-115-21717-2
定价：23.00 元
读者服务热线：(010)67170985　印装质量热线：(010)67129223
反盗版热线：(010)67171154

　　电路实验课程是电路课程的实践性环节，为了加强电路实验教学，我们根据电路课程教学基本要求，在浙江工业大学原电路实验指导书的基础上，为适应教学改革的要求，加入了编者近年在电路实验教学改革方面的成果。

　　本书内容共分5章。第1章介绍了电路测量的基础知识。第2章对实验中常用的仪器仪表的使用作了详细介绍，并对操作实验中用到的DGJ-3型电工技术实验装置作了介绍，这些内容以学生自学为主。第3章是实际操作实验，主要是利用实际的元器件进行的电路实验，选编了15个基本电路操作实验，使用时可根据专业和课时的要求进行选择。第4章、第5章介绍了电路设计和仿真软件Multisim8的使用，并编写了10个虚拟仿真实验，为学生提供了计算机仿真分析和设计训练，为部分学生后续的电路实践创新活动中利用仿真工具进行更深入的电路分析和设计打下了基础。使用本书时，可根据专业和课时的要求，根据所选的实际操作实验内容进行取舍，达到虚实结合、虚实互补的目的。由于实验学时和实验条件的限制，实验内容不能面面俱到，因此在编写教材中给予适当的侧重和取舍。

　　由于编者水平有限，书中难免存在错误和不妥之处，恳请读者批评指正。

编　者

2009 年 10 月

目　录

0.1 实验意义和目的

电路实验是电路课程教学的重要环节，是培养学生科学精神、独立分析问题和解决问题能力的重要手段。培养学生通过实验来观察和研究基本电磁现象及规律的能力，促使学生加强对电路理论的理解，加速掌握、巩固电路理论知识。通过实验学生可以掌握有关电路连接、电工测量及故障排除等实验技巧，学会正确使用常见的电工仪器仪表，掌握一些基本的电工测试技术、试验方法及数据的采集、处理与分析。

0.2 实验要求

1. 实验规则

（1）实验前必须做好充分预习，仔细阅读实验指导书，复习有关理论，明确实验目的和要求，仔细了解实验原理和实验方法。对需测量的物理量列出记录表格以备实验时记录之用，并对需要观察的实验现象及实验可能产生的结果进行预估。对实验前需要进行的计算和设计，按实验指导书的要求完成。在此基础上按指导教师的要求写出预习报告。

（2）按预定时间准时进实验室做实验。

（3）实验开始前，要认真检查并熟悉仪器设备，了解其性能、使用方法及注意事项。若发现问题，应及时向实验指导教师报告。未经许可，不得擅自更换仪器设备。

（4）实验时按照实验方案、实验步骤连接实验电路，认真接线。接完线路，应先自行检查，再请教师复查后才能接通电源。实验中接线、拆线时，必须先切断电源。

（5）观察实验现象、记录测试数据要认真仔细，实事求是。实验记录经老师审阅认可后，方能拆去线路。

（6）注意人身和设备的安全。实验中如果发生意外事故或出现异常现象，应立即切断电源，保护现场并及时报告实验指导教师处理。

（7）要爱护仪器设备，实验操作要谨慎。凡因不听教师指导和违反操作规程而造成实验设备损坏的，一概追究其责任，并按规定赔偿。

（8）要保持室内安静、整洁。实验室内不准吸烟，不可随意谈笑、大声喧哗。实验结束后，应将所用的实验仪器、实验箱及导线整理好。

（9）实验结束后，每个学生都必须按要求写一份实验报告。

2．电路实验报告要求

实验前应预习实验指导书中的有关内容，了解实验原理，明确实验步骤及注意事项，在此基础上写出预习报告，包括如下内容。

（1）实验目的。

（2）实验线路图。

（3）实验内容及操作步骤。

（4）自行设计的原始数据记录表格。

（5）必要的预习计算。

（6）实验注意事项。

实验结束后应根据测试到的数据和所观察到的现象做实验总结报告，包括如下内容。

（1）实验内容（即各项实验的名称）。

（2）每项实验的数据整理（一般都采用表格形式）和计算事例，以及必要的曲线或相量图。

（3）每项实验的结论。

（4）实验仪器设备，包括名称、型号规格、数量和编号。

（5）分析讨论，包括问题回答、实验体会等。

实验报告还应附有由指导老师签字的原始数据记录纸，要使用专用的报告纸书写，写好的实验报告要装订好，按规定日期交给老师。

3．实验的观察与测试

（1）实验的安全是实验者必须注意的事项。安全包括人身安全与设备安全两方面，实验者不能带电操作。周密的计划，正确的操作，对设备和实验的深刻理解，以及实验员的严肃认真的实验作风，均会提高实验的安全性。

（2）对实验设备进行检查。按照实验指导书核对仪器、仪表及辅助设备的类型、规格和数量，如为设计性实验，则应按设计选定的设备清单向实验室领取仪表设备。

（3）注意对所使用的仪器仪表的编号或制造号要登记在记录纸上，这是一种良好的实验习惯，因为实验测量数据及其精度与使用的仪器仪表直接有关，一旦写报告整理数据时发现所测数据有误或需补测某些数据，可按仪器编号找到原有的设备进行补做。

（4）按实验指导书给出的线路图或自己设计的线路进行接线。应尽量做到接线清楚，导线长短安排合理。避免因导线不够长而当空进行导线与导线之间的连接，否则要引起触电事故。线路接好须自查无误，然后请指导老师复查，经老师确定后方可接通电源。接通电源后先大致操作一遍，观察各仪器、仪表是否正常，在基本正常的情况下再正式操作，并正确读数，将测试数据记录在事前准备好的表格中。

（5）实验记录数据要确切，现场就要用有效数字记录，而不是事后整理数据时再添加有效的零或去掉无效的数字。改变仪表量程其指示值的误差也会改变，对被测系统的影响也随量程改变而改变，因此，要随时记下该数据所对应的量程。

（6）对测试结果做定性的判断，对要求绘制曲线的结果则需要将曲线粗略地描绘一下，发现数据不合理或数据不足，应及时重测或补测。

4．实验的结束工作

（1）完成全部实验项目后，必须对测试的数据进行自检，然后由指导教师复查，在指导教师复查签字后，方可拆除线路。

（2）拆完线路后将导线整理好，仪器设备放置整齐，如有借用的工具、设备，应及时归还实验室。

（3）完成上述工作后即退出实验室，不要到其他实验桌逗留或干预他人的实验。

0.3　电路实验基本方法指导

1．实验线路的连接

（1）在操作台上放置好仪器、仪表，然后进行接线。接线时按照电路图先连接主要串联电路（从电源的一端开始，顺次而行，再回到电源的另一端），然后再连接分支电路。遇到较复杂的电路时，可先将电路分成几个较简单的部分，先把各分电路连接好，然后再按次序将它们连接起来。这就是电路连接的"先串后并"、"先主后辅"、"先分后合"的原则。

（2）走线要合理，使用的导线长短要合适，该长则长，该短则短（不能因导线不够长而当空接线），做到布线一目了然，便于检查。

（3）接线要牢固可靠，接头要接触紧密。电表接头上非不得已不要接两根或两根以上的导线。

2．测量仪表的读数与记录

（1）合理选择量程，力求指针偏转大于满量程的 2/3。在同一量程中，指针偏转越大越准确。

（2）在电表量程与表面分度一致时，可以直读，不一致时，可按分度读，即记下指针的格数，再进行换算。

（3）读数姿势要正确，做到"眼、针、影"成一线。

（4）根据电表的准确度，读出足够的有效数字，不要少读或"多读"。

（5）如果读取的是一组用来描绘曲线的数据，则应掌握被测曲线趋势，合理取点，找出特殊点，以使曲线能真实反映客观情况。

3．安全实验操作训练

（1）接线时应最后接通电源部分（拆线时则应最先拆电源部分），接完线后需仔细复查。

（2）使用的仪器设备如电阻箱、电位器、调压器等，要估算其容量（电流电压的额定值）是否大于实验所需的量，大于才是安全的。

（3）接完电路开始实验前应做好以下准备工作。

① 调压器或变压器可动端应放在无输出电压位置上，或放在使线路中电流为最小的位置上。

② 电压表、电流表的量限应放在经过估算的一挡或放在最大量限挡上。

（4）接通电源后（须经教师同意），先进行预操作，即将设备大致操作一遍，观察电路运行，仪表指示是否正常（若不正常，说明接线有误，应切断电源，检查线路并加以改正），观察被测电量的变化趋势以及变化的特殊点，为测试数据时合理取点做好准备。

（5）经过预操作，做到了心中有数，再进行正式操作和测试、记录数据。对各种仪表要采取保护措施，如检流计用完要短路，万用表用毕将量程放在最安全处，即交流电压最大量限挡上。当电源接通进行正常实验时，不可用手触及带电部分，改接或拆除电路时必须先将电源断开，即使电源电压较低时也应如此，这不仅是一种良好的实验作风，而且是为了防止带电改接造成电路短接而损坏设备或酿成人身触电事故。

4. 实验数据的分析整理

对实验数据的分析与整理是整个实验的重要部分。同样的数据经较好地处理与分析可以获得更好的结果，反之，好的数据如果没有进行正确处理不可能得到好的结果。

（1）对实验记录或现象进行去粗存精、去伪存真处理，确定数据的准确程度和取值的范围。在这个基础上再进行分析、提炼，由表及里找出事物的内在联系和规律。

（2）在整理数据时，要充分发挥曲线和表格的作用。将数据按一定规律进行整理，形成表格、曲线。曲线可以使人明确概念，迅速地发现规律，发现一些异常的数据，有助于分析研究。

（3）实验现象和数据是前 3 个阶段工作的宝贵成果。对待数据和所记录的现象应避免出现如下情况：其一是轻易放弃已得到的数据，认为数据太多整理麻烦，或者由于这些数据不合人意而被舍弃；其二是一大堆数据不整理、不分析，这可能是由于实验结果不合意愿，也可能是不会分析所致。

5. 实验数据曲线的绘制

按照实验数据在坐标纸上绘制实验曲线，是实验工作的一项基本功。它的特点是简明直观，便于比较，显示数据中最高点、转折点、间断点等。

正确地绘制曲线需要注意如下几点。

（1）图纸的选择。图纸通常有直角坐标、三角坐标、对数坐标、极坐标等，电路实验主要采用直角坐标。选择坐标纸的大小要合适，太小会影响原数据的有效位数，太大则造成纸张浪费。

（2）坐标的分度。坐标上以 x 轴代表应变量。坐标的分度就是坐标轴上每一格代表数值的大小。分度的选择应使图纸上任一点的坐标容易读数。坐标分度值不一定自零值开始，在一组数据中，自变量与应变量均有最低值与最高值，可使低于最低值的某一整数作为起点，高于最高值的某一整数作为终点，以使所有曲线占满全幅坐标纸为合适。为便于阅读，应标出坐标轴的分度值。标记时所用有效数字的位数应与原数据有效数字的位数相同，如原数据为 2.52，则分度值标记应为 2.50 而不是 2.5。

（3）每个坐标轴必须注明名称和单位，根据数据标点并作曲线。一般情况下将实验数据在坐标纸上用"*"、"Δ"、"。"等符号标出。按所标的点作曲线时应使用曲线板、曲线尺等作图仪器。描出的曲线应光滑匀整，不必强使曲线通过所有的点，但应与所有的点相接近，同时使未被曲线所经过的点大致均匀地分布在曲线的两侧。

（4）注解说明。在每一个图形下面，应将曲线代表的意义清楚、明确地写出，使阅读者一目了然。

以上 4 点包含了一些基本原则，绘制曲线时如果忽略这些基本原则，能会使曲线失去其应有的作用。

第 1 章　电路实验基础知识

1.1　测量误差

实验中要测量一系列的物理量。在一定时间、空间条件下，这些被测量的真实值称为真值，是客观存在的确定数值。测量值和真值往往不完全符合，两者的差异程度用测量误差来表示。测量误差与所用的测量设备和测量方法有关，正确使用测量设备，选用合适的测量方法以及正确处理测试的数据，可以获得高准确度的测量结果。反之，测量误差过大，将造成错误的测量结果。

1.1.1　误差定义

1. 绝对误差

被测量的给出值（A_x）与它的真值（A_0）之间的差值称为绝对误差。绝对误差（Δx）可表示为

$$\Delta x = A_x - A_0 \tag{1-1-1}$$

测得值 A_x 可以是仪器的示值或量具的标称值。被测量的真值 A_0 虽然是客观存在的，但一般无法确切求得，通常只能尽量逼近它。所以，在实际测量中常用高二级及以上的标准仪器或计量器具作标准，将其测得的值 A 代表真值 A_0，A 称为被测量的实际值。于是可得到绝对误差的实际计算公式为

$$\Delta x = A_x - A \tag{1-1-2}$$

除上述的绝对误差外，在实际测量中还常用到修正值这一概念，它与绝对误差的数值相等、符号相反，即修正值

$$\alpha = -\Delta x = A - A_x \tag{1-1-3}$$

在某些高准确度的仪器仪表中，常用表格、曲线或公式的形式给出修正值。因此，当知道了测得值 A_x 及相应的修正值 α 以后，即可求出被测量的真值 A。

$$A = A_x + \alpha \tag{1-1-4}$$

在某些自动测量仪器中，修正值可以编成程序预先储存在仪器中，在测量时仪器可以对

测量结果自动进行校正。

2. 相对误差

绝对误差的表示方法有其局限性，因为它不能确切地反映测量结果的准确程度。例如，测量 100A 电流时，绝对误差为 2A；测量 2A 电流时，绝对误差为 0.1A。从绝对误差衡量，前者的误差大，后者的误差小，但绝不能由此得出后者测量准确程度高的结论。由此，又引出了相对误差或误差率的概念，定义如下：

$$\gamma = \frac{\Delta x}{A} \times (100\%) \tag{1-1-5}$$

在误差的实际计算中，常用测量值 A_x 代替实际值 A，从而得到相对误差的近似公式

$$\gamma \approx \frac{\Delta x}{A_x} \times (100\%) \tag{1-1-6}$$

相对误差是有大小和方向但无量纲的量。因它能确切反映测量的准确程度，因此，在实际测量中一般用相对误差来评价测量结果。

例 1-1　电流表测量 100A 电流时，绝对误差为 2A；测量 2A 电流时，绝对误差为 0.1A，求测量结果表明的示值相对误差。

解　由式（1-1-6），求得测量 100A 电流时，相对误差为

$$\gamma_1 \approx \frac{2}{100} \times (100\%) = 2\%$$

测量 2A 电流时，相对误差为

$$\gamma_2 \approx \frac{0.1}{2} \times (100\%) = 5\%$$

显然，测量 100A 电流时的准确度高。

3. 引用误差

引用误差是一种简化的、实用方便的相对误差，常在多挡和连续刻度的仪器仪表中应用。这类仪器仪表可测范围不是一个点，而是一个量程。这时若按式（1-1-5）或式（1-1-6）计算，由于分母的改变，所以计算很烦琐。为了计算和划分准确度等级的方便，通常取该仪器仪表量程中的测量上限（即满刻度值）作为分母。由此引出定义

$$\gamma_n = \frac{\Delta x_{\max}}{A_m} \times (100\%) \tag{1-1-7}$$

式中，A_m 为仪表的量程（即标尺刻度的最大值），$\Delta x_{\max}$ 为仪表读数的最大绝对误差。

通常电工仪表准确度等级分为 0.1，0.2，0.5，1.0，1.5，2.5 和 5.0 7 个等级。若某仪表的准确度等级为 S 级，则由该仪表测量的绝对误差一定满足下式

$$\Delta x \leqslant A_m \cdot S\% \tag{1-1-8}$$

测量的相对误差

$$\gamma \leqslant \frac{A_m \cdot S\%}{A_x} \tag{1-1-9}$$

由式（1-1-9）可见，当仪表的等级 S 选定后，被测量的 A_x 愈接近 A_m，则相对误差就愈小。故在测量中应合理选择仪表的量程，使指针工作在满刻度的三分之二以上的区域比较合理。

1.1.2　测量误差的分类

根据测量误差的性质和特点，可分为系统误差、随机误差和疏忽误差 3 大类。

1. 系统误差

在相同条件下多次测量同一量时，误差的绝对值和符号保持不变，或在条件改变时，按某种确定规律变化的误差，称为系统误差。例如，标准器量值的不准确，仪器示值的不准确而引起的误差都称为系统误差。

在一个测量中，如果系统误差很小，那么测量结果就是相当准确的。测量的准确度用系统误差来表征，系统误差越小，则测量的准确度就越高。如果存在着某项系统误差而人们却不知道，这是危险的，因为不一定能通过对测量数据的统计处理来发现它是否存在。特别是系统恒差，即当试验条件变化，仍保持恒定的系统误差，仅凭数据的统计处理是既不能发现，也不能消除的。

2. 随机误差

随机误差又称为偶然误差。在相同的测量条件下，对同一个量重复进行多次测量时，误差的绝对值和符号均发生变化，其值时大时小，其符号时正时负，没有确定的变化规律，也不能事先预定，但是具有抵偿性的误差。

随机误差是由测量环境中电磁场的微变、热起伏、空气扰动、大地微震、测量人员感觉器官的各种无规律的微小变化等多种因素综合影响所造成的。因此，在测量过程中，尽管测量条件"不变"，并仔细地进行多次重复测量，但发现各次测量结果不完全一样，其原因就是由于各种随机因素造成的。随机误差只有在大量重复的精密测量中才能发现，它是按统计学规律分布的。通过对测量数据进行统计处理可以减小真值，但不能用实验的方法加以消除。

随机误差决定了测量的精密度。随机误差愈小，测量结果的精密度就愈高。在电路实验中，由于测量装置没有足够的灵敏度，一般不易发现。

3. 疏忽误差

测量中不应有的错误所造成的误差，如读错、记错、误操作或不正确的测量等造成的误差称为疏忽误差。含有疏忽误差的测量成为坏值，应予以剔除。

1.1.3　误差的来源

误差的来源有如下 4 个方面。

1. 基本误差

基本误差是由测量设备本身缺陷，测量仪器不准等引起的误差。例如，比较法中指零仪器的灵敏度不够所产生的误差。

2．附加误差

附加误差是由测量仪表放置和使用不当或测量环境的变化等原因所造成的误差。例如，电表零点不准引起的误差；测量环境的温度、湿度、电源电压、频率等的变化所带来的误差。

3．方法误差

方法误差也称理论误差。这是由测量时使用的方法不完善，所依据的理论不严密或采用了某些近似公式等原因所造成的误差。例如，用图 1-1-1 所示电路测量电阻元件的电压和电流，就存在方法误差。在图 1-1-1（a）中，电流表测出的电流，除通过电阻的电流外，还包含通过电压表的电流。在图 1-1-1（b）中，电压表测出的电压，除电阻两端的电压外，还包含电流表两端的电压。只有当图 1-1-1（a）中电压表的内阻远大于电阻 R，或当图 1-1-1（b）中电流表的内阻远小于电阻 R 时，由测量方法所造成的误差才比较小，可以忽略。

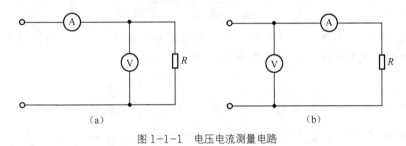

(a)　　　　　　　　　　　　　　　　(b)

图 1-1-1　电压电流测量电路

4．个人误差

个人误差是由测量人员的感觉器官不完善和不正确的测量习惯所导致的误差。例如，用耳机来判断交流电桥是否达到平衡状态，由于人耳最小分辨能力的限制，可能在电桥还没有完全平衡时，就误认为已经平衡，从而造成测量误差。

1.1.4　系统误差的计算

在电路与电磁场实验中，由于所用仪器仪表和度量器的灵敏度比较低，这时主要考虑系统误差，随机误差相对来说很小，可以忽略。

1．直接测量中的系统误差

在直接测量中，主要是仪器仪表本身的基本误差造成测量结果的系统误差。

测量结果的绝对误差为

$$\Delta x = \gamma_{\mathrm{o}} \cdot A_{\mathrm{m}} \tag{1-1-10}$$

式中，γ_{o} 为仪表的准确度等级，A_{m} 为仪表量程。

测量结果的相对误差为

$$\frac{\Delta x}{A_{\mathrm{x}}} = \frac{A_{\mathrm{m}} \times \gamma_{\mathrm{o}}}{A_{\mathrm{x}}} \tag{1-1-11}$$

式中，A_{x} 为仪表读数。

2．间接测量中的系统误差

在间接测量中，如果一个未知量 A_x 与某几个量（A_1，A_2，A_3，$\cdots$，A_n）之间有确切的函数关系，设为

$$A_x = f(A_1,\ A_2,\ A_3,\ \cdots,\ A_n) \tag{1-1-12}$$

通过直接测量 A_1，A_2，A_3，$\cdots$，A_n 的值，再按式（1-1-12）求出未知量 A_x 的测量方法叫做间接测量。将式（1-1-12）按泰勒级数展开，并略去高阶导数，间接测量结果 A_x 的绝对误差为

$$\Delta x = \frac{\partial f}{\partial A_1}\Delta_1 + \frac{\partial f}{\partial A_2}\Delta_2 + \cdots + \frac{\partial f}{\partial A_n}\Delta_n \tag{1-1-13}$$

而 A_x 的相对误差为

$$\frac{\Delta x}{A_x} = \frac{\partial f}{\partial A_1}\frac{\Delta_1}{A_x} + \frac{\partial f}{\partial A_2}\frac{\Delta_2}{A_x} + \cdots + \frac{\partial f}{\partial A_n}\frac{\Delta_n}{A_x} \tag{1-1-14}$$

式中，Δ_1，Δ_2，$\cdots$，Δ_n 分别代表 A_1，A_3，$\cdots$，A_n 各测量值的绝对误差，其值可正可负。按最不利情况考虑时，A_x 的相对误差应取绝对值之和，故

$$\frac{\Delta x}{A_x} = \pm\left[\left|\frac{\partial f}{\partial A_1}\frac{\Delta_1}{A_x}\right| + \left|\frac{\partial f}{\partial A_2}\frac{\Delta_2}{A_x}\right| + \cdots + \left|\frac{\partial f}{\partial A_n}\frac{\Delta_n}{A_x}\right|\right] \tag{1-1-15}$$

设被测量值 A_x 与直接测量结果 A_1、A_2 的函数关系为 $A_x = A_1 \pm A_2$，由于 $\dfrac{\partial f}{\partial A_1} = \dfrac{\partial f}{\partial A_2} = 1$，故被测量值 A_x 的相对误差为

$$\frac{\Delta x}{A_x} = \pm\frac{|\Delta_1| + |\Delta_2|}{A_1 \pm A_2} \tag{1-1-16}$$

由式（1-1-16）可以看出，当 $A_x = A_1 - A_2$ 且 A_1 与 A_2 值很接近时，将出现很大的间接测量误差。故在间接测量中应当尽量避免求两个读数差的计算。

1.1.5　系统误差的消除方法

产生系统误差的原因多种多样，因此消除系统误差只能针对具体的测量目标，首先分析产生系统误差的可能来源，然后再考虑在测量过程中采取什么具体措施，借以消除或减小系统误差。下面介绍一些消除系统误差的常用方法。

1．消除产生系统误差的来源

这是消除或减弱系统误差的最有效方法。它要求实验者对整个测量过程要有一个全面仔细的分析，弄清楚可能产生系统误差的各种因素，然后在测量前，从根源上加以消除。现举几个实例来说明。

（1）为了防止调整误差，测量前要正确调整好仪器仪表，如仪表的零位，检流计的水平位置等。

（2）为了防止仪器之间的相互干扰，要合理布置仪器的安放位置。

（3）为了避免周围电磁场及有害震动的影响，必要时可采用屏蔽或减震措施。

（4）为了避免仪器仪表的使用不当，在使用前要查阅有关技术资料，以保证仪器、仪表在规定的正常条件下工作，如使用频率范围、电源电压波形、接地方法等。

（5）为了减小测试人员主观因素造成的系统误差，除注意提高每个人员的素质以外，还可以改善设备条件，如使用数字式仪器常可避免测试者的读数误差。

2．用修正方法消除系统误差

（1）由仪表基本误差所引起的系统误差，可引入修正值加以消除。仪表的修正值是用更高准确度等级的仪表和度量器通过检定和校准来获得的。在某些准确度较高的仪器、仪表中，常附有用曲线或表格形式给出的修正值。

（2）由测量方法所引起的系统误差，可以通过理论计算或实验方法确定它的大小和符号，取其反号值作为修正值加在相应的测量结果上，则可消除测量方法引起的系统误差。

（3）由测量环境的条件变化，如温度、湿度、频率、电源电压等所引起的系统误差，也可以通过实验方法和理论计算做出修正值曲线或表格，在测量时根据具体的环境条件，对测量数据引入修正值。

3．应用测量技术消除系统误差

（1）替代法（置换法）。替代法是在测量条件不变的情况下，用一个数值已知且可调的标准量来代替被测量，并调节标准量使仪器的示值不变。这时，被测量就等于标准量的数值。由于在两次测量过程中，仪器的状态和示值都不变，所以由仪器所引起的定值系统误差将被消除。

例如，用替代法在电桥上测量电阻，如图 1-1-2 所示。测量时，先将开关 S 接在位置 a，使被测电阻 R_x 接入电桥，调节桥臂 R 使电桥平衡，得被测电阻阻值为

$$R_x = \frac{R_1}{R_2} R \tag{1-1-17}$$

然后将开关 S 接在位置 b，使可变的标准电阻 R_N 接入电桥，保持桥臂 R_1、R_2 和 R 的参数不变，调节 R_N 的大小使电桥平衡，这时有

$$R_N = \frac{R_1}{R_2} R \tag{1-1-18}$$

考虑到电桥参数 R_1、R_2 和 R 在两次测量时是相同的，所以

$$R_x = R_N \tag{1-1-19}$$

由于上式不包含桥臂参数，从而消除了由它们引起的误差。这时测量误差主要取决于标准电阻 R_N 的准确程度。

（2）零示法。零示法是在测量中使被测量与标准量达到相互平衡，以使指示仪表示零的一种比较测量法。这种测量方法可以消除指示仪表不准所造成的系统误差。

图 1-1-3 所示为用零示法测量电压的实例。图中，E_N 是标准电池；R_1 与 R_2 组成标准可调分压器；G 是检流计，测量时改变 R_1 与 R_2 的分压比，当标准电压 U_N 与被测电压 U_x 平衡时，检流计 G 将示零。这时，被测量电压的值为

$$U_x = U_N = \frac{R_2}{R_1 + R_2} E_N \tag{1-1-20}$$

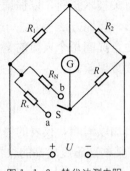

图 1-1-2 替代法测电阻

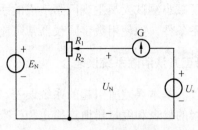

图 1-1-3 零示法测电压

在测量过程中，检流计只判断有无电流，而不是用来测量电流，故检流计的准确度对测量结果没有影响。这时，测量误差主要取决于检流计的灵敏度、标准电池和标准分压器的准确度。

（3）微差法。前面所述的零示法，需要连续可调的标准电压，但在实际测量中不一定能实现。这时只要求标准量与被测量相差微小，那么它们的相互抵消作用也会减弱指示仪表的误差对测量结果的影响。

设被测量为 A_x，标准量为 B_N，被测量与标准量的微差为

$$\delta = A_x - B_N \tag{1-1-21}$$

式中，δ 的数值可由指示仪表读出。根据上式，被测量 A_x 的绝对误差为

$$\Delta A_x = \Delta B_N + \delta \tag{1-1-22}$$

被测量 A_x 的相对误差为

$$\frac{\Delta A_x}{A_x} = \frac{\Delta B_N}{A_x} + \frac{\Delta \delta}{A_x} = \frac{\Delta B_N}{B_N + \delta} + \frac{\delta}{A_x}\frac{\Delta \delta}{\delta} \tag{1-1-23}$$

根据微差法，A_x 与 B_N 在数值上非常接近，所以 $\delta \ll B_N$，$\delta \ll A_x$，由此可得测量误差为

$$\frac{\Delta A_x}{A_x} \approx \frac{\Delta B_N}{B_N} + \frac{\delta}{A_x}\frac{\Delta \delta}{\delta} \tag{1-1-24}$$

由式（1-1-24）可见，由于 $\delta \ll A_x$，指示仪表的基本误差 $\Delta \delta / \delta$ 对测量结果的影响被大大削弱，故微差法的测量误差主要取决于标准量的相对误差，而一般这个值是很小的。

（4）换位抵消法。换位抵消法又称对照法，这种方法利用交换被测量系统中元件的位置或测量方向等方法，使产生系统误差的原因以相反的方向影响测量结果，从而消除系统误差。

例如，用一个等比电桥（$R_1 : R_2 = 1 : 1$）测量电阻 R_x，如图 1-1-4 所示。先按图（a）接法，调节可变标准电阻 R_N 至 R_N'，若电桥平衡，则

$$R_x = \frac{R_1}{R_2}R_N' \tag{1-1-25}$$

然后，将 R_x 与 R_N 换位，按图（b）接法。若 R_1 与 R_2 因存在误差而不相等时，则在换位后的图（b）中的电桥将不平衡，这时可调 R_N 至 R_N''，使电桥恢复平衡，于是

$$R_x = \frac{R_2}{R_1}R_N'' \tag{1-1-26}$$

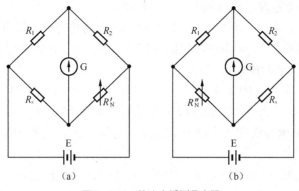

图 1-1-4 等比电桥测量电阻

将式（1-1-25）与式（1-1-26）两式相乘，得

$$R_x = \sqrt{R_N' \cdot R_N''} \qquad (1-1-27)$$

由式（1-1-27）可见，R_x 的测量值与桥臂电阻 R_1 与 R_2 的误差无关，它只取决于标准电阻 R_N 的误差。

（5）正负误差补偿法。在不同的实验条件下，对同一个被测量进行两次测量，使其中一次测量的误差为正，而另一次测量的误差为负，取这两次测量数据的平均值作为测量结果，则可消除这种系统误差。

1.2 实验数据的处理

1.2.1 有效数字

实验中记录的测量数据应满足测量精度的要求，由若干位可靠数字和一位可疑数字组成的数据称为有效数字。例如，电压的测量结果为 1.034V，该结果由 4 位有效数字组成。当不加注明时，应理解为：其中前 3 位有效数字是准确知道的，最后一位有效数字"4"是靠估计读出的，所以称为欠准数字。在测量中，取读数时只能取一位估计数，多取是无效的。应注意数值中的小数点的位置并不是决定准确度的标准，小数点的位置只与所用单位的大小有关，如 1.44mV 与 0.001 44V 的准确度完全一样。

在电气测量中，由于误差的存在，及仪器分辨力的限制，在读取数据和处理数据的过程中，都不可避免地要涉及如何确定有效数字的位数，以及对多余有效数字的正确舍入问题。

1. 有效数字位数的确定

决定有效数字位数的标准是误差，并非写的位数愈多愈好，多写位数就夸大了测量准确度，少记位数将带来附加误差。

（1）电表读数有效数字位数的确定。例如，用交流毫伏表 3V 量程测量电压，指针偏转位置在 2.4V～2.5V，如图 1-2-1 所示。毫伏表读为 2.45V 是准确的，显然 0.1V 单位的数值是可信的，而 0.01V 单位的数值是估计的欠准数字。欠准数字只能取一位，若读为 2.455V，则夸大了测量

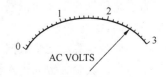

图 1-2-1 交流毫伏表指针偏转示意图

的精度；反之，若只读 2.4V，则降低了仪表的精度。

（2）测量结果及其误差的有效数字位数的确定。当同时给出测量结果和误差时，二者的欠准数字位数必须相同，如某电压的测量结果应表示成：112.46V±0.03V。

（3）有效数字位置数的确定。

① 数值应当用数量级（10^n）表示。例如，某电压为 103.1V，当用毫伏作单位时，写成 103 100mV 是不正确的，因为 103 100mV 写法表示不可靠程度为±1mV，所给电压的不可靠程度为±0.1V，所以正确写法应为 $1.031×10^5$mV。为统一起见，把 103.1V 写成 $1.031×10^2$V 较好。

② 关于数据中的数字"0"的处理。数据左边的"0"不能算作有效数字，如 0.050 40V 左边两个"0"不是有效数字，该数据有 4 位有效数据，当换成毫伏单位时，写成 50.40mV，前面的"0"就消失了。

③ 非零数字之间的"0"是有效数字。例如，300.6mA 中的两个"0"是有效数字，此数据共有 4 位有效数字。

数据末尾的数字"0"是否为有效数字，需依是否保留末位一个欠准数字而定。如 21 000Ω，此表示法比较含混，后面 3 个"0"无法知道是否为有效数字。为明确起见，通常采用"10^n"来表示，如将上例写为 $2.100×10^4$Ω，则表示有效数字是 4 位。

2．数据的修约规则

在确定了一个数值的有效数字位数后，其尾部多余的数字应按一定的规则加以修约。在修约时，不采用传统的"四舍五入"方法，因为对数字"5"只入不舍是不合理的。所遵循的规则要点如下。

（1）若拟舍去的数字最左边一位小于 5，则予以舍去；若大于 5，则将保留的最末一位数字加 1。例如，欲将 12.34 取为 3 位有效数字，修约结果为 12.3。又如，需将 37.36 修约到只保留一位小数时，修约结果为 37.4。

（2）若拟舍去的数字中的最高位置为 5，当欲保留的最末一位为奇数时，5 入，即将此末位数加 1；若末位数为偶数时，则 5 舍，即末位数保持不变。例如，将 12.35 和 12.65 修约到只保留 1 位小数，修约后的结果分别为 12.4 和 12.6。

上述的规则可概括为"小于 5 舍，大于 5 入，等于 5 时采用偶数法则。"

当舍入次数足够多时，奇数与偶数的出现概率是相同的，所以舍和入的概率也是相同的。每个数据经舍入后，末位必定是欠准数字，末位前面的是准确数字。其舍入误差不会大于末位单位的一半，这个"一半"即为该数据的最大舍入误差。上面所举数字实例，其舍入误差小于 0.05，此称为"0.5 误差原则"。

3．有效数字的运算法则

为了避免修约误差的积累，保证数据处理结果的准确度，在对数据进行算术运算时需遵循如下法则。

（1）加减运算。几个数据进行加减运算时，有效数字的位数以各数中小数点后位数最少的那个为准，其余各数均舍入至比该数多保留一位小数。进行加减计算后，计算结果所保留小数点后的位数，则应与原各数中小数点后位数最少的那个数相同。

例 1-2　计算 $18.56 + 0.00632 + 1.531$。

解　根据上述原则，应取 18.56 作为运算的有效数字位数的标准，故做修约处理后的算式及计算结果为

$$18.56 + 0.006 + 1.531 = 20.097$$

将计算结果修约到小数点后两位，则结果为 20.10。

例 1-3　计算 $14.533 - 11.31$。

解　做修约处理后的算式及计算结果为

$$14.533 - 11.31 = 3.223$$

计算结果应保留两位小数，故应取为 3.22。

（2）乘除运算。几个数进行乘除运算时，其有效数字的位数以各数中位数最少的那个数为准，其余各数均修约到比该数多保留一位有效数字。对修约后的各数进行乘除运算，计算结果有效数字位数与有效数字位数最少的那个数相同。若有效数字最少的数据中的第一位为"8"或"9"，则计算结果有效数字的位数可比它多取一位。

例 1-4　计算 $0.0212 \times 21.43 \times 1.04628 \div 1.812$。

解　做修约处理后的算式及计算结果为

$$0.0212 \times 21.43 \times 1.046 \div 1.812 = 0.262$$

计算结果取 3 位有效数字，与 0.021 2 的有效数字位数相同。

（3）乘方或开方运算。乘方或开方运算中，所得结果的有效数字的位数可比原数多一位。

例 1-5　$276^2 = 76176 = 7\,618 \times 10^1$。

例 1-6　$\sqrt{875} = 29.58$。

1.2.2　测量数据的记录

1. 数字式仪表读数的记录

从数字式仪表上可直接读出被测量的量值，读出值即可作为测量结果予以记录而无须再经换算。需要注意的是，对数字式仪表而言，在不同的量程时，测量值的有效数字位数不同，若测量时量程选择不当则会丢失有效数字。因此，应合理地选择数字式仪表的量程。例如，用某数字电压表测量 1.872V 的电压，在不同的量程时的显示值如表 1-2-1 所示。

表 1-2-1　　　　　　　　　数字式仪表的有效数字

量程	2V	20V	200V
显示值	1.872	1.87	1.8
有效数字位数	4	3	2

由此可见，在不同的量程时，测量值的有效数字位数不同，量程不当将损失有效数字。在此例中只有选择"2V"时量程才是恰当的。实际测量时一般是使被测量值小于但接近于所选择的量程，而不可选择过大的量程。

2. 指针式仪表测量数据的记录

直接读取的指针式仪表和数字式仪表不同，其指示值一般不是被测量的值，而要经过换

算才可得到所需的测量结果。下面介绍有关的概念和方法。

（1）指针式仪表的读数。指示仪表的指示值称为直接读数，简称为读数，它是指指示仪表指针所指出的标尺值并用格数表示。图 1-2-2 所示为某电压表的均匀标度尺有效数字读数示意图，图中指针的两次读数分别为 15.5 格和 134.0 格，它们的有效数字位数分别为 3 位和 4 位。测量时应首先记录仪表的读数。

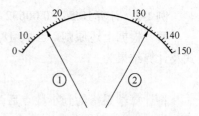

图 1-2-2　指示仪表有效数字读数示意图

（2）指针式仪表的仪表常数。指针式仪表的表度尺每分格所代表的被测量的大小称为仪表常数，也称为分格常数，用 C_x 表示，其计算式为

$$C_x = \frac{x_m}{\alpha_m}$$
(1-2-1)

式中，x_m 为选择的仪表量程，α_m 为指针式仪表满刻度格数。

可以看出，对于同一仪表，选择的量程不同则分格常数也不同。数字式仪表也有仪表常数的概念，它是指数字式仪表的每个字所代表的被测量的大小。

（3）被测量的示值。示值是指仪表的读数对应的被测量的测量值，它可由下式计算得出：

$$示值 = 读数（格）\times 仪表常数（C_x）$$
(1-2-2)

应该注意的是，示值的有效数字的位数应与读数的有效数字位数一致。

1.2.3　测量数据的整理

在实验中所记录的测量原始数据，通常还需加以整理，以便于进一步的分析，做出合理的评估，给出切合实际的结论。

1．数据的排列

为了分析计算的便利，通常希望原始实验数据按一定的顺序排列。若记录下的数据未按期望的次序排列，则应予以整理，如将原始数据按从小到大或从大到小的顺序进行排列。当数据量较大时，这种排序工作最好由计算机完成。

2．坏值的剔除

在测量数据中，有时会出现偏差较大的测量值，这种数据被称为离群值。离群值可分为两类：一类是因为粗大误差而产生，是因为随机误差过大而超过了给定的误差界限，这类数据为异常值，属于坏值，应予以剔除；另一类是因为随机误差较大而产生，超过规定的误差界限，这类测量值属于极值，应予以保留。需要说明的是，若确知测量值为粗大误差，则即便其偏差不大，未超过误差界限，也必须予以剔除。

在很多情况下，仅凭直观判断通常难以对粗大误差和正常分布的较大误差作出区分，这时可采用统计检验的方法来判别测量数据中的异常数据。

3．数据的补充

在测量数据的处理过程中，有时会遇到缺损的数据，或者需要知道测量范围内未测出的中间数值，这时可采用插值法（也称为内插法）计算出这些数据。常用的插值法有线性插值法、拉格朗日插值法、牛顿插值法等。

（1）线性插值法。设被测量为 x 和 y，若变量 x 和 y 之间为线性函数关系，可采用线性插值法。其做法是：由两对已知值 x_i、y_i 求出它们所决定的直线方程，求出欲插入的 x 值对应的 y 值，计算公式为

$$y = y_1 + \frac{y_2 - y_1}{x_2 - x_1}(x - x_1) \tag{1-2-3}$$

（2）拉格朗日插值法。当函数 $y(x)$ 的 x_i、y_i 值（$i = 0$，1，2，…，n）已知，而 x_i 值不等距，需求 x 值对应的 y 值时，可用拉格朗日插值法。插值公式为

$$y(x) = \sum_{j=0}^{n} \prod_{\substack{i=0 \\ i \neq j}}^{n} y_i \frac{x - x_i}{x_j - x_i} \tag{1-2-4}$$

（3）牛顿插值法。当函数 $y(x)$ 的 x_i、y_i 值（$i = 0$，1，2，…，n）已知，且相邻的 x_i 值等距（即增量为恒定）时，求与 x_i 对应的 y_i 值最好用牛顿插值法。牛顿插值法包括前插公式和后插公式，可参阅有关文献，这里就不介绍了。

1.3　曲线拟合

在对多个电量测试时，常需要明确这几个电量（变量）间的函数关系。在获取若干组自变量和因变量的实验数据后，可用回归分析法进行曲线拟合，以确定变量间函数关系的形式及有关参数的大小。当自变量为一个和两个时，分别求解的是一元回归方程和二元回归方程。这里只介绍一元回归方程的求法。

1.3.1　一元线性回归

当自变量 x 和因变量 y 都是一个，且将测量数据在直角坐标系中作图所得轨迹呈直线状时，便可按一元回归来处理数据。一元线性回归方程的表达式为

$$y = a + bx \tag{1-3-1}$$

决定上式中常数 a 和 b 的方法有两种，即图解法和最小二乘法。

1. 图解法

若根据实验数据作出的曲线呈现直线状，可在直线上任取两点 Q_1（x_1，y_1）和 Q_2（x_2，y_2），将这两点的数据代入式（1-3-1），解得

$$a = \frac{x_1 y_2 - x_2 y_1}{x_1 - x_2}, \quad b = \frac{y_1 - y_2}{x_1 - x_2} \tag{1-3-2}$$

2. 最小二乘法

最小二乘法是曲线拟合的一种基本方法，虽然计算较为烦琐，但能获得较好的拟合结果，而且特别适合在计算机上应用。设需拟合的线性回归方程为 $y = a + bx$，则应用最小二乘法的计算公式为

$$a = \frac{\sum_{i=1}^{n} y_i \sum_{i=1}^{n} x_i^2 - (\sum_{i=1}^{n} x_i y_i)\sum_{i=1}^{n} x_i}{n\sum_{i=1}^{n} x_i^2 - (\sum_{i=1}^{n} x_i)^2} \tag{1-3-3}$$

$$b = \frac{n\sum_{i=1}^{n} x_i y_i - \sum_{i=1}^{n} x_i \sum_{i=1}^{n} y_i}{n\sum_{i=1}^{n} x_i^2 - (\sum_{i=1}^{n} x_i)^2} \tag{1-3-4}$$

式中，n 为测试数据（x_i, y_i）的点数。

1.3.2 一元非线性回归

若被测量中自变量 x 和因变量 y 的各测试点（x_i, y_i）在直角坐标系中的轨迹不为直线时，就需按一元非线性回归来处理，常用的一种方法是典型曲线方程法。

1. 常见的典型曲线

工程上常见的一些典型曲线如图 1-3-1 所示。

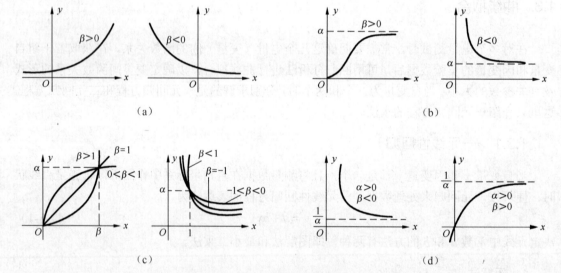

图 1-3-1 常见典型非线性函数的波形

2. 典型曲线方程法的步骤

（1）根据实验测量数据在直角坐标系中描点并连成曲线。
（2）将所得曲线与典型曲线对比，确定拟合曲线函数的形式。
（3）为简化计算过程，将需拟合的非线性函数作变量代换，使之转化为一元线性函数 $y' = a + x'$。

上述典型曲线与线性函数的变量转换关系如表 1-3-1 所示。
（4）按一元线性回归方程的拟合方法求出常数 a 和 b。
（5）根据变量变换关系得到所需的非线性函数表达式。

表 1-3-1 典型非线性函数与一元线性函数的变量变换关系

非线性函数	函数表达式	变量变换关系
指数函数	$y = \alpha e^{\beta x}$	$x' = x, y' = \ln y, a = \ln \alpha, b = \ln \beta$
负指数函数	$y = \alpha e^{\beta/x}$	$x' = \dfrac{1}{x}, y' = \ln y, a = \ln \alpha, b = \ln \beta$
幂函数	$y = \alpha x^{\beta}$	$x' = \ln x, y' = \ln y, a = \ln \alpha, b = \ln \beta$
双曲线函数	$\dfrac{1}{y} = \alpha + \dfrac{\beta}{x}$	$x' = \dfrac{1}{x}, y' = \dfrac{1}{y}, a = \alpha, b = \beta$

1.4 减小仪表测量误差的方法

为了准确地测量电路中实际的电压值和电流值，必须保证仪表接入电路后不会改变被测电路的工作状态，这就要求电压表的内阻为无穷大，电流表的内阻为零。而实际使用的电工仪表都不能满足上述要求。因此，当测量仪表一旦接入电路，就会改变电路原有的工作状态，这就导致仪表的读数值与电路原有的实际值之间出现误差，这种测量误差值的大小与仪表本身内阻值的大小密切相关。

1.4.1 仪表内阻引入的测量误差

1. 电流表内阻的测量方法

测量电流表的内阻可采用"分流法"，如图 1-4-1 所示。A 为被测直流电流表，其内阻为 R_A，R_1 为固定电阻器，R_B 为可调电阻箱。测量时先断开开关 S，调节直流恒流源的输出电流 I_S 使 A 表指针满偏转，然后合上开关 S，并保持 I_S 值不变，调节 R_B 的阻值，使电流表的指针指在 1/2 满偏转位置，此时有

$$I_A = I = I_S/2 \qquad (1\text{-}4\text{-}1)$$

$$R_A = R_B \mathbin{/\!/} R_1 \qquad (1\text{-}4\text{-}2)$$

若 R_1 选用小阻值电阻，R_B 选用较大电阻，则阻值调节可比单只电阻箱更为细微、平滑。

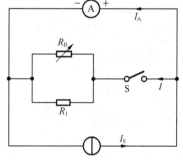

图 1-4-1 "分流法"测量图

2. 电压表的内阻测量方法

测量电压表的内阻可采用"分压法"，如图 1-4-2 所示。V 为被测电压表，其内阻为 R_V，R_1 为固定电阻器，R_B 为可调电阻箱。测量时先将开关 S 闭合，调节直流稳压电源 U_S 的输出电压，使电压表 V 的指针为满偏转。然后断开开关 S，调节 R_B 的阻值，使电压表 V 的指示值减半，则

$$R_V = R_B + R_1 \qquad (1\text{-}4\text{-}3)$$

电压表的灵敏度为

$$\eta = R_{\mathrm{V}}/U_{\mathrm{S}} \, (\Omega/\mathrm{V}) \tag{1-4-4}$$

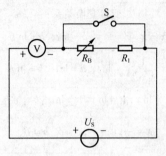

图 1-4-2 "分压法" 测量电路

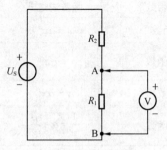

图 1-4-3 示例电路

由仪表内阻引入的测量误差通常称为方法误差，而由仪表本身构造上引起的误差又称为仪表基本误差。如图 1-4-3 所示电路，R_1 上的电压

$$U_{\mathrm{R1}} = \frac{R_1 U_{\mathrm{S}}}{R_1 + R_2} \tag{1-4-5}$$

若 $R_1 = R_2$，则 $U_{\mathrm{R1}} = \dfrac{1}{2} U_{\mathrm{S}}$。

现用一内阻为 R_{V} 的电压表来测量 U_{R1} 的值。当电压表与 R_1 并联，并联电阻为

$$R_{\mathrm{AB}} = \frac{R_{\mathrm{V}} + R_1}{R_{\mathrm{V}} R_1} \tag{1-4-6}$$

以 R_{AB} 替代式（1-4-5）中的 R_1，得

$$U'_{\mathrm{R1}} = \frac{\dfrac{R_{\mathrm{V}} R_1}{R_{\mathrm{V}} + R_1}}{\dfrac{R_{\mathrm{V}} R_1}{R_{\mathrm{V}} + R_1} + R_2} U_{\mathrm{S}} \tag{1-4-7}$$

绝对误差为

$$\Delta U = U'_{\mathrm{R1}} - U_{\mathrm{R1}} = \left(\frac{\dfrac{R_{\mathrm{V}} R_1}{R_{\mathrm{V}} + R_1}}{\dfrac{R_{\mathrm{V}} R_1}{R_{\mathrm{V}} + R_1} + R_2} - \frac{R_1}{R_1 + R_2} \right) U_{\mathrm{S}}$$

$$= \frac{R_1^2 R_2}{R_{\mathrm{V}} \left(R_1^2 + 2 R_1 R_2 + R_2^2 \right) + R_1 R_2 \left(R_1 + R_2 \right)} U_{\mathrm{S}} \tag{1-4-8}$$

若 $R_1 = R_2 = R_{\mathrm{V}}$，则 $\Delta U = -\dfrac{U_{\mathrm{S}}}{6}$。

相对误差为

$$\Delta U\% = \frac{\Delta U}{U_{\mathrm{R1}}} \cdot 100\% = \frac{-U_{\mathrm{S}}/6}{U_{\mathrm{S}}/2} \cdot 100\% \approx 33.3\% \tag{1-4-9}$$

当电压表的灵敏度不够高或电流表的内阻太大时，可利用多量限仪表对同一被测量用不同量限进行两次测量，所得读数经计算后可得到较准确的结果。

1.4.2　减少仪表内阻引入的测量误差的方法

1．不同量限两次测量计算法

测量具有较大内阻的电压源开路电压时，如果所用电压表的内阻与电压源的内阻相差不大，将会产生很大的测量误差。如图 1-4-4 所示电路，被测电压源的开路电压为 E，内阻为 R_0。设电压表有两挡量限，U_1、U_2 分别为在这两个不同量限下测得的电压源开路电压值，令 R_{V1} 和 R_{V2} 分别为电压表两个相应量限的内阻，则可得

$$U_1 = \frac{R_{V1}}{R_0 + R_{V1}} \cdot E \qquad (1\text{-}4\text{-}10)$$

$$U_2 = \frac{R_{V2}}{R_0 + R_{V2}} \cdot E \qquad (1\text{-}4\text{-}11)$$

由式（1-4-10）可得

$$R_0 = \frac{R_{V1} \cdot E}{U_1} - R_{V1} = R_{V1}\left(\frac{E}{U_1} - 1\right) \qquad (1\text{-}4\text{-}12)$$

将式（1-4-12）代入式（1-4-11），可得

$$E = \frac{U_2\left(R_0 + R_{V2}\right)}{R_{V2}} = \frac{U_2\left(\dfrac{R_{V1}E}{U_1} - R_{V1} + R_{V2}\right)}{R_{V2}} \qquad (1\text{-}4\text{-}13)$$

解得

$$E = \frac{U_1 U_2\left(R_{V2} - R_{V1}\right)}{U_1 R_{V2} - U_2 R_{V1}} \qquad (1\text{-}4\text{-}14)$$

由式（1-4-14）可知，不论电源内阻 R_0 相对电压表的内阻 R_V 有多大，通过上述的两次测量结果，经计算后可较准确地测量出开路电压的大小。

对于内阻较大的电流表，也可用类似的方法测得较准确的结果。如图 1-4-5 所示电路，被测电压源的开路电压为 E，内阻为 R_0。不接入电流表 A 时，电路的电流为 $I = E/R_0$。当接入内阻为 R_A 的电流表 A 时，电路中的电流变为 $I' = E/\left(R_0 + R_A\right)$。如果 $R_A = R_0$，则 $I' = I/2$。测量结果出现很大的误差。

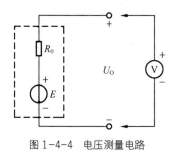

图 1-4-4　电压测量电路

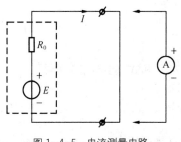

图 1-4-5　电流测量电路

如果用有不同内阻的两挡量限的电流表做两次测量，并经简单的计算就可得到较准确的

电流值。设 R_{A1} 和 R_{A2} 分别为电流表两挡相应量限的内阻，I_1、I_2 分别为图 1-4-5 所示电路在两个不同量限下测得的电流：

$$I_1 = \frac{E}{R_0 + R_{A1}} \tag{1-4-15}$$

$$I_2 = \frac{E}{R_0 + R_{A2}} \tag{1-4-16}$$

由式（1-4-15）可得

$$R_0 = \frac{E}{I_1} - R_{A1} \tag{1-4-17}$$

将式（1-4-17）代入式（1-4-16），可得

$$E = \frac{I_1 I_2 (R_{A2} - R_{A1})}{I_1 - I_2} \tag{1-4-18}$$

将式（1-4-18）代入式（1-4-16），可得

$$R_0 = \frac{I_2 R_{A2} - I_1 R_{A1}}{I_1 - I_2} \tag{1-4-19}$$

由式（1-4-18）及式（1-4-19）可得

$$I = \frac{E}{R_0} = \frac{I_1 I_2 (R_{A2} - R_{A1})}{I_2 R_{A2} - I_1 R_{A1}} \tag{1-4-20}$$

2. 同一量限两次测量计算法

如果电压表（或电流表）只有一挡量限，且电压表的内阻较小或电流表的内阻较大时，可用同一量限进行两次测量法减小测量误差。其中，第 1 次测量与一般的测量并无两样，只是在进行第 2 次测量时必须在电路中串入一个已知阻值的附加电阻。

测量如图 1-4-6 所示电路的开路电压 U_O。设电压表的内阻为 R_V，R 为第 2 次测量时串接的一个已知阻值的电阻，U_1 和 U_2 分别为两次电压测量的结果：

$$U_1 = \frac{R_V}{R_0 + R_V} E \tag{1-4-21}$$

$$U_2 = \frac{R_V}{R_0 + R_V + R} E \tag{1-4-22}$$

由式（1-4-21）和式（1-4-22）可得

$$E = U_O = \frac{R U_1 U_2}{R_V (U_1 - U_2)} \tag{1-4-23}$$

如图 1-4-7 所示电路，设电流表的内阻为 R_A，R 为电流表第 2 次测量时电路串接的一个已知阻值的电阻，则电流表两次测量结果 I_1、I_2 分别为

$$I_1 = \frac{E}{R_0 + R_A} \tag{1-4-24}$$

$$I_2 = \frac{E}{R_0 + R_A + R} \tag{1-4-25}$$

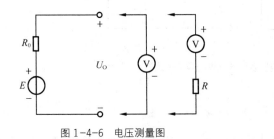
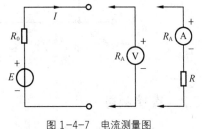

图 1-4-6 电压测量图　　　　　　　　图 1-4-7 电流测量图

由式（1-4-24）和式（1-4-25）可得

$$I = \frac{E}{R_0} = \frac{I_1 I_2 R}{I_2(R_A + R) - I_1 R_A} \tag{1-4-26}$$

由上述分析可知，采用多量限仪表两次测量法或单量限仪表两次测量法，不管电表内阻如何总可以通过两次测量和计算得到比单次测量准确得多的结果。

1.5　功率的测量

1.5.1　间接测量

1. 直流功率的测量

直流功率 P 为电压 U 与电流 I 的乘积，可利用电压表和电流表间接测量，接线如图 1-5-1 所示。其中图（a）和图（b）的接法不同，其结果也略有差别。图（a）中电压表所测的是负载和电流表的电压之和；图（b）中电流表所测的是负载和电压表的电流之和。一般情况电流表的电压降很小，所以多用图（a）的接法。在低压大电流电路中，电流表的电压降就比较显著，要用图（b）的接法。

2. 交流功率的测量

交流电路的功率一般分为有功功率 P、无功功率 Q 和视在功率 S。当在电路中负载端电压的相量为 $\dot{U}$，电流相量为 $\dot{I}$（电压电流参考方向关联），且 $\dot{I}$ 滞后于 $\dot{U}$ 的相位角为 φ，则负载吸收的有功功率 P、负载吸收的无功功率 Q 及负载端的视在功率 S 分别为

$$P = UI\cos\varphi$$

$$Q = UI\sin\varphi$$

$$S = UI = \sqrt{P^2 + Q^2}$$

视在功率的测量仍可用图 1-5-1 所示的线路，只须将直流仪表改为交流仪表，但是不管用图（a）的接法还是用图（b）接法，电流表或电压表影响的修正都较麻烦。

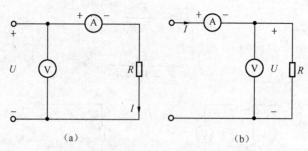

图 1-5-1　用电压表和电流表间接测量功率

1.5.2　直接测量

有功功率的测量常用电动系或铁磁电动系功率表。功率表的接法也有两种，如图 1-5-2 所示。它们的读数也分别包含了电流线圈或电压线圈的损耗。在要求有较高的测量准确度时，这些损耗应设法扣除。在图 1-5-2 中，"1、2"表示功率表的电流端纽，"3、4"表示电压端纽，"*"号表示电压线圈和电流线圈间的同名端。接线时如电流从功率表的电流线圈的"*"号端流进则电压线圈的"*"号端纽接高电位。

对于高压大电流电路的功率测量，可借助电压互感器和电流互感器来扩大量限。功率表经互感器接入的线路如图 1-5-3 所示，所选用

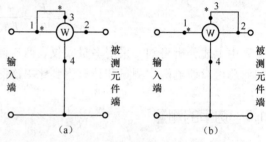

图 1-5-2　功率表的接法

的电压互感器电压比为 K_U，电流互感器电流比为 K_I，功率表的读数为

$$P_2 = U_2 I_2 \cos \varphi = \frac{1}{K_U K_I} UI \cos \varphi = \frac{P}{K_P} \qquad (1\text{-}5\text{-}1)$$

式中，$K_P = K_U K_I$，为功率变比。

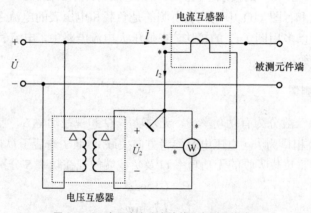

图 1-5-3　高压大电流电路的功率测量线路图

在考虑误差时除了考虑功率表误差外，还要考虑电压互感器和电流互感器都存在变比误差和相对误差。

在测出有功功率 P 和视在功率 S 后，可按下式计算出无功功率 Q：

$$Q = \pm \sqrt{S^2 - P^2} \qquad (1\text{-}5\text{-}2)$$

也可用单相无功功率表直接测量交流电路的无功功率。其接线与测有功功率时功率表的接线基本相同,只是电压线圈必须跨过电流线圈接入的那一相而接到另外两相上。

1.5.3 三相有功功率的测量

三相电路有三相三线制和三相四线制两种接线方式,一般来说三相电网的电压是对称的,而负载可能对称或不对称,若负载也对称则叫做完全对称电路,若负载不对称则叫做简单不对称电路。电压和负载都不对称的电路称为复杂不对称电路。随着三相电路情况的不同,实用上形成各种测量电路。

1. 三相四线制有功功率的测量

三相四线制电路,负载各相电压是独立的,与其他相负载无关,所以可用功率表独立地测出各相负载所消耗的功率,如图 1-5-4 所示。如果电路是完全对称的,则只要用一个功率表测出一相的功率,三相总功率就等于一相功率的 3 倍,如果电路是不对称的(包括复杂不对称电路),则也只要用 3 个功率表(或一个功率表测 3 次)分别测出各相功率,三相总功率则为 3 个功率表读数之和。这种测量方法也同样适用于有中点且中点可接出的三相三相制负载的功率。

2. 三相三线制的有功功率测量

对于无中点可接出的三相三线制电路,如果电路是完全对称的,则可利用一个功率表和两个与功率表电压支路阻抗,将这两个阻抗和功率表的电压回路接成星形,形成一人造中点,如图 1-5-5 所示,功率表读数的 3 倍即为三相总功率。如果电源不完全对称,可将功率表电流线圈依次串于 A、B、C 线,两阻抗 Z 的接点也随之做相应的改动,则 3 次测量之和即为三相总功率。

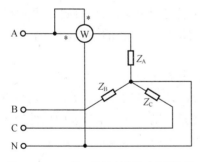

图 1-5-4 三相四线制电路的功率测量图

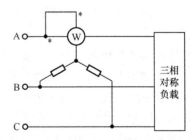

图 1-5-5 三相三线制电路的功率测量

当电路不对称时,则须两个功率表按图 1-5-6 所示的三组接法的任何一组接线进行测量。两功率表读数之和即为三相电路总功率,这种测量线路称为二瓦法。我们按功率表电流线圈串接 A 线和 B 线且负载为三角形接法的情况,来证明二瓦法的正确性。如图 1-5-7 所示,各功率表读数 P_1、P_2 分别为

$$P_1 = \mathrm{Re}\left[\dot{U}_{\mathrm{AC}} \dot{I}_{\mathrm{A}}^*\right] \qquad (1\text{-}5\text{-}3\mathrm{a})$$

$$P_2 = \mathrm{Re}\left[\dot{U}_{BC}\dot{I}_B^*\right] \qquad\qquad (1\text{-}5\text{-}3b)$$

式中，$\mathrm{Re}[]$表示复数取实部的运算，$\dot{I}_A^*$、$\dot{I}_B^*$为$\dot{I}_A$、$\dot{I}_B$的共轭相量。两功率表读数之和为

$$P_1 + P_2 = \mathrm{Re}\left[\dot{U}_{AC}\dot{I}_A^* + \dot{U}_{BC}\dot{I}_B^*\right] \qquad\qquad (1\text{-}5\text{-}4)$$

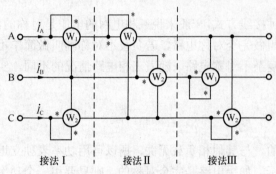

接法 I   接法 II   接法III

图 1-5-6 用二瓦法测功率的三组接线法

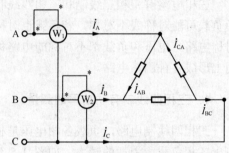

图 1-5-7 二瓦法测三角形负载的功率

根据基尔霍夫定律，有

$$\dot{U}_{AB} + \dot{U}_{BC} + \dot{U}_{CA} = 0 \qquad\qquad (1\text{-}5\text{-}5a)$$

$$\dot{I}_A^* = \dot{I}_{AB}^* - \dot{I}_{CA}^* \qquad\qquad (1\text{-}5\text{-}5b)$$

$$\dot{I}_B^* = \dot{I}_{BC}^* - \dot{I}_{AB}^* \qquad\qquad (1\text{-}5\text{-}5c)$$

由式（1-5-4）和式（1-5-5）可得

$$P_1 + P_2 = \mathrm{Re}\left[\dot{U}_{AC}\left(\dot{I}_{AB}^* - \dot{I}_{CA}^*\right) + \dot{U}_{BC}\left(\dot{I}_{BC}^* - \dot{I}_{AB}^*\right)\right]$$

$$= \mathrm{Re}\left[-\left(\dot{U}_{CA} + \dot{U}_{BC}\right)\dot{I}_{AB}^* + \dot{U}_{CA}\dot{I}_{CA}^* + \dot{U}_{BC}\dot{I}_{BC}^*\right]$$

$$= \mathrm{Re}\left[\dot{U}_{AB}\dot{I}_{AB}^* + \dot{U}_{CA}\dot{I}_{CA}^* + \dot{U}_{BC}\dot{I}_{BC}^*\right] \qquad\qquad (1\text{-}5\text{-}6)$$

即等于负载的三相总有功功率。这一结果，不管三相电源三相负载是否对称，只要是三相三线制都是正确的。对于其余的两组接法或是星形负载的情况，读者可类似地做出证明。

在用两表法测三相总功率时，要特别注意电压、电流线圈极性端的连接，在正确的极性连接时，两个功率表中的一个可能会反转，这时可拨动功率表的反转开关，使功率表正转，但在计算总功率时该读数应取负值。若功率表无反转开关则可交换电流表的极性使之正转，但取其负值为读数。使用中根据两表法原理，把两个测量机构组装在一个轴上组成的两单元功率表，可直接测量三相三线制负载的总有功功率，使用时就不会出现反转现象。

如果需要测量三角形接法负载一相的功率，则功率表接法如图 1-5-8 所示，该图是测 BC 相负载功率的接线，通过功率表的电流是 $\dot{I}_{BC}$，加在功率表两端的电压是 $\dot{U}_{BC}$。

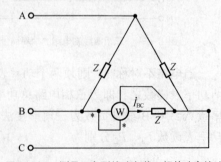

图 1-5-8 测量三角形接法负载一相的功率接法

1.5.4 三相无功功率的测量

1. 三相对称电路的无功功率

三相对称电路的无功功率

$$Q = \sqrt{3}U_1 I_1 \sin\varphi \qquad (1\text{-}5\text{-}7)$$

式中，U_1 为线电压，I_1 为线电流，φ 是负载功率因数角。

图 1-5-9（a）所示的一只功率表跨相 90° 连接的线路可用来测三相对称电路的无功功率。图中功率表读数

$$P = \mathrm{Re}[\dot{U}_{\mathrm{BC}} \overset{\star}{I_{\mathrm{A}}}] = U_1 I_1 \cos(\varphi_{\dot{U}_{\mathrm{BC}} \dot{I}_{\mathrm{A}}}) \qquad (1\text{-}5\text{-}8)$$

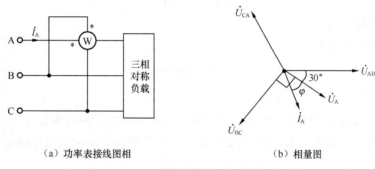

（a）功率表接线图相　　　　（b）相量图

图 1-5-9　一瓦跨相法测对称三相负载无功功率

设三相负载为星形接法，从图 1-5-9（b）所示的相量图可得 $\dot{U}_{\mathrm{A}}$ 比 $\dot{U}_{\mathrm{BC}}$ 越前 90°，即 $\dot{I}_{\mathrm{A}}$ 与 $\dot{U}_{\mathrm{BC}}$ 的相位差为 90°$-\varphi$，所以功率表读数

$$P = U_1 I_1 \cos(90° - \varphi) = U_1 I_1 \sin\varphi \qquad (1\text{-}5\text{-}9)$$

由式（1-5-7）可知，只要将功率表的读数乘以 $\sqrt{3}$，就得到三相无功功率。

对于三相对称电路的无功功率，也可用图 1-5-7 所示的两表法的两个功率表的读数之差乘以 $\sqrt{3}$ 得到。图 1-5-7 所示电路的相量图如图 1-5-10 所示。

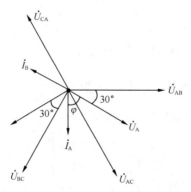

图 1-5-10　二瓦法测无功功率的相量图

设 $\dot{U}_{\mathrm{AB}} = U_1 \underline{/0°}$，则可得

$$\dot{I}_A = I_1 \underline{/-30° - \varphi}$$

$$\dot{I}_B = I_1 \underline{/-150° - \varphi}$$

$$\dot{U}_{AC} = U_1 \underline{/-60°}$$

$$\dot{U}_{BC} = U_1 \underline{/-120°}$$

于是两功率表 W_1 及 W_2 的读数分别为

$$P_1 = \mathrm{Re}\left[\dot{U}_{AC}\dot{I}_A^*\right] = U_1 I_1 \cos(-60° + 30° + \varphi) = U_1 I_1 \cos(\varphi - 30°) \qquad (1\text{-}5\text{-}10)$$

$$P_2 = \mathrm{Re}\left[\dot{U}_{BC}\dot{I}_B^*\right] = U_1 I_1 \cos(-120° + 150° + \varphi) = U_1 I_1 \cos(\varphi + 30°) \qquad (1\text{-}5\text{-}11)$$

两功率表读数之和

$$P_1 + P_2 = \sqrt{3} U_1 I_1 \cos\varphi \qquad (1\text{-}5\text{-}12)$$

等于三相对称负载总功率。

两功率表读数之差为

$$P_1 - P_2 = U_1 I_1 \sin\varphi \qquad (1\text{-}5\text{-}13)$$

等于三相对称负载无功功率的 $1/\sqrt{3}$。

综上所述，两功率表读数之和为三相对称负载有功功率，两功率表读数之差乘以 $\sqrt{3}$ 则为三相对称负载无功功率。必须注意这种测无功功率的方法只在三相电路完全对称时方为正确。

2. 简单三相不对称电路的无功功率

对于三相简单不对称（电源对称）三相制电路的无功功率测量，可采用图 1-5-11 所示的两只瓦特表电路。图中 W_1 和 W_2 是两个相同的功率表，它们电压回路的阻抗就等于 Z，于是 O 点是 $\dot{U}_{AB}$、$\dot{U}_{BC}$、$\dot{U}_{CA}$ 电压三角形的中点。当线电压是一组对称电压时，有

$$\dot{U}_{AO} = \frac{1}{\sqrt{3}}\dot{U}_{BC}\underline{/90°} \qquad (1\text{-}5\text{-}14)$$

$$\dot{U}_{CO} = \frac{1}{\sqrt{3}}\dot{U}_{AB}\underline{/90°} \qquad (1\text{-}5\text{-}15)$$

两只功率表读数之和

$$\begin{aligned} P_1 + P_2 &= \mathrm{Re}\left[\dot{U}_{OC}\dot{I}_A^* + \dot{U}_{AO}\dot{I}_C^*\right] \\ &= \mathrm{Re}\left[\frac{1}{\sqrt{3}}\dot{U}_{AB}\underline{/-90°}\dot{I}_A^* + \frac{1}{\sqrt{3}}\dot{U}_{BC}\underline{/90°}\dot{I}_C^*\right] \end{aligned} \qquad (1\text{-}5\text{-}16)$$

如果负载是星形接法，如图 1-5-12 所示，则有

$$\left.\begin{aligned} \dot{U}_{AB} &= \dot{U}_A - \dot{U}_B \\ \dot{U}_{BC} &= \dot{U}_B - \dot{U}_C \\ \dot{I}_A + \dot{I}_B + \dot{I}_C &= 0 \end{aligned}\right\} \qquad (1\text{-}5\text{-}17)$$

由式（1-5-16）和式（1-5-17）可得

$$P_1 + P_2 = \mathrm{Re}\left[\dot{U}_{OC}\dot{I}_A^* + \dot{U}_{AO}\dot{I}_C^*\right]$$

$$= \frac{U_A I_A \sin\varphi_A + U_B I_B \sin\varphi_B + U_C I_C \sin\varphi_C}{\sqrt{3}} \tag{1-5-18}$$

式中，φ_A、φ_B、φ_C 分别为三相负载的阻抗角。

如果负载是如图 1-5-8 所示的三角形接法，则有

$$\left.\begin{array}{l} \dot{I}_A = \dot{I}_{AB} - \dot{I}_{CA} \\[4pt] \dot{I}_B = \dot{I}_{BC} - \dot{I}_{AB} \\[4pt] \dot{U}_{AB} + \dot{U}_{BC} + U_{CA} = 0 \end{array}\right\} \tag{1-5-19}$$

于是，由式（1-5-16）至式（1-5-18）可得两功率表的读数之和为

$$P_1 + P_2 = \mathrm{Re}\left[\dot{U}_{OC}\dot{I}_A^* + \dot{U}_{AO}\dot{I}_C^*\right]$$

$$= \frac{U_{AB} I_{AB} \sin\varphi_A + U_{BC} I_{BC} \sin\varphi_B + U_{CA} I_{CA} \sin\varphi_C}{\sqrt{3}} \tag{1-5-20}$$

综上所述，不管负载为何种接法，是对称还是不对称的，只要供电线电压是对称的三相三线制电路，图 1-5-11 所示的两功率表读数之和再乘以 $\sqrt{3}$ 就是三相负载的总无功功率。

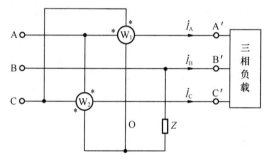

图 1-5-11　三相三线制电路无功功率的测量

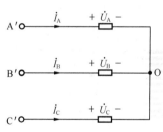

图 1-5-12　三相星形负载

对于三相四线制的简单不对称电路，除可用无功功率表独立测出各相无功功率外，还可用 3 只功率表跨相 90°连接法测三相总无功功率，测量线路如图 1-5-13（a）所示。

当供电电压是三相对称时，有

$$\left.\begin{array}{l} \dot{U}_{BC} = \sqrt{3}\dot{U}_A \underline{/-90°} \\[4pt] \dot{U}_{CA} = \sqrt{3}\dot{U}_B \underline{/-90°} \\[4pt] \dot{U}_{AB} = \sqrt{3}\dot{U}_C \underline{/-90°} \end{array}\right\} \tag{1-5-21}$$

由相量图（见图 1-5-13（b））可得 $\dot{I}_A$ 与 $\dot{U}_{BC}$ 之间的相位差为 $90° - \varphi_A$，则 W_A 的读数为

$$P_A = \sqrt{3} U_A I_A \sin\varphi_A = \sqrt{3} Q_A \tag{1-5-22}$$

为 A 相负载无功功率的 $\sqrt{3}$ 倍。同理，W_B、W_C 的读数分别为

$$P_B = \sqrt{3} U_B I_B \sin\varphi_B = \sqrt{3} Q_B \tag{1-5-23}$$

$$P_C = \sqrt{3} U_C I_C \sin\varphi_C = \sqrt{3} Q_C \tag{1-5-24}$$

即每个功率表的读数分别是对应各相负载的无功功率的 $\sqrt{3}$ 倍。

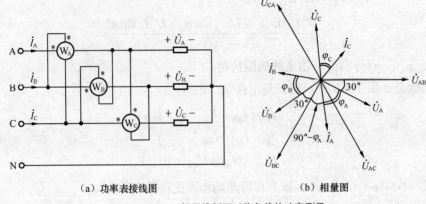

（a）功率表接线图　　　　　　（b）相量图

图 1-5-13　三相四线制不对称负载的功率测量

第 2 章　常用仪器设备的使用说明

2.1　DF1641C 函数信号发生器

2.1.1　概述

DF1641C 函数信号发生器是一种具有高稳定度、多功能等特点的函数信号发生器。信号产生部分采用大规模单片函数发生器电路，能产生正弦波、方波、三角波、斜波、脉冲波、线性扫描和对数扫描波形，同时对各种波形均可实现扫描功能，采用单片机对仪器的各项功能进行智能化管理，频率调节采用数字化方式，根据调节速率不同，能自动调整频率的步进量，对于输出信号的频率、幅度由 LED 显示，其余功能则由发光二极管指示，用户可以直观、准确地了解到仪器的使用状况。

该系列函数发生器所带的功率放大器不但能提供足够的电功率，而且还充分考虑到在各种容性、感性负载有稳定可靠的输出。

2.1.2　主要技术指标

（1）频率范围　0.3Hz～3MHz，分 7 挡 5 位显示。

（2）波形　正弦波、方波、三角波、正向或负向锯齿波、正向或负向脉冲波，波形对称度调节范围为 80:20～20:80。

（3）正弦波

① 失真　10Hz～100kHz 不大于 1%。

② 频率响应　频率低于 100kHz 不大于 ±0.5dB；高于 100kHz 时不大于 ±1dB。

（4）方波前、后沿　不大于 100ns。

（5）TTL 输出

① 电平　高电平不小于 2.4V，低电平不大于 0.4V，能驱动 20 个 TTL 负载。

② 上升时间　不大于 30ns。

（6）输出

① 阻抗　50Ω ±10%。

② 幅度　不小于 20Vp-p（空载），3 位 LED 显示。

③ 输出范围选择　1mV～20mV～0.2V～2V～20V（峰–峰值）；衰减为 60dB、40dB、20dB、0dB。

④ 直流偏置　0～±10V，可调。

⑤ 幅度显示误差　±10%±2 个字（输出幅度值大于最大输出幅度 1/10 时）。

（7）功率输出（频率范围 1Hz～200kHz）

① 幅度　不小于 20Vp-p。

② 输出功率　不小于 5W。

（8）VCF 输入

① 输入电压　−5V～0V。

② 最大压控比　大于 1 倍程。

③ 输入信号　DC～1kHz。

（9）扫频

① 方式　线性、对数。

② 速率　5s～10ms。

③ 宽度　大于 1 倍程。

④ 扫描输出幅度　10Vp-p。

⑤ 扫描输出阻抗　600Ω。

（10）频率计

① 测量范围　10Hz～100MHz。

② 输入阻抗　1MΩ/20pF。

③ 灵敏度　100mV rms。

④ 最大输入　150V（AC+DC）（按下输入衰减）。

⑤ 输入衰减　20dB。

⑥ 滤波器截止频率　约为 100kHz。

⑦ 测量误差　不大于 $3\times10^{-5}\pm1$ 个字。

（11）电源适应范围

① 电压　220V±10%。

② 频率　50Hz±2Hz。

③ 功率　35VA。

（12）工作环境

① 温度　0℃～40℃。

② 湿度　小于 90%RH。

③ 大气压力　86kPa～104kPa。

（13）尺寸　330mm×255mm×100mm。

（14）重量　3kg。

2.1.3　工作原理

该仪器工作原理框图如图 2-1-1 所示。

1. 波形发生电路

该部分电路由 MAX038 函数信号发生器及频率、占空比控制电路组成，波形的选择、频率和占空比的调节都是由单片机来控制的。

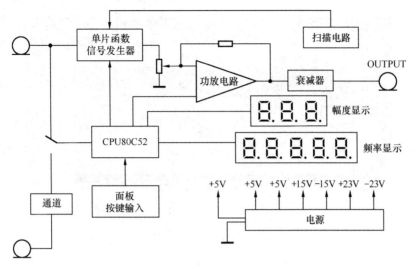

图 2-1-1　DF1641C 函数信号发生器工作原理框图

2．单片机智能控制电路

该部分电路由单片机 80C52、面板按键输入、频率、幅度显示器及其他各种控制信号的输出及指示电路组成。其主要功能是：控制输出信号的波形，调节函数信号的频率，测量输出信号或外部输入信号的频率并显示，显示输出波形的幅度。

3．频率计数通道

该电路由宽带放大器及方波整形器组成，主要功能用于外测频率时对于信号的放大整形。

4．功率放大器

为了保证功率放大电路具有非常高的压摆率和良好的稳定性，功放电路采用双通道形式，整个功放电路具有倒相特性。

5．电源

采用±23V、±15V、±5V 和+5V 共 4 组电源。±23V 电源供功放使用，±15V、±5V 电源供波形发生电路使用，+5V 电源主要供单片机智能控制电路使用。

2.1.4　结构特性

该仪器采用全金属结构，体积小，结构牢固，电路元件分别安装在两块印制电路板上，各调整元件均置于明显位置。当仪器进行调整、维修时，拧下后面框下部的两个螺钉，拆去上、下盖板即可。

2.1.5　使用与维护

1．前面板

前面板布局如图 2-1-2 所示，前面板标志说明如表 2-1-1 所示。

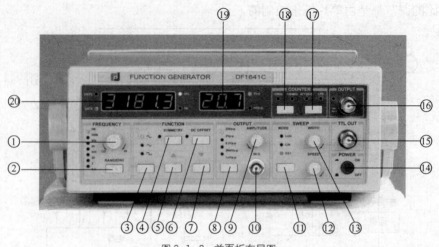

图 2-1-2　前面板布局图

表 2-1-1　　　　　　　　　　　　　前面板标志说明

序号	前面板标志	名称	作　　用
①		频率调节	频率调节按钮，顺时针调节使输出信号的频率提高，逆时针调节反之。当缓慢地调节此旋钮时，频率的变化率约为 0.1%，同时能根据调节的速率不同，自动调整步进量
②	RANGE（Hz）	频率范围选择	按住此按键，频率倍乘将从低→高→低循环，当所需频段的指示灯亮时，释放此按键即可，按一下此键可改变信号的频段。与"①"配合选择输出信号频率
③		波形选择	按此按键可选择正弦波、三角波和方波，同时与此对应的指示灯亮。与"④"、"⑤"、"⑦"配合使用可选择正向或负向斜波，正向或负向脉冲波
④	SYMMETRY	对称度	对称度控制按钮，指示灯亮时有效。对称度调节范围为 20:80～80:20
⑤	△	对称度直流偏置调节按钮	当对称度控制（指示灯亮）有效时或直流偏置（指示灯亮）有效时，按此按键可以改变波形的对称度或直流偏置。若对称度或直流偏置指示灯同时亮时，则此按键对最后一次选择的功能有效
⑥	DC OFFSET	直流偏置	输出信号直流偏置控制按钮，指示灯亮有效。直流偏置调节范围为 −10V～+10V
⑦	▽	对称度直流偏置调节按钮	主要功能同"⑤"，但调节方向与"⑤"相反
⑧		输出衰减	按此按键，可选择输出信号幅度的衰减量，分别为 0dB、20dB、40dB、60dB，同时与此对应的指示灯亮
⑨	AMPLITUDE	输出幅度调节	函数波形信号输出幅度调节旋钮，与"⑧"配合，用于改变输出信号的幅度
⑩	OUTPUT	电压输出	函数波形信号输出端，阻抗为 50Ω，最大输出幅度为 20Vp-p
⑪	MODE	扫频选择对数/线性/外扫描	扫描方式选择按钮，按一下按键可分别选择对数扫频、线性扫频以及外接扫频
⑫	SPEED	扫描速率	扫描速率调节旋钮，调节此旋钮用以改变扫描速率

续表

序号	前面板标志	名称	作　用
⑬	WIDTH	扫频宽度	扫频宽度调节旋钮，当仪器处于扫频状态时调节该旋钮，用以调节扫频宽度
⑭	POWER	电源开关	按下开关，机内电源接通，整机工作；此键释放，关掉整机电源
⑮	TTL　OUT	TTL 输出	TTL 电平的脉冲信号输出端，输出阻抗为 50Ω
⑯	OUTPUT	功率输出	功率信号输出端，绿色发光二极管亮时，输出端有信号输出，最大输出功率为 5W，当输出信号频率高于 200kHz 时，无信号输出
⑰	ATT 20dbLPF	衰减/低通滤波器	当计数选择外接时，在输入信号幅度较大时，按一下此键 ATT20dB 指示灯亮有效。再按一下则 LPF 灯亮（带内衰减，截止频率约为 100kHz）
⑱	10MHz/100MHz	计数选择10MHz/100MHz	频率计的内测、外测选择按钮，当 10MHz、100MHz 灯都不亮时为测量内部信号源的频率，当选择外测时，10MHz 灯亮时外测频率范围为 10Hz～10MHz；100MHz 灯亮时外测频率范围为 10MHz～100MHz。如输入端无信号，约 10s 后，频率计显示为 0
⑲		输出信号幅度调节	显示输出信号幅度的峰-峰值（空载）。若负载阻抗为 50Ω时，负载上的值应为显示值的二分之一。当需要输出幅度小于幅度电位器置于最大时的 1/10，建议使用衰减器。Vp-p，mVp-p 输出电压幅度的峰-峰值指示，灯亮有效
⑳		频率显示	显示输出信号的频率，或外测频率信号的频率。GATE 灯闪烁时，表示频率计正在工作，当输入信号的频率高于 100MHz 时，OV.FL 灯亮。Hz，kHz 为频率单位指示，灯亮有效

2. 后面板

后面板布局如图 2-1-3 所示，后面板标志说明如表 2-1-2 所示。

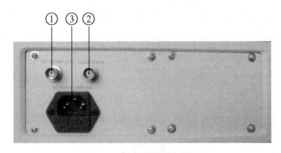

图 2-1-3　后面板布局图

表 2-1-2　　　　　　　　　　　　　　　后面板标志说明

序号	后面板标志	名称	作　用
①	VCF IN/SWP OUT		（a）外接电压控制频率输入端，输入电压为 0～−5V （b）扫描信号输出端，当扫频方式选择为对数或线性时，扫描信号在此端子输出
②	COUNTER IN		外测频率信号输入端
③		电源插座	为交流市电 220V 输入插座。同时带有保险丝座，保险丝容量为 0.5A

3．维护与校正

该仪器在规定条件下可连续工作，由于采用大规模的集成电路，校正相对比较方便，为保持良好性能，建议每 3 个月左右校正一次，校正的顺序如下。

（1）校失真。将仪器输出幅度旋至最大，波形选择正弦波，频率为 1kHz，将输出接至失真度计，调节 RP101 使失真符合技术要求。

（2）校输出幅度。输出接在示波器，在校失真状态，测此时输出幅度的峰峰值，调节 RP103，使指示值与输出幅度符合技术要求。

（3）校频率。将频率计置于"外接"，将外部标准振荡器的 10MHz 信号输入到"外接计数器"端口，调节 C5 使 LED 显示 9 999.9kHz。将标准振荡器的幅度调至 100mV rms，调节 RP401 使 LED 稳定显示 9 999.9kHz。

4．故障排除

故障排除应在熟悉仪器工作原理的情况下进行，根据故障的现象，按工作原理初步分析出故障电路的范围，先排除直观故障，然后再以必要的手段对故障电路进行静态、动态检查，查出确切故障后再进行处理，使仪器恢复正常工作。

2.2 GDM-8135 数字式万用表使用说明

2.2.1 概述

该仪器是一种轻便的三位半数字式万用表，采用一种独特的模拟/数字转换技术，具有自动归零，消除偏移误差的特性。两个 LSI 芯片包含了模拟/数字转换器，使分离式电子组件减少到少于 110 个。其他特点包括以自动数字方法判定极性、连续滤波和 LED 读出。

控制按钮包括 5 个交直流电压挡，6 个交直流电流挡和 6 个电阻挡的选择。精确测量的范围为：直流电压为 100μV～1 200V、交流电压为 100μV～1 000V、交直流电流为 100nA～19.99A、电阻为 100mΩ～19.99MΩ。

2.2.2 技术参数

GDM-8135 数字式万用表的技术参数如表 2-2-1 所示。

表 2-2-1   技术参数

	挡位	±199.9mV，±1.999V，±19.99V，±199.9V，±1 199V
直流电压	年精度 15℃～35℃	±（0.1%读数+1 位）
	输入阻抗	10MΩ，所有挡
	差模排斥	大于 60dB@50Hz，60Hz
	共模排斥 （1kΩ不平衡）	大于 120dB@DC 和 50Hz，60Hz
	反应时间	1/2s
	最大输入电压	1 200Vrms，所有挡

交流电压	挡位	199.9mV，1.999V，19.99V，199.9V，1 000V
	年精度 15℃～35℃	所有挡：40Hz～1kHz±（0.5%读值+1 位） 200mV～200V 挡：1kHz～10kHz±（1%读值+1 位） 200mV～20V 挡 ：10kHz～20kHz±（2%读值+1 位） 200mV～20V 挡 ：20kHz～40kHz±（5%读值+1 位）
	输入阻抗	10MΩ 与 100pF 并联
	共模排斥 （1kΩ不平衡）	大于 60dB@50Hz，60Hz
	反应时间	3s（最差情况）
	最大输入电压	在 20V、200V、1 000V 挡时，为 1 000 V rms，且不超过 10^7V·Hz，在 200mV 和 2V 时，为 750 V rms
直流电流	挡位	±199.9μA，±1.999mA，±19.99mA， ±199.9mA，±1 999mA，±19.99A
	年精度 15℃～35℃	±（0.2%读值+1 位）除 2 000mA，20.00A 挡外， ±（0.5%读值+1 位）2 000mA，20.00A 挡
	电压负荷	0.22V 最大至 2V
	反应时间	1/2s
	最大输入电流	2A 输入 2A rms（保险丝保护） 20A 输入 20 A rms（无保险丝）
交流电流	挡位	199.9μA，1.999mA，19.99mA，199.9mA，1 999mA，19.99A
	年精度 15℃～35℃	40Hz～1kHz±（0.5%读值+1 位）， 1kHz～10kHz±（1%读值+1 位）， 10kHz～20kHz±（2%读值+1 位），除 2 000mA，20.00A 挡外， 40Hz～2kHz±（1.0%读值+2 位），2 000mA，20.00A 挡
	电压负荷	0.22V 最大至 2V
	反应时间	3s
	最大输入电流	2A 输入 2Arms（保险丝保护） 20A 输入 20 Arms（无保险丝）
电阻	挡位	199.9Ω，1.999kΩ，19.99kΩ，199.9kΩ，1 999kΩ，19.99MΩ
	年精度 15℃～35℃	200Ω，2kΩ，20kΩ，200kΩ，2 000kΩ挡±（0.2%读值+1 位） 20MΩ挡±（0.5%读值+1 位）
	反应时间	200Ω，2kΩ，20kΩ，200kΩ，2 000kΩ挡：1/2s， 20MΩ挡：4s
	通过的电流	200Ω挡：1mA 2kΩ挡：1mA 20kΩ挡：100μA 200kΩ挡：1μA 2 000kΩ挡：1μA 20MΩ挡：0.1μA
	最大输入电压	300VDC/AC rms，所有挡位
导通检测	说明	内置蜂鸣器，当导电值小于 10Ω时，则发声响
	测试电流	最大 1.0mA
	开路电压	最大 13V

续表

环境	操作环境	在室内使用，高达海拔 2 000m，安装等级III，污染程度 2
	操作温度范围	0℃～50℃
	储存温度范围	−10℃～70℃
	湿度范围	在 2 000kΩ，20MΩ挡时为：0%～80%，0℃～35℃； 在其他挡时为：0%～90%，0℃～35℃，0～70%，35℃～50℃
其他	最大共模电压	1 200V 峰值或 500VDC/AC rms
	显示器	7 段式 LED，0.5″高
	尺寸	95（高）*245（宽）*280（长）m/m
	重量	2.5kg
	电源	100V，120V，220V 或 230V AC，50Hz～400Hz，5W

2.2.3 操作说明

操作说明包括装机和仪器操作。操作这台万用表前应详细阅读并理解这部分内容。

1．电源输入

此仪器提供 4 种输入电源：AC100V，120V，220V 或 230V，50Hz 到 400Hz。在接上交流电源线前，确认仪器的电源电压符合需求，在仪器背面板上有标示所需交流电源线的电压值。

警告：为避免电击的危险，电源线的接地保护导体必须接地。

注意：为避免损坏仪器，请勿在温度超过 50℃ 的环境下使用仪器。

2．操作特性

全部控制、连接、显示的位置和功能如图 2-2-1 所示。

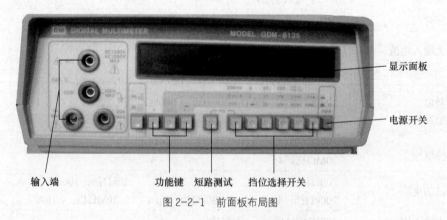

图 2-2-1 前面板布局图

3．输入端连接

输入部分的 4 个输入端子（2A，20A，V-Ω和 COMMON）与待测的信号源或电阻相连。测量信号源时，2A，20A 或 V-Ω和 COMMON 分别与信号源的高、低端相连。待测电阻则连接在 V-Ω和 COMMON 之间。

4．过载保护

读数显示闪烁不定表示发生过载情况。在任何挡位内 V-Ω和 COMMON 之间直流电压可耐受至 1 200V。在 20V，200V 和 1 200V 挡，V-Ω和 COMMON 之间交流电压可耐受至 1 000Vrms（且不超过 10^7VHz），在 200mV，2V 挡，V-Ω和 COMMON 之间交流电压可耐受至 750Vrms。在 2A 和 COMMON 之间，当输入电流大于 2A 和最大电压大于 2V 时，即有保险丝保护。20A 和 COMMON 是用来作信号输入。在 20A 的输入端有符号提醒操作者，其最大测量电流为 20A，且无保险丝保护装置。在电阻测量保护上允许 V-Ω和 COMMON 之间最大电压到 300 Vrms。

5．基本仪器测量

基本仪器测量如表 2-2-2 所示。

表 2-2-2　　　　　　　　　　　　　　基本仪器测量

测量	功能	挡　位	输入端连接方式	备注
DC（V）	DC（V）	200mV，2V，20V，200V，1 200V	V-Ω和 COMMON	自动极性
DC（mA）	DC（mA）	200μA，2mA，20mA，200mA，2 000mA	2A 和 COMMON	
		20A	20A 和 COMMON	
AC（A）	AC（A）	200mV，2V，20V，200V，1 000V	V-Ω和 COMMON	
AC（mA）	AC（mA）	20μA，2mA，20mA，200mA，2 000mA	2A 和 COMMON	
		20A	20A 和 COMMON	
kΩ	kΩ	200Ω，2kΩ，20 kΩ，200 kΩ，2 000kΩ，20MΩ	V-Ω和 COMMON	

2.2.4　安全注意事项

（1）搬运或储藏、使用该仪器时，应避免重压或震动。

（2）无专业技术人员处理时，在仪器损坏的情况下，不应随便自行拆机，以免其特性受到影响。

（3）注意使用电源 100V/120V/220V/230V 及保险丝的规格指示（220V/230V 0.1A，100/120V 0.2A）。

（4）本机使用三线性电源，可确保本机的外壳与电源的良好接地保护状态。

（5）操作环境范围为 0℃～50℃；应避免在高温、高湿及磁场干扰的场所操作。

2.3　DF2170A 交流毫伏表

2.3.1　概述

DF2170A 交流毫伏表是通用型电压表，具有测量电压的频率范围宽，测量电压的灵敏度和精度高，噪声低，测量误差小等优点，并具有相当好的线性度。该系列电压表还具有外型美观，操作方便，开关手感好，内部电路先进，结构紧凑，可靠性好等特点。

DF2170A 交流毫伏表采用两组相同而又独立的线路及双指针表头，故可在同一表面同时指示两个不同交流信号的有效值，方便地进行双路交流电压的同时测量和比较，同时监视输出。"同步—异步"操作，使测量特别是立体声双通道的测量带来极大的方便。

2.3.2 技术参数

（1）电压测量范围　30μV～300V。

（2）测量电压频率范围　5Hz～2MHz。

（3）测量电平范围　–90dB ～ +50dB，–90dBm～+52dBm。

（4）输入输出形式　接地/浮置。

（5）固有误差（以 1kHz 为基准）

① 电压测量误差　±3%（满度值）。

② 频率影响误差　20Hz～20kHz：±3%，5Hz～1MHz：±5%，5Hz～2MHz：±7%。

③ 测量条件　20℃+2℃，相对湿度不大于 50%，大气压力为 86kPa～106kPa。

（6）工作误差

① 电压测量误差　±5%（满度值）。

② 频率影响误差　20Hz～20kHz ±5%，5Hz～1MHz ±7%，5Hz～2MHz ±10%。

（7）两通道之间的误差　不超过满度值的 5%（1kHz）。

（8）输入阻抗　在 1kHz 时，输入阻抗约 2MΩ，输入电容不大于 20pF。

（9）噪声　在输入端良好短路时不大于 10μV。

（10）输出监视特性

① 开路输出电压约为 100mV（输入电压满刻度值时）。

② 输出阻抗约 600Ω，失真不大于 5%。

（11）工作环境

① 温度　0℃～+40℃。

② 相对湿度　小于 RH80%。

③ 大气压　86kPa～104kPa。

2.3.3 工作原理

DF2170A 交流毫伏表由输入衰减器、前置放大器、电子衰减器、主放大器、线性放大器、输出放大器、电源及控制电路组成。

前置放大器由高输入阻抗和低输出阻抗的复合放大器组成，由于采用低噪声器件和工艺措施，因此具有较小的本机噪声，输入端还具有过载保护功能。

电子衰减器由集成电路组成，受 CPU 控制，因此具有较高的可靠性及长期工作的稳定性。主放大器由几级宽带低噪声、无相移放大器组成，由于采用深度负反馈，因此电路稳定可靠。线性检波电路是一个宽带线性检波电路，由于采用了特殊电路，使检波线性达到理想线性化。控制电路采用数码开关和 CPU 相结合控制的方式，来控制被测电压的输入量程，用指示灯指示量程范围，使人一目了然。当量程切换至最低或最高挡位，CPU 会发出报警声提示。

其他辅助电路还有开机、关机表头保护电路，避免了开机和关机时表头指针受到的冲击。

2.3.4 使用方法

1. 前面板、后面板

DF2170A 交流毫伏表的前面板、后面板布局分别如图 2-3-1、图 2-3-2 所示。

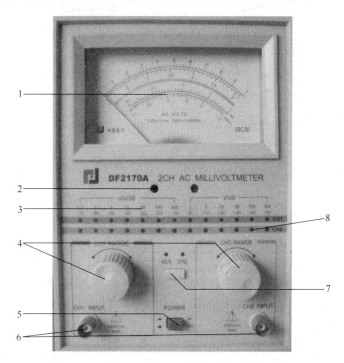

1—表头 2—机械零位调整 3—量程指示 4—量程开关 5—电源开关
6—通道输入 7—同步异步/CH1、CH2 选择按键 8—同步异步/CH1、CH2 指示

图 2-3-1 DF2170A 交流毫伏表前面板布局图

2. 使用方法

（1）通电前，先调整电表指针的机械零点，并将仪器水平放置。

（2）接通电源，按下电源开关，各挡位发光二极管全亮，然后自左至右依次轮流检测，检测完毕后停止于 300V 挡指示，并自动将量程置于 300V 挡。

（3）测量 30V 以上的电压时，需注意安全。

（4）所测交流电压中的直流分量不得大于 100V。

（5）接通电源及输入量程转换时，由于电容的放电过程，指针有所晃动，需待指针稳定后读取读数。

（6）同步/异步方式。

当按动面板上的同步/异步选择按键时，可选择同步/异步工作方式，SYNC 灯亮为同步工作方式，ASYN 灯亮为异步工作方式。当为异步工作方式时，CH1 和 CH2 通道相互独立控制工作；当为同步工作方式时，CH1 和 CH2 的量程由任一通道控制开关控制，使两通道具有相同的测量量程。

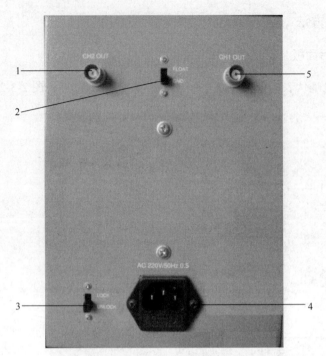

1—通道2监视输出 2—接地方式选择开关
3—关机锁存/不锁存选择开关 4—电源插座 5—通道1监视输出

图 2-3-2 DF2170A 交流毫伏表后面板布局图

（7）浮置/接地功能。

① 当将开关置于浮置时，输入信号地与外壳处于高阻状态；当将开关置于接地时，输入信号地与外壳接通。

② 在音频信号传输中，有时需要平衡传输，此时测量其电平时，不能采用接地方式，需要浮置测量。

③ 在测量 BTL 放大器时，输入两端任一端都不能接地，否则将会引起测量不准甚至烧坏功放，此时宜采用浮置方式测量。

④ 某些需要防止地线干扰的放大器或带有直流电压输出的端子及元器件二端电压的在线测试等均可采用浮置方式测量，以免由于公共接地带来的干扰或短路。

（8）监视输出功能。

该系列仪器均具有监视输出功能，因此可作为独立放大器使用。

当 300μV 量程输入时，该仪器具有 316 倍的放大（50dB）。

当 1mV 量程输入时，仪器具有 100 倍的放大（40dB）。

当 3mV 量程输入时，仪器具有 31.6 倍的放大（30dB）。

当 10mV 量程输入时，仪器具有 10 倍的放大（20dB）。

当 30mV 量程输入时，仪器具有 3.16 倍的放大（10dB）。

（9）关机锁存功能。

① 当将后面板的关机锁存/不锁存选择开关拨向 LOCK 时，在选择好测量状态后再关机，则当重新开机时，仪器会自动初始化成关机前所选择的测量状态。

② 当将后面板的关机锁存/不锁存选择开关拨向 UNLOCK 时，则每次开机时仪器自动选择在量程 300V 挡，ASYN（异步）/CH1 状态。

2.3.5 维护和保养

1．维护

（1）仪器应放在干燥及通风的地方，并保持清洁，久置不用时应盖上塑料套。

（2）仪器应避免剧烈震动，仪器周围不应有高热及强电磁场干扰。

（3）仪器使用电压为 220V 50Hz，不应过高或过低。

（4）仪器应在规定的电压量程内使用，尽量避免过量程使用，避免烧坏仪器。

2．修理

（1）仪器电源接通后，若指示灯不亮，表头无反应，应检查电源保险丝是否烧坏。

（2）若保险丝完好，则应检查机内电源±6V、+5V 是否正常，若正常则进一步检查控制电路、放大电路等电路故障。

（3）经检修后应对其测量电压精度进行校正，应对不同量程、不同频率进行全性能的计算。线路板上的 RP201 为在 1V 电压挡 1kHz 满度时校正表头，VC201 为校正 1V～300V 挡频响。

2.4 GOS-6021 双通道示波器

2.4.1 概述

20MHz 双频道的 GOS-6021 是一般用途的手提式示波器，以微处理器为核心的操作系统控制仪器的数字面板设定，使用光标功能，可从荧幕上的文字符号直接读出电压、时间和频率，以方便仪器的操作，有 10 组不同的面板设定，可任意存储及调用。其垂直偏向系统有两个输入通道，每一通道从 1mV 到 20V，共有 14 种偏向挡位，水平偏向系统从 0.2μs 到 0.5s，可在垂直偏向系统的全屏宽度下稳定触发。除此之外，还有如下一些特性。

（1）内部附有刻度的高亮度阴极射线管（CRT）。此示波器使用一个内部有刻度的 6 英寸方形阴极射线管，即使在高速扫描时也可清晰显示轨迹。

（2）内部有 6 位频率计数器，其精确度在±0.01%范围内，可测试 50Hz～20MHz 的频率。

（3）ALT-MAG 功能。使用 ALT-MAG 功能，可使基本扫描波形和放大扫描波形一起显示。放大率分 3 挡：×5，×10，×20，放大波形显示在荧屏中央。

（4）方便的 VERT-MODE 触发。当切换到 VERT-MODE 后，同步触发信号源会自动调整，这表明在 VERT-MODE 不必每次都要改变触发源。

（5）TV 触发。电视同步分离电路技术对场、行电视信号进行稳定的测量。

（6）HOLD OFF。该功能用于获得稳定的同步，对于仅通过触发电平调节难以同步的复杂波形也适用。

（7）CH1 信号输出。在信号线中部分支输入信号可获得 CH1 信号输出。当输入信号为 50mV/DIV，输出端连接一计数器，就可以一边观察波形一边测量信号的频率。

（8）z 轴亮度调节。可从外部输入遮没（blanking）信号，借由脉冲信号进行时间刻度标记的亮度调节。

（9）LED 指示器和蜂鸣报警器。LED 位于前板，用于辅助和显示附加资料；蜂鸣器在不当的操作和控制钮被旋转到底的情况下，都会发出警讯。

（10）SMD 技术。这个仪器利用最先进的 SMD 技术制造，以减少内部布线数量和缩短内部印制电路板（PCB）铜箔路线。

（11）体积小，（275W×130H×370D）mm，使用方便。

2.4.2 技术参数

GOS-6021 双通道示波器技术参数如表 2-4-1 所示。

表 2-4-1　　　　　　　　　　　　技术参数

类别	项　目	技　术　指　标		
CRT	形式	内有刻度的 6 寸方形 CRT（0% 10% 90% 100% 的记号） 8×10DIV（1DIV=1cm）		
	加速电压	大约 2kV		
	亮度和聚焦	前面板控制		
	发光度	参考提供		
	CRT 定位	参考提供		
	z 轴输入	灵敏度：> 5V；极性：正向降低亮度；输入阻抗：大约 47kΩ 频率范围：DC～2MHz；最大输入电压：30V（DC +AC 峰值），1kHz		
垂直系统	灵敏度误差	1mV～2mV/DIV：±5%，5mV～20V/DIV：±3%，1-2-5 顺序，14 个挡位		
	可调垂直灵敏度	面板表示值的 1/2.5 或更少，持续可调		
	带宽（-3dB）和上升时间	灵敏度	带宽（-3dB）	上升时间
		5mV～20V/DIV	DC～20MHz	大约 17.5ns
		1mV～2mV/DIV	DC～7MHz	大约 0.50ns
	最大输入电压	400V（DC+AC peak）1kHz		
	输入耦合	AC，DC，GND		
	输入阻抗	大约 1MΩ±2% // 大约 25pF		
	垂直模式	CH1，CH2，DUAL（CHOP/ALT），ADD，CH2 INV		
	CHOP 频率	大约 250kHz		
	动态范围	8 DIV，20MHz		
水平系统	扫描时间	0.2μs/DIV～0.5S/DIV，1-2-5 顺序，20 个挡位		
	精度	±3%，±5%（×5，×10MAG），±8%（×20MAG）		
	扫描放大	×5，×10，×20 MAG		
	最大扫描时间	50ns/DIV（10ns/DIV～40ns/DIV 不被校正）		
	ALT-MA 功能	可用		

续表

类别	项　目	技　术　指　标			
触发系统	触发模式	AUTO，NORM，TV			
	触发源	VERT-MODE，CH1，CH2，LINE，EXT			
	触发耦合	AC，HFR，LFR，TV-V(−)，TV-H(−)			
	触发斜率	"+" 或 "−" 斜率			
	触发灵敏度	频率范围	CH1，CH2	VERT-MODE	EXT
		20Hz～2MHz	0.5 DIV	2.0 DIV	200mV
		2MHz～20MHz	1.5 DIV	3.0 DIV	800mV
		TV 同步脉冲，大于 1DIV（CH1，CH2，VERT-MODE）或者 200mV（EXT）			
	外部触发输入	输入阻抗：约 1MΩ//25pF（AC 耦合） 最大输入电压：400V（DC+AC peak）1kHz			
	Hold-off 时间	可调			
X-Y 操作	输入	x 轴：CH1，y 轴：CH2			
	灵敏度	1mV/DIV～20V/DIV			
	带宽	x 轴：DC～500kHz（−3dB）			
	相位差	<3°，DC～50kHz			
CRT 读值	面板设置显示	CH1/CH2 灵敏度，扫描时间，触发条件			
	面板设置储存与调用	10 组			
	光标测量	光标测量功能：ΔV，ΔT，1/ΔT 光标分辨率：1/25 DIV 有效光标范围：垂直：±3 DIV，水平：±4 DIV			
	频率计数器	显示位数：6 位；频率范围：50Hz～20MHz 精度：±0.01%；测量灵敏度：大于 2 DIV			
电源要求	电压	AC100V，120V，230V±10%，可选			
	频率	50Hz 或 60Hz			
	功耗	大约 60VA，50W（max）			
机械性能	尺寸	275（W）×130（H）×370（D）mm			
	重量	8 kg			
操作环境		1. 用于室内 2. 用于海拔高达 2 000m 3. 安全规格的温度：10℃～35℃ 4. 操作温度：0℃～40℃ 5. 相对湿度：最高 85% RH 6. 安全等级：H 7. 污染程度：2			
储存条件		温度：−10℃～70℃，相对湿度≤70%			

2.4.3 使用前的注意事项

1. 检查电源电压

GOS-6021 双通道示波器可用表 2-4-2 列出的电源电压，接通电源前先确定后面板电压选择器设定在与电压相符的位置，以免损坏仪器。

当电源电压改变时，请选择表 2-4-2 所列的匹配保险丝。

警告：更换保险丝装置之前，要拔掉电源插头，以免触电。

表 2-4-2　　　　　　　　　　　　电源电压与保险丝

电源电压	范　围	熔　丝	电源电压	范　围	熔　丝
100V 120V	90V～110V 108V～132V	T1A 250V	230V	207V～250V	T0.4A 250V

2. 操作系统

此仪器操作的环境温度为 0℃～40℃，超过这个范围，可能会损坏电路。此外，请勿将该仪器放于磁场或电场附近，以免造成测量误差。

3. 仪器的安装和操作

为了保护该仪器，在安装和操作时请保持出风口的通畅，否则该仪器提供的安全保证会大打折扣。

4. CRT 的亮度

为了避免 CRT 永久损坏，请勿将光点长时间停在一处，也不要将波形轨迹调得太亮。

5. 输入端子的耐压

该示波器及探头输入端子所能承受的最大电压如表 2-4-3 所示。请勿使用高于该范围的电压，以免损坏仪器。

表 2-4-3　　　　　　　　　　　　输入端子的耐压

输　入　端	最大输入电压	输　入　端	最大输入电压
CH1、CH2 输入端	400V（DC+AC 峰值）	探棒输入端	600V（DC+AC 峰值）
EXT TRIG 输入端	400V（DC+AC 峰值）	z 轴输入端	30V（DC+AC 峰值）

注意：最大输入电压的频率不可大于 1kHz，否则会损坏仪器。

2.4.4 面板介绍

打开电源后，所有的主要面板设定都会显示在荧屏上。LED 位于前板，用于辅助和指示附加资料的操作。不正确的操作或将控制钮转到底时，蜂鸣器都会发出警讯。所有的按钮、TIME/DIV 控制钮都是电子式的，它们的功能和设定都可以存储。

1. 前面板

前面板可以分成 4 大部分：显示器控制、垂直控制、水平控制和触发控制，如图 2-4-1 所示。

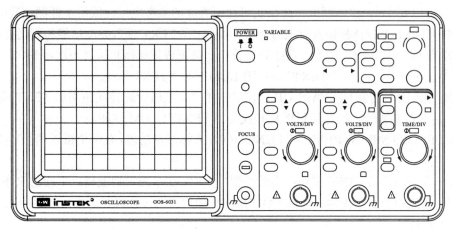

图 2-4-1　GOS-6021 前面板

第一部分：显示器控制

显示器控制钮用于调整荧屏上的波形，并提供探头补偿的信号源，如图 2-4-2 所示。

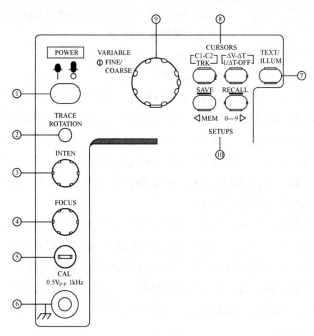

图 2-4-2　显示器控制

① POWER：当电源接通时，LED 会全部发亮，然后显示一般的操作程序，执行上次开机前的设定，LED 显示进行中的状态。

② TRACE ROTATION：是使水平轨迹与水平线平行的调整钮，可用小螺丝刀来调整该

电位器。

③ INTEN：控制钮，用于调节波形的亮度，逆时针方向降低亮度。

④ FOCUS：聚焦钮，用于调节波形的清晰度。

⑤ CAL：此端子输出一个 0.5Vp-p、1kHz 的参考信号给探棒使用。

⑥ Ground socket：接地插座，此接头可作为直流的参考电压，或用于低频信号的测量。

⑦ TEXT/ILLUM：该按钮具有双重功能，用于选择 TEXT 读数亮度功能和刻度亮度功能。以"TEXT"或"ILLUM"显示。在读数装置中，按下该按钮后将按以下次序变化：

$$\text{"TEXT"} \rightarrow \text{"ILLUM"} \rightarrow \text{"TEXT"}$$

TEXT/ILLUM 功能和⑨VARIABLE 控制钮相关。顺时针旋转此钮增加 TEXT 亮度或刻度亮度，逆时针则减低，按此钮可以打开或关闭 TEXT/ILLUM 功能。

⑧ CURSORS MEASUREMENT FUNCTION：光标测量功能,有两个按钮和⑨VARIABLE 控制钮有关。

▽V−▽T−1/▽T−OFF 按钮：当此按钮按下时，3 个测量功能将以下面的次序选择。

▽V：出现两个水平光标，根据 VOLTS/DIV 的设置，可计算两条光标之间的电压，▽V 显示在 CRT 上部。

▽T：出现两个垂直光标，根据 TIME/DIV 设置，可计算出两条垂直光标之间的时间，▽T 显示在 CRT 上部。

1/▽T：出现两个垂直光标，根据 TIME/DIV 设置，可计算出两条垂直光标之间的时间的倒数，1/▽T 显示在 CRT 上部。

C1−C2—TRK 按钮：光标 1、光标 2 轨迹可由此钮选择，按此钮将以下面次序选择光标。

C1：使光标 1 在 CRT 上移动（显示▼或▲符号）。

C2：使光标 2 在 CRT 上移动（显示▼或▲符号）。

TRK：同时移动光标 1 和光标 2，保持两个光标之间的距离不变（两符号都被显示）。

⑨ VARIABLE：通过旋转或按 VARIABLE 按钮，可以设定光标位置 TEXT/ILLUM 功能。在光标模式中，按 VARIABLE 控制钮可以在 FINE（细调）和 COARSE（粗调）之间选择光标位置。如果旋转 VARIABLE，选择 FINE 调节，光标移动得慢，选择粗调，光标移动得快。

在 TEXT/ILLUM 模式下，该控制钮用于选择 TEXT 亮度，请参考，TEXT/ILLUM 部分。

⑩ ▲MEMO-0-9▲--SAVE/RECALL：此仪器包含 10 组非易失性的记忆器，可用于储存和调用所有电子式的选择钮的设定状态。

按▲或▲按钮选择记忆位置，此时"M"字母后跟着 0～9 之间的数，显示存储位置。每按一下▲按钮，储存位置的号码会一直增加，直到数位 9。按▲按钮则一直减小到 0 为止。按 SAVE 按钮约 3s 将状态存储到记忆器，并显示"SAVE"信息，荧屏上有 ↵ 显示。

调用前面板的设定状态：如上述方式选择调用的记忆器，按住 RECALL 按钮 3s，即可调用先前设定的状态，并显示"RECALL"的信息，荧屏上有 ┌ 显示。

第二部分：垂直控制

垂直控制按钮选择输出信号及控制幅值，如图 2-4-3 所示。

⑪ CH1 按钮。

⑫ CH2 按钮。

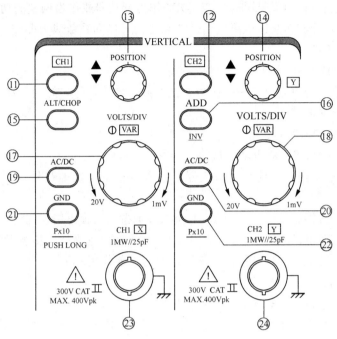

图 2-4-3 垂直控制

快速按下 CH1（CH2）按钮，通道 1（通道 2）处于导通状态，偏转系数将以读数方式显示。

⑬ H1 POSITION：控制钮。

⑭ CH2 POSITION：控制钮。

通道 1 和通道 2 的垂直波形定位可用这两个旋钮来设置。X-Y 模式中，CH2 POSITION 可用来调节 y 轴信号偏转灵敏度。

⑮ ALT/CHOP：该按钮有多种功能，只有 CH1、CH2 两个通道都开启后，才起作用。

ALT：在读出装置显示交替通道的扫描方式。在仪器内部每一时基扫描后，切换至 CH1 或 CH2，反之亦然。

CHOP：切割模式的显示。每一扫描期间，不断地在 CH1 和 CH2 之间作切换扫描。

⑯ ADD-INV。

ADD：读出装置显示"+"号，表示相加模式。由相位关系和 INV 的设定决定输入信号相加还是相减，两个信号将成为一个信号显示，为使测试正确，两个通道的偏向系数必须相等。

INV：按住此按钮一段时间，设定 CH2 反向功能的开/关，反向状态将会在读出装置上显示"↓"号。反向功能会使 CH2 信号反向 180°。

⑰ CH1 VOLTS/DIV：控制钮。

⑱ CH2 VOLTS/DIV：控制钮。

CH1/CH2 的控制钮，有双重功能。顺时针方向调整旋钮，以 1—2—5 顺序增加灵敏度，逆时针则减小。挡位从 1mV/DIV 到 20V/DIV。如果关闭通道，此控制钮自动停止工作。使用中通道的偏向系数和附加资料都显示在读出装置上。

VAR：按住此钮一段时间选择 VOLTS/DIV 作为衰减器或作为调整的功能。开启 VAR 后，以>符号显示，逆时针旋转此钮以降低信号的高度，且偏向系数成为非校正条件。

⑲ CH1，AC/DC。

⑳ CH2，AC/DC。

按一下此按钮，切换交流（～的符号）或直流（＝的符号）的输入耦合。此设定及偏向系数显示在读出装置上。

㉑ CH1 GND—P×10。

㉒ CH2 GND—P×10—双重功能按钮。

GND：按一下此按钮，使垂直放大器的输入端接地，接地符号"⏚"显示在读出装置上。

P×10：按下此按钮一段时间，取 1∶1 和 10∶1 之间的读出装置的通道偏向系数，10∶1 的电压探头以符号表示在通道前（如"P10"，CH1），在进行光标电压测量时，会自动包括探头的电压因素，如果 10∶1 衰减探棒不使用，符号不起作用。

㉓ CH1-X：输入 BNC 插座。

㉔ CH2-Y：输入 BNC 插座。

BNC 插座是（CH1）CH2 信号的输入端，在 X-Y 模式，此输入信号是（x 轴）y 轴的偏移，为安全起见，此端子接地，而此接地端也连接到电源插座。

第三部分：水平控制

水平控制可选择时基操作模式和调节水平刻度，位置和信号的扩展，如图 2-4-4 所示。

㉕ **H POSITION**：此控制钮可将信号在水平方向移动，与 MAG 功能合并使用，可移动荧屏上任何信号。在 X-Y 模式中，控制钮调整 x 轴偏转灵敏度。

㉖ **TIME/DIV-VAR** 控制旋钮。

TIME/DIV：以 1－2－5 的顺序递减时间偏向系数，反方向旋转则递增时间偏向系数。时间偏向系数会显示在读出装置上。在主时基模式时，如果 MAG 不工作，可在 0.5s/DIV 和 0.2μs/DIV 之间选择以 1－2－5 顺序变化的时间偏向系数。

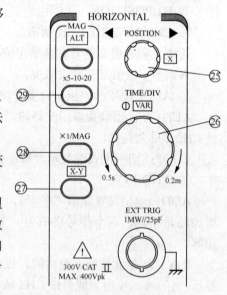

图 2-4-4　水平控制

VAR：按住此按钮一段时间选择 TIME/DIV 控制钮为时基或可调功能，打开 VAR 后，可对时间的偏向系数进行微调，逆时针方向旋转 TIME/DIV 以增加时间偏向系数（降低速度），偏向系数非校正的设定以">"符号显示在读出装置中。

㉗ **X-Y**：按住此钮一段时间，仪器可作 X-Y 示波器用。X-Y 符号将取代时间偏向系数显示在读出装置上。在这个模式中，CH1 输入端加入 x（水平）信号，CH2 输入端加入 y（垂直）信号。y 轴偏向系数范围为 1mV～20V/DIV，带宽为 500kHz。

㉘ **×1/MAG**：按下此钮，将在×1（标准）和 MAG（放大）之间选择扫描时间，信号波

形将会扩展（如果用 MAG 功能），此时只能看见一部分的信号波形，调整 H POSITION 可以看到信号中要看到的部分。

㉙ MAG FUNCTION（放大功能）。×5-×10-×20 MAG：当处于放大模式时，波形向左右方向扩展，并显示在荧屏中心。有 3 个档次的放大率×5-×10-×20MAG。按 MAG 按钮可分别选择。

ALT MAG：按下此钮，可以同时显示原始波形和放大波形。放大扫描波形在原始波形下面 3DIV（格）距离处。

第四部分：触发控制

触发控制决定两个信号及双轨迹的扫描起点，如图 2-4-5 所示。

㉚ ATO/NML 按钮及指示 LED：选择自动或一般触发模式，LED 会显示实际的设定。每按一次控制钮，触发模式依下面次序改变：ATO→NML→ATO。

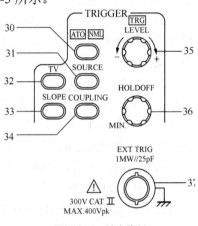

图 2-4-5　触发控制

ATO（AUTO，自动）：选择自动模式，如果没有触发信号，时基线会自动扫描轨迹，只有 TRIGGER LEVEL 控制钮被调整到新的电平设定时，触发电平才会改变。

NML（NORMAL）：选择一般模式，当 TRIGGER LEVEL 控制钮设定在信号峰之间的范围有足够的触发信号，输入信号会触发扫描；当信号未被触发，就不会显示时基线轨迹。当使同步信号变成低频信号时，使用这一模式（25Hz 或更少）。

㉛ SOURCE：选择触发信号源，实际的设定有 LED 指示及直读显示（"SOURCE, Slope, coupling"）当此按钮按下时，触发源按下列顺序改变：VERT—CH1—CH2—LINE—EXT—VERT。

VERT（垂直模式）：为了可以观察两个波形，同步信号将随着 CH1 和 CH2 上的信号轮流改变。

CH1（CH2）：触发信号源来自 CH1（CH2）的输入端。

LINE：触发信号源从交流电源取样波形获得。对显示与交流电源频率相关的波形极有帮助。

EXT：触发信号源从外部连接器输入，作为外部触发信号源。

㉜ TV：选择视频同步信号的按钮。从混合波形中分离出视频同步信号，直接连接到触发电路，由 TV 按钮选择水平或混合信号。当前设定以（SOURSE，VIDEO，POLARITY，TVV 或者 TVH）显示，当此按钮按下时，视频同步信号以下列次序改变：TV-T—TV-H—OFF—TV-V。

TV-V：主轨迹始于视频图场的开端，Slope 的极性必须配合复合视频信号的极性（凸 为负脉冲），以便触发 TV 信号场的垂直同步脉冲。

TV-H：主轨迹始于视频图场的开端，Slope 的极性必须配合复合视频信号的极性，以便触发电视图场的水平同步脉冲。

㉝ SLOPE：触发斜率选择按钮。按一下此按钮，选择信号的触发斜率以产生时基。每按

一下此按钮，斜率方向会从下降沿移动到上升沿，反之亦然。此设定在"SOURCE，SLOPE，COUPLING"状态下显示在读出装置上。如果在 TV 触发模式中，只有同步信号是负极性时，才可同步。⊔⊓符号显示在读出装置上。

㉞ COUPLING：按此按钮 LED 会显示实际的设定。按下此按钮选择触发耦合，实际的设定由 LED 及读出显示（SOURCE，SLOPE，COUPLING），每次按下此按钮，触发耦合以下列次序改变：AC→HFR→LFC→AC。

AC：将触发信号衰减到频率在 20Hz 以下，阻断信号中的直流部分，交流耦合对有大的直流偏移的交流波形的触发很有帮助。

HFR（High Frequency Reject）：将触发信号中 50kHz 以上的高频部分衰减，HFR 耦合提供低频成分复合波形的稳定显示，并对除去触发信号中的干扰有帮助。

LFR（Low Frequency Reject）：将触发信号中 30kHz 以下的低频部分衰减，并阻断直流成分信号。LFR 耦合提供高频成分复合波形的稳定显示，并对除去低频干扰或电源杂音干扰有帮助。

㉟ TRIGGER LEVEL：带有 TRG、LED 的控制钮。旋转控制钮可以输入一个不同的触发信号（电压），设定在合适的触发位置，开始波形触发扫描。触发电平的大约值会显示在读出装置上。顺时针调整控制钮，触发点向触发信号正峰值移动，逆时针则向负峰值移动，当设定值超过观测波形的变化部分，稳定的扫描将停止。

TRG LED：如果符合触发条件，TRG LED 亮，触发信号的频率决定 LED 是亮还是闪烁。

㊱ HOLD OFF 控制钮。当信号波形复杂，使用㉟TRIGGER LEVEL 不可获得稳定的触发，旋转此钮可以调节 HOLD-OFF 时间（禁止触发周期超过扫描周期）。当此钮顺时针旋转到头时，HOLD-OFF 周期最小，逆时针旋转时，HOLD-OFF 周期增加。

㊲ TRIG EXT：外部触发信号的输入端 BNC 插头。按㉛TRIG SOURCE 按钮，一直到读出装置中出现"EXT，SLOPE，COUPLING"。外部连接端被连接到仪器地端，因而和安全地端线相连。输入端最大输入电压见表 2-4-3，不要加入比限定值更高的电压。

2. 后面板

后面板布局如图 2-4-6 所示。

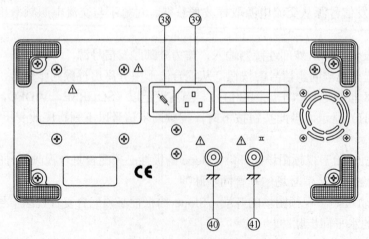

图 2-4-6　后面板示意图

㊳ LINE VOLTAGE SELECTOR AND INPUT FUSE HOLDER：电源电压选择器以及输入端保险丝座。保险丝数值如 2.4.3 小节检查电源电压所示。

㊴ AC POWER INPUT CONNECTOR：交流电源输入端子。连接交流电源线到仪器的电源供应器上。电源线接地保护端子必须连接仪器的无遮蔽的金属，电源线要接到适当的接地源以防电击。

㊵ CH1 输出－BNC 插头：此输出端子连接到频率计数器或其他仪器。

㊶ Z-AXIS INPUT-Z 轴输入端：连接外部信号到 z 轴放大器，调节 CRT 的亮度， 此端子为直流耦合。输入正信号，降低亮度；输入负信号，增加亮度。

2.4.5 操作方法

本小节包含测量前要考虑的基本操作资料和技术。关于仪器控制钮的位置和功能、连接器、指示器等，请参考 2.4.4 小节"前面板"、"后面板"的介绍。

1. 读出显示器

CRT 读出显示器显示一些仪器的旋钮及控制钮所设定而不标示的值。读出数据显示的位置和状态，如图 2-4-7 所示。

2. 输入信号的连接

（1）接地。最可靠的信号测量，是当示波器和被测的仪器除了连接信号导线和测试探棒外，再连接一般接地导线来进行。测试棒的接地线提供了信号相互连接的最好接地方法，保证了测试探棒电源线最大量的信号导线保护。接地导线可分为连接被测体和位于前面板的接地插座。

（2）测试探棒。以最简单方式连接一个输入信号到示波器上，标准的×1/×10。测试棒保护示波器不受电磁干扰，并有低电路负载的高输入阻抗。

注意：要准确取得最好波形，测试探棒的接地线和信号线越短越好。

测试探头补偿调整不当会引起测量误差，只要测试探头在不同的通道或不同的示波器使用，就必须先检查并调整测试探头补偿调整程序，请参考"测试探头补偿"的说明。

（3）同轴电缆。信号输入电缆大大影响波形显示的精确度。使用高品质、低损失的同轴电缆可维持输入信号的初始频率特性。同轴电缆特有的电阻可维持输入信号的初始频率特性。同轴电缆特有的电阻要终止于两端，以免信号在电缆间反射。

3. 调整和检查

（1）轨迹旋转调整。正常情况下，轨迹和中央水平刻度线平行时，不用调整 TRACE ROTATION，若要调节，使用一个一字型的小螺丝起子或其他工具来进行。

（2）测试探头补偿。可将测试波形的失真减小到最小。使用前检查探头的补偿。任何时候当探棒移至不同的输入通道时，定期检查其补偿，操作步骤如下。

① 将测试探头安装到示波器上（锁住 BNC 接头插入通道输入端）。

② 将测试探头滑动开关推至×10 位置。

③ 按示波器上的 CH1/CH2 按钮，将示波器设定到 CH1/CH2。

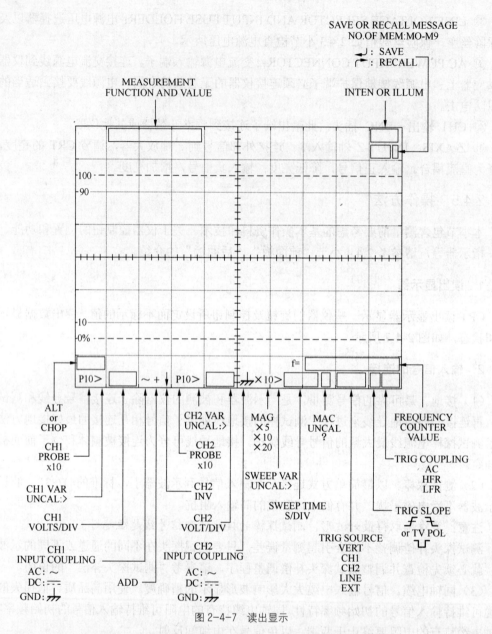

图 2-4-7　读出显示

④ 按住 P×10 按钮，设定波到指示的偏向系数，"P10"符号读出。

⑤ 将探头顶端与示波器前面的 CAL 端子连接。

⑥ 设定示波器控制钮显示双波道功能如下：

垂直：VOLTS/DIV　　　0.2V

　　　COUPLING　　　　DC

　　　ALT/CHOP　　　　CHOP

水平：TIME/DIV　　　　0.5ms

触发：MODE　　　　　　ATO

　　　SOURCE　　　　　VERT

COUPLING　　　　AC

SLOPE

　⑦ 观察显示波形并与图 2-4-8 所示的波形相比较。若任何一端的探头需要调整，按照步骤⑧的指示进行，若不需进一步调整，请进行"功能检查"部分。

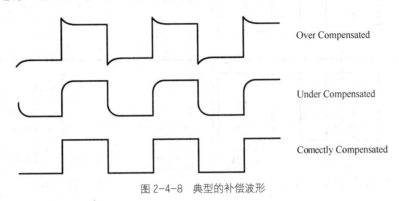

Over Compensated

Under Compensated

Comectly Compensated

图 2-4-8　典型的补偿波形

　⑧ 使用绝缘的小螺丝起子调整探头，慢慢地旋转调整钮直到探头得到适当的补偿。

4．功能检查

按以下的指示检查示波器的操作。

（1）安装×10 探头到 CH1、CH2 的输入端。

（2）连接探头顶端到示波器 CAL 测试点。

（3）设定示波器控制钮显示双通道的功能如下。

垂直：VOLTS/DIV　　　0.2V

　　　COUPLING　　　　DC

　　　ALT/CHOP　　　　CHOP

水平：TIME/DIV　　　　0.5ms

触发：MODE　　　　　ATO

　　　SOURCE　　　　　VERT

　　　COUPLING　　　　AC

　　　SLOPE　　　　　　X

　图 2-4-9 所示为符合要求的波形，在 1kHz 频率时，波形大约为 0.5Vp-p，确认了示波器水平和垂直偏置功能。

（4）将 CH1 和 CH2 双通道的耦合切换到 GND。

（5）使用 CH1 和 CH2 的 POSITION 控制钮，将两条轨迹显示在中央刻度线上。

（6）按住 CH2 INV 按钮，打开此功能。

（7）按一下 ADD 按钮，设定到 ADD 模式。

（8）将 CH1 和 CH2 双通道耦合切换到 DC。

（9）图 2-4-10 所示为符合要求的波形，显示在中央刻度线上平坦的波形，确认了通道平衡和 ADD 补偿的功能。

（10）按一下 ADD 按钮，关闭此功能。

（11）按住 CH2 INV 按钮，关闭此功能。

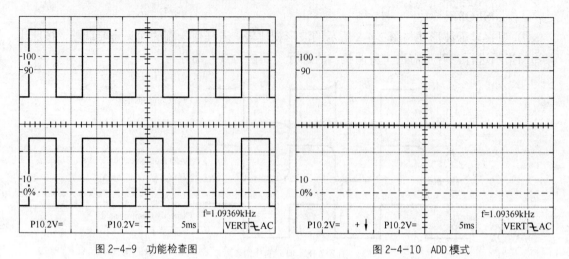

图 2-4-9 功能检查图   图 2-4-10 ADD 模式

5. 基本操作

（1）显示 CH1 或 CH2。目的是从信号通道显示信号。按 CH1 或 CH2 按钮将示波器设定到 CH1 或 CH2。

（2）同时显示 CH1 和 CH2。按照以下步骤同时显示两个通道的信号。

① 打开 CH1 和 CH2，图 2-4-11 所示为同时显示的两个波形。

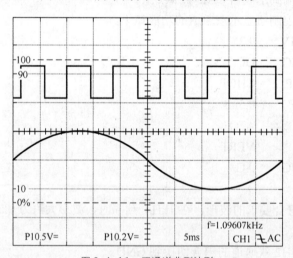

图 2-4-11 双通道典型波形

② 调整 CH1 和 CH2 POSITION 按钮，调整两个波形的位置。

③ 如果波形闪烁不定，按 ALT/CHOP 按钮，设定到 CHOP 模式。

（3）显示 CH1 和 CH2 的和与差。按以下步骤可计算 CH1 和 CH2 的和与差。

① 按 ADD 按钮到 ADD 模式。图 2-4-12 所示为图 2-4-11 中两个波形之和。

② 设定 CH2 INV 功能，在必要时显示波形的差异。

③ 按住 VOLTS/DIV 控制钮之一，设定它为可调功能，然后调整其增益差的发生。

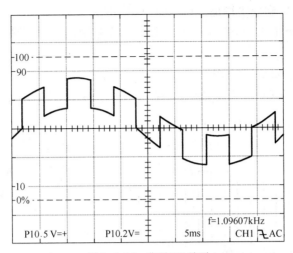

图 2-4-12　典型 ADD 波形

（4）频率和相位的比较（X-Y 操作）。使用 X-Y 模式来比较两个信号的相位，X-Y 波形显示不同的振幅、频率和相位。图 2-4-13 所示为两个相同频率和振幅所组成的波形，但约有 45°相位差。

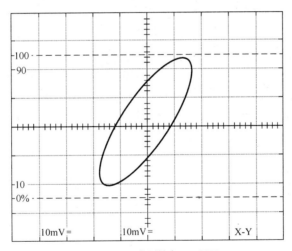

图 2-4-13　典型单个 X-Y 显示

为使示波器设定在 X-Y 模式，按以下步骤进行操作。

① 连接水平或 X 轴信号到 CH1 输入端。

② 连接垂直或 Y 轴信号到 CH2 输入端。

③ 按 X-Y 按钮，设定 X-Y 操作模式（见图 2-4-13）。

④ 以 HORIZONAL POSITION 控制钮调整 X 轴。

注意：当高频信号在 X-Y 操作时，注意 X 轴和 Y 轴之间的频率宽度和相位差的规格。请参考表 2-4-1 技术参数说明。

（5）放大观察波形。可使用 MAG 按钮将部分的波形放大（见图 2-4-14）。因为使用 TIME/DIV 控制钮要从起始点观察起，因距离太远，不易立即观察到。MAG 使用步骤如下。

① 调整 TIME/DIV 到最快扫描，显示要观察的波形。

② 旋转 HORIZONTAL POSITION 控制钮，将观察波形移至荧屏中央。

③ 按 MAG 按钮。

④ 选择 MAG×5、MAG×10 或者 MAG×20 进行放大功能。

完成以上过程后，观察的波形将会在左右方向放大 10 倍，扩展于荧屏的中央，如图 2-4-15 所示。

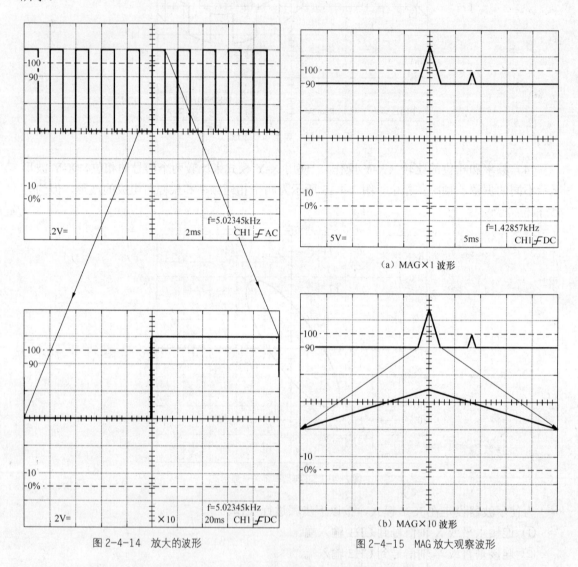

图 2-4-14 放大的波形

图 2-4-15 MAG 放大观察波形

（6）MAG-ALT 功能。按 MAG（放大）和 MAG-ALT（LED 灯）按钮，将使输入信号被显示。

① 设定波形中需要放大的部分于荧屏中央。

② 放大的波形在标准波形下面 3div 距离处。

③ 当 MAG-ALT 按钮按下时，它是一个正常功能，特性将从荧屏上消失。

（7）持闭时间控制钮操作。当测试信号是一个包含两种以上重复频率周期的复合信号时，单独以 LEVEL 控制钮触发不足以获得稳定波形。此时，调整扫描波形的持闭时间，则测量波形可同时获得稳定的扫描图，如图 2-4-16（a）所示。显示的数个不同波形重叠在荧屏上，当持闭时间被设定到最小时（HO-LED 是暗的），将无法正确观察信号的波形。图 2-4-16（b）显示了不期望的部分被持闭，故在荧屏上的波形相同，不会重叠显示。

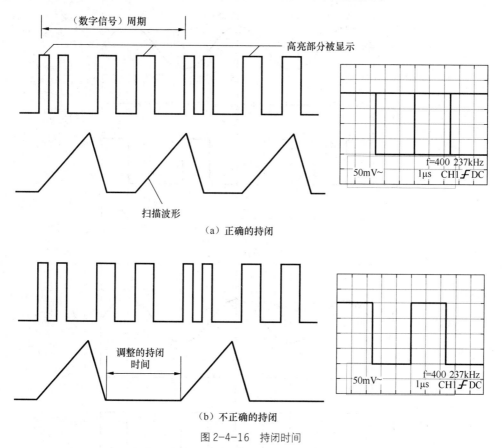

图 2-4-16　持闭时间

（8）观察两个波形的同步。当 CH1 和 CH2 信号频率相同，但有一个时间差值时，SOURCE 或从 CH1 或从 CH2 信号中选择一个参考信号，从 CH1 位置选择 CH1 信号，从 CH2 位置选择 CH2 信号。

设定 SOURCE 到 VERT-MODE，可以观察不同频率的信号，给每个通道依次加入同步信号，每个通道的波形将被稳定地触发。

当设定 SOURCE 到 VERT-MODE，设定 ALT/CHOP 到 ALT，加到 CH1 或 CH2 通道的信号成为扫描期间的轮流触发源。因此，每个通道不同频率的波形可以稳定地触发。

加一个正弦波给 CH1，加一个方波给 CH2，图 2-4-17 中的幅度 A 显示了可同步的电平范围。给 CH1 端加入 AC 耦合，扩展同步范围，如果 CH1 或 CH2 端信号变小，调节 VOLT/DIV 控制钮可以使幅度增加。

VERT-MODE 触发电平比 CH1 或 CH2 信号电平大 2.0div。如果按图 2-4-18 所示只在一个通道加入触发信号，则 VERT-MODE 触发不可能发生。

（9）轮流触发。当设定 VERT-MODE 到 SOURCE，设定 ALT/CHOP 钮到 ALT，当一个

genly_slopping 信号波形中有 10 个周期或更少被显示时，抖动波可能会出现在荧屏上，如图 2-4-19 所示。设定 VERTICAL 模式到 CH1 或 CH2，可以清楚地观察每个信号。

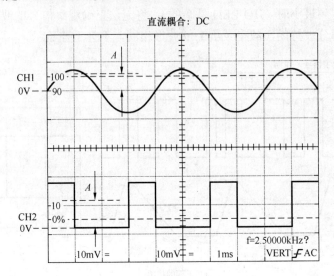

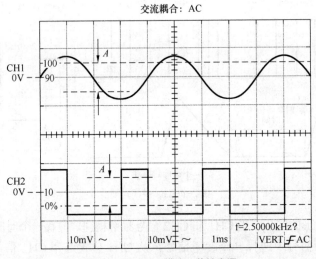

图 2-4-17　VERT 模式下的触发源

（10）视频信号的触发。有关 TV 的合成，同步信号以及含有视频的同步信号也是经常需要测量的信号。按 TV 按钮到 TV 位置。内建的同步分离器提供帧速率或行同步脉冲的分离。为了以帧速率触发示波器，按 TV 按钮设定 TV-V 和 TV-H 触发。图 2-4-20（a）所示为 TV-V 的垂直信号，图 2-4-20（b）所示为 TV-H 的水平信号，图 2-4-21 所示为 TV 极性的同步信号。

注意：示波器只有以 ⊓⊔ 同步信号同步。

6. 测量应用

GOS-6021 双通道示波器有一个测量系统，可精确地、直接地读出电压、时间和频率值。这部分所描述的内容，是测量的典型应用例子。熟悉了这些控制钮、指示器和仪器性能后，就可以发展出简便的方法作为自己的测量方法。

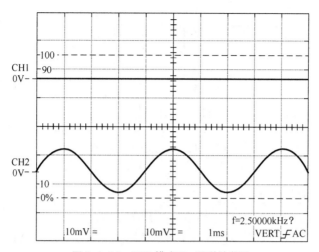

图 2-4-18 VERT 模式下一通道触发源

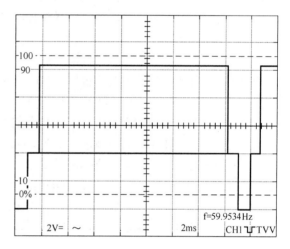

（a）TV-V

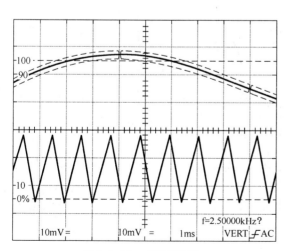

图 2-4-19 抖动的波形

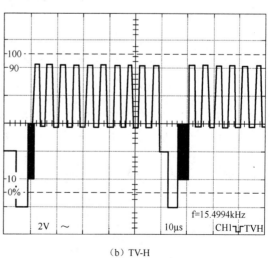

（b）TV-H

图 2-4-20 视频信号的触发

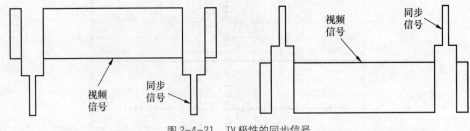

图 2-4-21　TV 极性的同步信号

按以下步骤，利用光标进行测量。

（1）按[ΔV-ΔT，1/ΔT-OFF]按钮，荧屏上出现测量光标。

（2）再按一下此按钮，按次序选择以下 4 种测试功能：ΔV-ΔT-1/ΔT-OFF。

（3）按[C1-C2 TRK]按钮，选择 C1（▼）光标、C2（▼）光标和轨迹光标。

（4）旋转 VARIABLE 控制钮定位被选择的光标，按 VARIABLE 控制钮选择 FINE（细调）或者 COARSE（粗调）光标移动速度。

（5）在荧屏上读出测量值。典型的测量读出和应用如图 2-4-22 所示。设定 VOLT/DIV 和 TIME/DIV 控制钮可自动控制测量值。在图 2-4-22 中，图（a）用 ΔV（电压差）进行支流点测量。打开 CH1 和 CH2 时，显示 CH1（ΔV1）测量值。图（b）使用 ΔT（时间差）进行上升时间测量，测量上升时间可由荧屏左边显示的 0%、10%、90%、100% 刻度线辅助进行测量。图（c）使用 1/ΔT 进行频率的测量，控制[C1-C2TRK]和 VARIABLES 将两个光标移到同一周期波形的两个边沿点，测量值显示在荧屏上边。

注意：当 VOLTS/DIV 或 TIME/DIV 控制钮被设定在不校正状态时，ΔV 和 ΔT 测试值会以 DIV 方式显示。当 VERTICAL MODE 设定在 ADD 模式，CH1 和 CH2 的 VOLTS/DIV 控制钮设定在不同的刻度时，ΔV 测量值会以 DIV 方式显示。

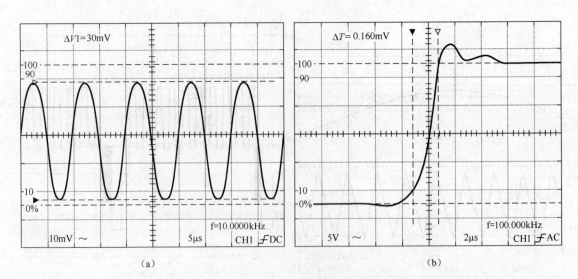

（a）　　　　　　　　　　　　　　　（b）

图 2-4-22　光标测量

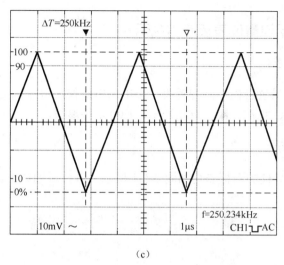

（c）

图 2-4-22　光标测量（续）

2.4.6　维护

以下的维修指示仅针对有维修资格人员。为了避免电击，除非是合格的专业维修者，否则，任何人请不要做操作说明范围以外的任何维修动作。

1．保险丝的更换

如果保险丝烧坏，电源指示灯不会亮，示波器也不工作，除非这个仪器发生了问题，通常保险丝是不会烧坏的。试着找出保险丝损坏的原因并排除，然后替换一个规格和型号相同的保险丝。保险丝座在后面板上。

警告：为了确保有效的防火措施，只限于更换指定样式和额定值为 250V 的保险丝。更换前必须先切断电源，并将电源线从电源插座上取下来。

2．电源电压变换

电源变压器的初级线圈允许在 100/220/ 230VAC，50/60Hz 电压操作。改变 AC 选择开关，可转换电压使用范围。其范围如 2.4.1 小节检查电源电压所述。

后面板电源电压由厂方选定，可按下列操作转换成不同的电源电压。

（1）确认电源线已拔出。

（2）改变 AC 选择开关到需要的电源电压位置。

（3）电源电压的改变也可能要求相应的保险丝值的改变，按照后面板列出的值安装正确的保险丝。

3．清洁方法

以温和的洗涤剂和清水沾湿的柔软布擦拭仪器。不可以直接喷清洁剂到仪器上，以防液体渗漏到仪器内部而损坏仪器。不要使用含碳氢化合物或氯化物或类似的溶剂，也不可使用研磨清洁剂。

2.5 MC1098 单相电量仪表板使用说明

2.5.1 产品介绍

MC1098 单相电量仪表板标准配置为一个单相电量仪，可测试交流电压、电流、工频、功率因数、无功功率、视在功率、有功功率、相位角等参数。

2.5.2 面板布局

MC1098 单相电量仪的面板布局如图 2-5-1 所示，具体说明如下。

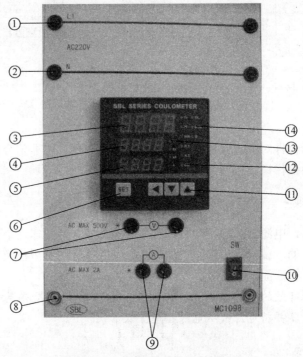

图 2-5-1 单相电量仪的面板布局图

①、②电源接入插头。通过空气开关接 200V 市电。

③ 第 1 显示窗。与配合使用，该显示窗可显示频率、功率因数、无功功率、视在功率、有功功率和相位角，相应的指示灯亮，指示灯说明见"⑭"。

④ 第 2 显示窗口。该显示窗显示电压值，单位说明见"⑬"。

⑤ 第 3 显示窗口。该显示窗显示电流值，单位说明见"⑫"。

⑥ SET 键。按动 SET 键，第 1 显示窗口的显示内容按以下次序轮流转换（参数指示灯也相应变换）：频率→功率因数→无功功率→视在功率→有功功率→相位角。

⑦ 电压插座。需要测量的电压信号接到这两个插座上。

⑧ 接地。仪表板的接地插座。

⑨ 电流插座。需要测量的电流信号接到这两个插座上。

⑩ 电源开关。控制仪表板的电源，只有开启电源开关，该仪表板才能正常工作。

⑪ 保留。厂家调试维修用。

⑫ 电流单位指示灯。指示电流的单位：mA 或 A。

⑬ 电压单位指示灯。指示电压的单位：V 或 kV。

⑭ 参数指示灯。根据该组指示灯的亮暗情况，确定第 1 显示窗口中显示哪个参数（显示参数的调整见③和⑥）。

2.5.3　技术参数

电压测量范围：0～500V。

电流测量范围：0～2A。

测量精度：±0.2%F.S。

仪表供电电源：85V～265V AC/DC。

2.5.4　使用说明

在实验电路连接中，MC1098 单项电量仪可作为标准交流电路测试表，其中，V 两边的插座连接电压回路，A 两边的插座连接电流回路，带"*"的两个插座表示为同名端。

此电量仪有 3 组显示窗口，电压、电流测量值在第 2 个和第 3 个显示窗口上，最上排的显示窗口分别作为频率（Hz 灯亮）、功率因数（PF 灯亮）、无功功率（VAR 灯亮）、视在功率（VA 灯亮）、有功功率（W/kW 灯亮）、相位角（φ 灯亮）等参数的巡回显示，每次断电以后，此显示窗口的默认值为频率（Hz 灯亮）。仪表上的 SET 键为转换参数类别和确定键，要转换最上排显示窗口的显示参数，只要轻按 SET 键即可。

此电量仪若自带电源插头线，则直接插在电源插座上就可通电。若无电源插头线，则需要通过空气开关为其供电，即用短接桥将板上的 L1、N 线和空气开关板上引出的 L1、N 线连接。

2.6　DGJ-3 型电工技术实验装置使用说明

2.6.1　概述

DGJ-3 型电工技术实验装置是根据我国目前"电工技术"、"电工学"教学大纲和实验大纲的要求，满足各类学校"电工学"、"电工技术"课程的实验要求。

本装置是由实验屏、实验桌、若干实验组件挂箱等组成。

2.6.2　实验屏操作、使用说明

实验屏为铁质喷塑结构，铝质面板。屏上固定装置着交流电源的起动控制装置，三相电源电压指示切换装置，低压直流稳压电源、恒流源、受控源、定时兼报警记录仪、数字集成电路测试仪、各类测量仪表等。

1. 控制屏三相交流电源的使用

控制屏三相交流电源的原理图如图 2-6-1 所示。线电压为 380V 的三相四线制交流电源经四芯插头引入，通过钥匙式电源总开关、接触器 KM 三对主触头接到三相自耦调压器的原绕

组端 A_1、B_1、C_1，调压后的电压经调压器的副绕组端 A、B、C 输出，N 为中性线（即零线）。调压器的调压手柄装在控制屏的左侧，将手柄逆时针旋到底输出电压为零，顺时针旋转电压增大，调压范围为线电压 0～430V。

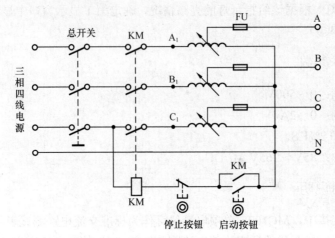

图 2-6-1 控制屏三相交流电源的原理图

2. 交流电源的启动

（1）实验屏的左后侧有一根三相四芯电源线（并已接好三相四芯插头），接好机壳的接地线，然后将三相四芯插头接通三相 380V 交流市电。

（2）将置于左侧面的三相自耦调压器的旋转手柄，按逆时针方向旋至零位。

（3）将三相电压表指示切换开关置于左侧（三相电源输入电压）。

（4）开启钥匙式三相电源总开关，停止按钮灯亮（红色），3 只电压表（0～450V）指示出输入的三相电源线电压之值。

（5）按下启动按钮（绿色），红色按钮灯灭，绿色按钮灯亮，同时可听到屏内交流接触器的瞬间吸合声，面板按 U_1、V_1 和 W_1 上的黄、绿、红 3 个 LED 指示灯亮。至此，实验屏启动完毕，此时，实验屏左侧面单相二芯 220 V 电源插座和三相四芯 380 V 电源插座处以及右侧面的单相三芯 220V 电源插座处均有相应的交流电压输出。

3. 三相可调交流电源输出电压的调节

（1）将三相"电源指示切换"开关置于右侧（三相调压输出），3 只电压表指针回到零位。

（2）按顺时针方向缓缓旋转三相自耦调压器的旋转手柄，3 只电压表将随之偏转，即指示出屏上三相可调电压输出端 U、V、W 两两之间的线电压之值，直至调节到某实验内容所需的电压值。实验完毕，将旋柄调回零位，并将"电压指示切换"开关拨至左侧。

4. 用于照明和实验日光灯的使用

本实验屏上两只 30W 的日光灯管分别做照明和实验用，通过三刀手动开关进行切换。当开关拨至上方，日光灯即点亮，作为实验时照明之用；当开关拨至右侧，照明用日光灯熄灭，实验用灯管的 4 个引出端在屏上给出，以作为日光灯实验中的灯管元件使用。

5. 集成电路测试仪

本测试仪是用单片机开发而成的智能化仪器，具有高速破译数字集成电路芯片型号；能区分相同逻辑功能 74LS 系列和 74HC 系列的芯片；可检测已知型号集成电路的好坏；可自动列出相同功能的其他可代用的芯片型号；并可对集成电路进行动态老化。集成电路芯片测试范围包括 74/54LS 系列，74/54HC/HCT/C 系列，CMOS 40XXX 系列，CMOS 45XX 系列以及部分模拟集成电路，全部种类达 548 种，几乎覆盖所有常用的数字集成电路。本测试仪的显示器采用 7 位共阴极绿色 LED 数码管。

开启本单元的电源开关，显示器应显示"PC"，当按"复位"键后，也显示"PC"，表明已进入测试初始状态。

（1）破译集成电路型号。在显示"PC"状态下，按一下"执行"键，显示器将显示一闪动的"正弦曲线"（最后一个数码管显示隐 8 字），此时只要将集成电路夹于锁紧夹中，即能显示出该芯片完整的型号，如 74LS125、CD4060、CD4553 等，如有相同功能的其他型号芯片，将循环显示出本芯片及其他代用芯片的型号。

（2）检测已知型号芯片的好坏。在显示"PC"状态下，连续按动"功能"键，将依次显示出如下的各功能符号："74LS"、"74HC"、"CD40"、"CD45"、（"ANG"、"F500"、"F1000"、"F5000"、"F10000"、"CCP" 及 "COU"），括号内的功能在本装置中为采用。

例如，欲测 74HC125 芯片的好坏，首先应按"功能"键，在显示"74HC"后，再分别按"数 1"键，使 74HC 后的显示值为 1，按"数 2"键使随后的显示值为 2，按"数 3"键，使最后一位显示为 3。按"执行"键，显示器将循环显示"74HC125"和"GOOD I.C."，否则仍显示"BAD I.C."；如输入型号有错，也将显示"BAD I.C."；如输入的型号不属于本测试仪的测试范围，则显示"NO I.C."。

（3）操作时应注意的事项：在按"执行"键之前，不要在锁紧夹中放置任何芯片；放置芯片的规则是将芯片的缺口朝上，使芯片的第 1 脚与夹子的第 1 脚（旁边有"."标记）对齐。

6. 低压直流稳压、恒流电源输出与调节

（1）低压直流稳压电源的输出与调节。开启直流稳压电源带灯开关，两路输出插孔均有电压输出。将"6V、12V 输出选择"开关拨至左侧，则"6V、12V"输出口输出为固定的 6V 稳压值（额定电流为 0.5A）；将此开关拨至右侧，输出为固定的 12V 稳压值（0.5A）。将"电压指示切换"开关拨至左侧，直流指针式电压表（量程为 30V）指示出 6V 或 12V 的电压值（取决于"输出选择"开关的位置）；将此开关拨至右侧，则电压表指示出可调输出端的稳压值。调节"输出粗调"波段开关和"输出细调"多圈电位器旋钮，可平滑地调节输出电压，调节范围为 0～30V（分 3 挡量程切换），额定电流为 0.5A。

本直流稳压电源的两路输出均设有软截止保护功能。

（2）恒流源的输出与调节。将负载接至"恒流输出"两端，开启恒流源开关，指针式毫安表即指示输出恒电流的值，调节"输出粗调"波段开关和"输出细调"多圈电位器旋钮，可在 3 个量程段（满度为 2mA、20mA 和 200mA）连续调节输出的恒流电流值。

本恒流源虽有开路保护功能，但不应长期处于输出开路状态。

7. 定时兼报警记录仪

定时器与报警记录仪是专门为学生实验考核而设置的。可以调整考核时间、到达定时时间，可自动断开电源，保证考核时间的准确性；可累计操作过程中的报警次数，以考察学生的实验质量。报警器的报警功能分为电流、电压表的超量程报警；内电路漏电报警；高压电源的过流、过压、报警3部分，显示的报警次数即3项报警次数的累加。操作步骤如下。

（1）打开钥匙开关，报警器开始计时00、00、01（2、3）。

（2）设置数据：按功能键，数码显示器最后一位显示6时，按住数位键不动，使小数点连续闪烁，放开后，间断地按数位键，使小数点在所要的后3位输入129。设好后，按确认键，显示板最前位显示6。

（3）输入密码：按功能键，使显示板最后一位显示1。按住数位键不动，使小数点连续闪烁，放开后，间断地按数位键，使小数点在数显板的最后3位数上输入前面所设置的数据，按确认键后显示1。

（4）设置定时：按功能键，使显示板最后一位显示2，按同样的操作方法在前4位数输入所需要的时间，在最后一位数写1。确认后，显示当前输入的时间，在最后一位数写9，确认后显示报警时刻。注意报警时间不能设置在所设时间的前面，否则无效。

（5）清除报警：按功能键，使显示板最后一位显示3，按确认键，即清除以前所有的报警次数。

（6）定时时间：按功能键，使最后一位显示4，按确认键，查询报警次数。

（7）询问报警：按功能键，使显示板最后一位显示5，按确认键，查询报警次数。

（8）显示当前时间：按功能键，使显示板最后一位显示7，按确认键，显示当前时钟的时刻，此时所有操作结束。

到定时时间后，蜂鸣器会鸣叫1min，再过4min后，断开电源、暗屏，若学生重新操作，必须按复位键，同时蜂鸣器再响，报警时间会在原来所设置的时间上再加上5min。

8. 指针式交流电压表的使用与特点

开启电源总开关，本单元即可进入正常测量。测量电压范围为0～450V，分5个量程挡：30V、75V、150V、300V和450V，用琴键开关切换。在与本装置配套使用过程中，所有量程挡均有超量程保护和告警，并使控制屏上接触器跳闸的功能，此时，本单元的红色告警灯点亮，实验屏上的蜂鸣器同时告警。在按过本单元的"复位"键后，蜂鸣告警停止，本单元的告警指示灯熄灭，电压表即可恢复测量功能。如要继续实验，则需再次启动控制屏。

9. 指针式交流电流表的使用与特点

电流测量范围为0～5A，分4个量程挡：0.25A、1A、2.5A和5A，用琴键开关切换。其他使用方法与特点均同指针式交流电压表。

10. 直流数显电压表的使用

电压测量范围为0～1 000V，分4个量程挡：2V、20V、200V和1 000V，用琴键开关切换，三位半数码管显示，输入阻抗为10MΩ，测量精度为0.5级，有过电压保护功能。

11．直流数显毫安表的使用

电流测量范围为 $0\sim200$ mA，分 3 个量程挡：1mA、20mA 和 200mA，用琴键开关切换，三位半数码管显示，测量精度为 0.5 级，有过电流保护功能。

12．直流数显安培表的使用

电流测量范围为 $0\sim5A$，3 位半数码显示，测量精度为 0.5 级，有过电流保护功能。

13．受控源 CCVS 和 VCCS 的使用

开启带灯电源开关，两个 CCVS、VCCS 受控源即可工作，通过适当的连接，可获得 VCVS 和 CCCS 受控源的功能。此外，还输出±12V 两路直流稳定电压，并有发光二极管指示。

2.6.3　实验组件挂箱

实验屏的正面右下方设有一个 74cm×48.5cm 的大凹槽，一次性可容纳两个大的和一个小的实验挂箱，凹槽上、下边框各设有 6 个 M8×10 螺柱。凹槽内上方装有 3 个 220V 电源插座，用于插接挂箱电源。左右两边挂两个大挂箱，中间挂置小挂箱（一次性容纳的挂箱选择量应满足一个系统的实验内容，如要完成电路基础实验需挂置 DGJ-03，DGJ-04，DGJ-05），挂箱与实验屏采用螺母固定，很容易装卸。大挂箱为 485mm×296mm，小挂箱为 485mm×148mm。

1．DGJ-03 电工基础实验挂箱（大）

提供叠加定理、戴维南定理、双口网络、谐振、选频及一、二阶电路实验。各实验器件齐全，实验单元隔离分明，实验线路完整清晰。在需要测量电流的支路上均设有电流插座。

2．DGJ-04 交流电路实验挂箱（大）

提供单相、三相、日光灯、变压器、互感器、电度表等实验所需的器件。灯组负载为 3 个各自独立的白炽灯组，可连接成 Y 形或△形两种三相负载线路，每个灯组设有 3 个并联的白炽灯螺口灯座（每个灯组均设有 3 个开关，控制 3 个并联支路的通断），可插 60W 以下的白炽灯 9 只，各灯组均设有电流插座；日光灯实验器件有 30W 镇流器、4.7μF 电容器、启辉器插座等；铁芯变压器 1 只，50VA、220V/36V，原、付边均设有电流插座，互感器，实验时临时挂上两个空心线圈 L_1、L_2 装在滑动架上，可调节两个线圈间的距离，可将小线圈放到大线圈内，并附有大、小铁棒各 1 根及非导磁铝棒 1 根；电度表 1 只，规格为 220V、3/6A，实验时临时挂上，其电源线、负载进线均已接在电度表接线架的空心接线柱上，以便接线。

3．DGJ-05 元件挂箱（小）

提供实验所需的各种外接元件（如电阻器、二极管、发光管、稳压管、电容器、电位器、12V 灯泡等），还提供十进制可变电阻箱，输出阻值为 $0\sim99\,999.9\Omega/1W$。

4．D61-2 继电接触控制挂箱（大）

提供交流接触器 CJ10-10（线圈电压 220V）3 只、热继电器 JR16R-20/3D 1 只、时间继

电器 JS7-1A 1 只、带灯按钮 LA20/380V5A 3 只（黄、绿、红各 1 只）。面板上画有器件的外形，并将供电线圈、开关等均已引出，供实验接线用。面板采用摇臂结构，可看到具体器件并对需要调节的器件进行调节。

2.6.4 实验内容

本装置能满足中专、大专、本科院校进行"电路分析"、"电工基础"、"电工学"、"电工技术"、"电子技术（数电、模电）基础"、"电力拖动"、"继电接触控制"等课程的教学实验，完成教学所要求的实验内容。

1. 电工实验

完成可控硅与整流电路、直流电路、单相交流电路、三相交流电路、磁电等方面的实验。

2. 电子实验

完成二极管与整流电路、晶体管与放大电路、直流放大与运放电路、振荡电路、脉冲与数字电路等方面的实验。

3. 电力拖动（继电接触控制）实验

对三相鼠笼式异步电动机可完成用闸刀进行 Y-△启动实验；用接触器、按钮进行 Y-△启动实验；进行三相定子绕组串电阻降压启动及反接制动实验；进行点动、长动、自锁、互锁、过载以及实现正、反转控制实验；进行能耗制动实验；进行电动葫芦电气控制电路实验。此外，还能进行其他继电接触控制等方面的实验。

2.6.5 装置的安全保护系统

三相四线制（或三相五线制）电源输入，总电源由三相钥匙开关控制，设有三相带灯熔断器作为短路保护和断相指示。控制屏电源由接触器通过启、停按钮进行控制。控制屏上装有电压型漏电保护装置，控制屏内的强电输出若有漏电现象，即告警并切断总电源，确保实验进程安全。此外，各种电源及各种仪表均有一定的保护功能。

2.6.6 装置的保养与维护

（1）装置应放置平稳，平时注意清洁，长时间不用时最好加盖保护布或塑料布。

（2）使用前应检查输入电源线是否完好，屏上开关是否置于"关"的位置，调压器是否回到零位。

（3）使用中，对各旋钮进行调节时，动作要轻，用力切忌过度，以防旋钮开关等损坏。

（4）如遇电源、仪器及仪表不工作时，应关闭控制屏电源，检查各熔断器是否完好。

（5）更换挂箱时，动作要轻，防止强烈碰撞，以免损坏部件及影响外表美观。

第 **3** 章　实际操作实验

实验一　电路元件伏安特性的测试

一、实验目的

（1）掌握线性电阻、非线性电阻元件及电源元件伏安特性的测量方法。
（2）掌握实验装置上直流电工仪表和设备的使用方法。

二、实验原理与说明

1. 电阻元件的伏安特性

任一二端元件的特性可用该元件上的端电压 u 与通过该元件的电流 i 之间的函数关系 $u = f(i)$ 来表示，这种 u 与 i 的关系称为元件的伏安关系。如果将这种关系表示在 i–u 平面上，则称为伏安特性曲线。

线性电阻元件的伏安特性曲线是一条通过坐标原点的直线，如图 3-1-1（a）所示。该直线的斜率倒数等于该电阻元件的电阻值 R。由图中可知，线性电阻元件的伏安特性对称于坐标原点，这种性质称为双向性，所有电阻元件都具有这种特性。一般的白炽灯在工作时灯丝处于高温状态，其灯丝电阻随着温度的升高而增大，通过白炽灯的电流越大，其温度越高，阻值也越大。一般灯泡的"冷电阻"与"热电阻"的阻值可相差几倍至十几倍，其伏安特性如图 3-1-1（b）所示。

普通的半导体二极管是一个非线性电阻元件，它的阻值随电流的变化而变化，其伏安特性如图 3-1-1（c）所示。可见，二极管具有单向导电性。正向压降很小（一般锗管约为 0.2V～0.3V，硅管约为 0.5V～0.7V），正向电流随正向压降的升高而急骤上升，而反向电压从零一直增加到十几伏至几十伏时，其反向电流增加很小，粗略地可视为零。但反向电压加得过高，超过管子的极限值，则会导致管子击穿损坏。稳压二极管是一种特殊的半导体二极管，其正向特性与普通二极管类似，但其反向特性较特别，如图 3-1-1（d）所示。在反向电压开始增加时，其反向电流几乎为零，但当反向电压增加到某一数值时（称为管子的稳压值）电流将突然增加，以后它的端电压将维持恒定，不再随外加的反向电压升高而增大。

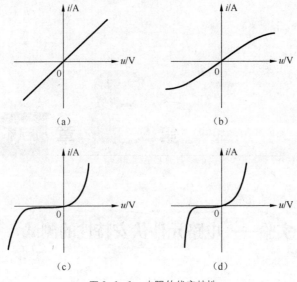

图 3-1-1　电阻的伏安特性

2．电压源与电流源的外特性

理想的直流电压源的两端电压是不随输出电流的变化而变化的，其伏安特性是一条水平直线，如图 3-1-2 所示。大多数的电压源，如电池、发电机，由于有内阻存在，当接负载后，在内阻上产生的电压降，使得电源两端的电压比无负载时（$I = 0$）降低了，所以实际电压源的伏安特性（即外特性）是一条平行于电流坐标轴的直线（见图 3-1-2 中的虚线）。电路模型如图 3-1-3 所示，内阻 r_0 可按下列公式计算：

$$r_0 = (U_0 - U)/I \tag{3-1-1}$$

式中，U、I 是接有负载时实际电压源两端电压和电流，U_0 是电源两端的开路电压。显然实际电压源内阻越小，其特性越接近理想电压源。

现在已能制造出十分接近理想情况的电压源，如各种型号的稳压电源，它们的伏安特性就十分接近一条水平的直线。实验装置上的直流稳压电源的内阻很小，当通过的电流在规定的范围内变化时，可以近似当做理想电压源来处理。

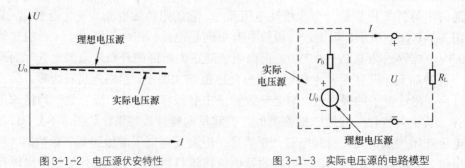

图 3-1-2　电压源伏安特性　　　　图 3-1-3　实际电压源的电路模型

理想直流电流源的输出电流是一个定值，与电流源两端电压的大小无关，其伏安特性是一条垂直于电流坐标轴的直线（见图 3-1-4 中的实线），科研与实验室中使用的稳流电源就具有这样的伏安特性。而普通的电流源，随着端电压的增加，电流是略有减小的，其外特性如图 3-1-4 中的虚线所示。我们可以用理想电流源再并联一个电阻来描述这种实际的电流源如图 3-1-5 所示。其中内阻 r_0 可按下列公式计算：

$$r_0 = U/(I_0 - I) \tag{3-1-2}$$

式中，U、I 是接有负载时实际电流源两端的电压和电流，I_0 是负载短路时的短路电流。

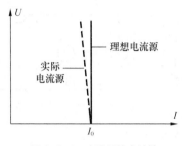

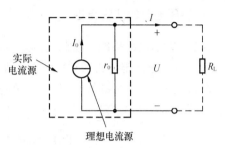

图 3-1-4 电流源伏安特性　　　　　　图 3-1-5 实际电流源的电路模型

三、实验仪器与设备

（1）DGJ-3 型电工技术实验装置：双路直流稳压电源、直流恒流电源、直流数字电压表、直流数字毫安表。

（2）DGJ-05 元件挂箱：二极管 2CP15、稳压管 2CW51、白炽灯泡 12V/0.1A、线性电阻器（200Ω、1kΩ、51Ω）。

（3）可调电阻箱：DG11-2。

四、实验内容与步骤

1．测定线性电阻器的伏安特性

按图 3-1-6 所示电路接线，接线电压表通过表棒并联在被测对象两端，电流表通过电流插头串联到被测支路。在需测电流的支路上接进一只电流插座。图中电源 U 选用双路恒压源的可调稳压输出端，以 1kΩ电阻为被测对象，电阻两端电压用直流数字电压表测量，电流用直流数字毫安表测量。调节直流稳压电源输出电压 U，使电阻两端电压从 0V 开始缓慢地增加，一直到 10V，逐点测量对应的电压和电流数据，将测得的数据记入表 3-1-1 中。

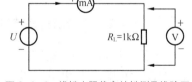

图 3-1-6 线性电阻伏安特性测量线路图

表 3-1-1　　　　　　　　　　　　线性电阻伏安特性测量数据表

U（V）	0	2	4	6	8	10
I（mA）						

2．测定非线性白炽灯泡的伏安特性

将图 3-1-6 中的电阻 R_L 换成一只 12V 的小灯泡，重复实验内容 1 的步骤。按表 3-1-2 的形式记下相应的电压表和电流表的读数。

注意：小灯泡的耐压小于 12V，所以电压源输出电压不要超过此值。

表 3-1-2 　　　　　　　　　　　　　白炽灯泡的伏安特性测量数据

U（V）	0	2	4	6	8	10
I（mA）						

3．测定稳压电源的伏安特性

按图 3-1-7 所示电路接线，电源 U_S 选用双路恒压源的固定稳压输出端，输出电压为 6V。调节负载电阻 R_L，使电阻值分别为表 3-1-3 所列数值，以稳压源 U_S 为测量对象，将测得的相应电压和电流数据记入表 3-1-3 中。

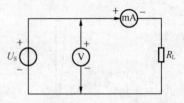

图 3-1-7　测稳压电源的伏安特性接线图

表 3-1-3 　　　　　　　　　　　　稳压电源的伏安特性测量数据

R_L（Ω）	∞	1 000	900	800	700	500	300	200
I（mA）								
U（V）								

4．测定稳流源的伏安特性

首先调节稳流源输出电流 $I_S = 5\text{mA}$，然后按图 3-1-8 所示电路接线，调节负载电阻 R_L，使电阻值分别为表 3-1-4 所列数值，稳流源（$I_S = 5\text{mA}$）为测量对象，将测得的相应电压和电流数据记入表 3-1-4 中。

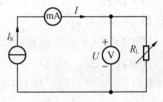

图 3-1-8　测稳流电源的伏安特性接线图

表 3-1-4 　　　　　　　　　　稳流电源（$I_S = 5\text{mA}$）的伏安特性测量数据

R_L（Ω）	0	200	600	800	1k	2k	5k
I（mA）	0						
U（V）	5						

5．测定实际电压源的外特性

按图 3-1-9 所示电路接线，图中电压源 U_S 的电压值为 6V，电压源 U_S 与电阻 R_0 串联（虚线框内电路）可模拟为一个实际电压源。调节负载电阻 R_L，使电阻值分别为表 3-1-5 所列数值，以实际电压源为测量对象，将测得的实际电压源的电压和电流数据记入表 3-1-5 中。

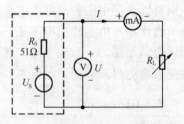

图 3-1-9　测实际电压源的伏安特性接线图

表 3-1-5 　　　　　　　　　　　　实际电压源的外特性测量数据

R_L（Ω）	∞	2k	1.5k	1k	800	500	300	200
U（V）								
I（mA）								

*6. 测定二极管的伏安特性

按图 3-1-10 所示电路接线。测二极管的正向特性时，其正向电流不得超过 25mA，正向压降可在 0～0.75V 取值。特别是在 0.5V～0.75V 应多取几个测量点。正向伏安特性实验数据按表 3-1-6 记录。测二极管 VD 的反向伏安特性时，将图 3-1-10 中的二极管 VD 反接，二极管 VD 反向电压可加到 30V 左右。反向伏安特性实验数据按表 3-1-7 记录。

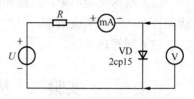

图 3-1-10　测定二极管的伏安特性接线图

表 3-1-6			二极管的正向伏安特性测量数据				
U（V）	0	0.2	0.4	0.5	0.55	……	0.75
I（mA）							

表 3-1-7			二极管的反向伏安特性测量数据			
U（V）	0	−5	−10	−15	−20	−25	−30
I（mA）							

*7. 测定稳压二极管的伏安特性

将图 3-1-10 中的二极管换成稳压二极管，重复实验内容 6 的测量过程。正向伏安特性实验数据及反向伏安特性实验数据分别按表 3-1-6 和表 3-1-7 记录。

五、实验注意事项

（1）测量时，应时刻注意直流电压表和直流电流表的量程，合理选择仪表的量程，勿使仪表超量程，仪表的极性不可接反。

（2）换接线路时，应断开电源开关。

六、思考题

（1）线性电阻和非线性电阻的概念是什么？

（2）在电流很小时，小灯泡的电阻只有几个欧姆，测定它的伏安特性，应采用图 3-1-11 所示两种接线法的哪一种测试电路更合理，为什么？

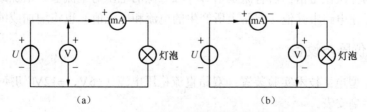

（a）　　　　　　　　　　　　（b）

图 3-1-11　测量小灯泡伏安特性的两种接线法

七、实验报告要求

（1）根据各实验结果数据，分别在方格纸上绘制出电阻元件、白炽灯、稳压源、稳流源及实际电压源的伏安特性曲线。

（2）根据实验结果，总结和归纳被测电阻器、白炽灯、稳压源、稳流源及实际电压源的伏安特性，写出实验结论。

（3）回答思考题。

实验二　基尔霍夫定律与叠加定理的研究

一、实验目的

（1）验证基尔霍夫定律，加深对基尔霍夫定律的理解。

（2）学会用电流插头、插座测量各支路电流的方法。

（3）验证线性电路叠加原理，加深对线性电路的叠加性和齐次性的认识和理解。

二、实验原理与说明

1．基尔霍夫定律

基尔霍夫定律是电路的基本定律。它规定了电路中各支路电流之间和各支路电压之间必须服从的约束关系，无论电路元件是线性的或是非线性的，时变的或是非时变的，只要电路是集总参数电路，都必须服从这个约束关系。

基尔霍夫电流定律（KCL）：在集总参数电路中，任何时刻，对于任一节点，所有支路电流的代数和恒等于零，即$\sum I = 0$。通常约定：流出节点的支路电流取正号，流入节点的支路电流为负号。

基尔霍夫电压定律（KVL）：在集总参数电路中，任何时刻，沿着任一回路内所有支路或元件电压的代数和恒等于零，即$\sum U = 0$。通常约定：凡支路电压或元件电压的参考方向与回路的绕行方向一致的取正号，反之取负号。

2．叠加定理

叠加原理指出：在有几个独立源共同作用下的线性电路中，每一个元件的电流或其两端的电压，可以看成是由每一个独立源单独作用时在该元件上所产生的电流或电压的代数和。

线性电路的齐次性是指当所有激励信号（独立源的电压与电流值）增加或缩小 K 倍时，电路的响应（即在电路中其他各支路上所产生的电流和电压值）也将增加或缩小 K 倍。

三、实验仪器与设备

（1）DGJ-3 型电工技术实验装置：双路直流稳压电源（+6V、+12V 切换）、直流数字电压表、直流数字毫安表。

（2）DGJ-03 实验挂箱：叠加原理实验线路板。

四、实验内容与步骤

验证基尔霍夫定律与叠加定理的实验线路板相同，如图 3-2-1 所示。

1. 基尔霍夫定律的验证

（1）按图 3-2-1 所示设定 3 条支路 I_1、I_2、I_3 的电流参考方向。通过电流插座接向来设电流的参考方向，如图 3-2-2 所示，电流插座的红端为电流流进端，黑端为电流流出端。

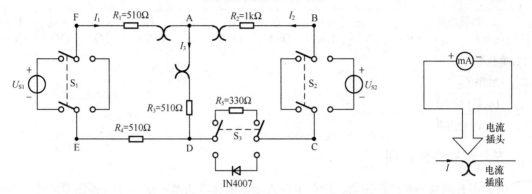

图 3-2-1　基尔霍夫定律与叠加定理的实验线路图　　　　　图 3-2-2　电流表接线图

（2）双刀双掷开关 S_1 合向左，S_2 上合向右，分别将两路直流稳压电源（一路 U_{S1} 为+6V，+12V 切换电源；另一路 U_{S2} 为 0～30V 可调直流稳压源）接入电路，令 U_{S1} = 6V，U_{S2} = 12V。

（3）将电流表插头的两端接至直流数字毫安表的"+、-"两端。将电流插头分别插入 3 条支路的 3 个电流插座中，将电流测量数据记入表 3-2-1 中。

（4）用直流数字电压表分别测量两路电源及各电阻元件上的电压值，并将测量数据记入表 3-2-1 中。

表 3-2-1　　　　　　　　　　　　验证基尔霍夫定律的测量数据

被测量	I_1（mA）	I_2（mA）	I_3（mA）	U_{S1}（V）	U_{S2}（V）	U_{FA}（V）	U_{AB}（V）	U_{AD}（V）	U_{CD}（V）	U_{DE}（V）
计算值										
测量值										
相对误差										

2. 叠加定理的验证

（1）实验电路图如图 3-2-1 所示。令 U_{S1} 电源单独作用时（将开关 S_1 投向 U_{S1} 侧，开关 S_2 投向短路侧），用直流数字电压表和毫安表（接电流插头）测量各支路电流及各电阻元件两端电压，将测量数据记入表 3-2-2 中。

（2）令 U_{S2} 电源单独作用时（将开关 S_1 投向短路侧，开关 S_2 投向 U_{S2} 侧），重复实验步骤（1）中的测量并记录。

（3）令 U_{S1} 和 U_{S2} 共同作用时（开关 S_1 和 S_2 分别投向 U_{S1} 和 U_{S2} 侧），重复实验步骤（1）中的测量并记录。

（4）将 U_{S2} 的数值调至+24V，重复实验步骤（1）中的测量并记录。

注意：当 U_{S1} 电源单独作用时，开关 S_2 投向左侧（短路侧），测量电压 U_{AB}、U_{CD} 时电压表棒的正负位置不能放错。当 U_{S2} 电源单独作用时，开关 S_1 投向右侧（短路侧），测量电压

U_{FA}、U_{ED} 时电压表棒的正负位置不能放错。

*（5）将 R_5 换成一只二极管 IN4007（即将开关 S_3 投向二极管 VD 侧）重复实验步骤（1）～（4）的测量过程，数据按表 3-2-2 记录。

表 3-2-2　　　　　　　　　　　验证叠加定理的测量数据

测量项目 实验内容	U_{S1} (V)	U_{S2} (V)	I_1 (mA)	I_2 (mA)	I_3 (mA)	U_{AB} (V)	U_{CD} (V)	U_{AD} (V)	U_{DE} (V)	U_{FA} (V)
U_{S1} 单独作用										
U_{S2} 单独作用										
U_{S1}、U_{S2} 共同作用										
$U_{S2}=24V$ 单独作用										

五、实验注意事项

（1）所有需要测量的电压值，均以电压表测量的读数为准，U_{S1}、U_{S2} 也需要测量，不应取电源本身的显示值。

（2）若用指针式电流表进行测量时，要识别电流插头所接电流表的"+、−"极性。按图 3-2-1 所示电路的电流参考方向及正确的电流表插头接线（见图 3-2-2）。

（3）注意仪表量程的及时更换。

六、思考题

（1）实验任务 2 叠加原理的验证中，U_{S1}、U_{S2} 分别单独作用，在实验中应如何操作？可否直接将不作用的电源（U_{S1} 或 U_{S2}）置零（短接）？

（2）实验电路中，若有一个电阻器改为二极管，试问叠加原理的迭加性与齐次性还成立吗？为什么？

七、实验报告要求

（1）完成表 3-2-1 的计算。

（2）根据实验数据，选定实验电路中的任一个节点，验证 KCL 的正确性。

（3）根据实验数据，选定实验电路中的任一个闭合回路，验证 KVL 的正确性。

（4）根据实验数据验证线性电路的叠加性与齐次性。

（5）各电阻器所消耗的功率能否用叠加原理计算得出？试用上述实验数据，进行计算并给出结论。

（6）回答思考题。

实验三　戴维南定理的研究

一、实验目的

（1）验证戴维南定理的正确性。

（2）掌握测量线性有源二端网络等效参数的一般方法。

（3）研究线性有源二端网络的最大功率输出条件。

二、实验原理与说明

1. 有源线性二端网络及其等效电路

任一线性有源二端网络 N_S，如图 3-3-1（a）所示，如果仅研究其对外电路的作用情况，则可将该线性有源二端网络等效成电阻与电压源串联的戴维南等效电路，如图 3-3-1（b）所示，或电阻与电流源并联的诺顿等效电路，如图 3-3-1（c）所示。

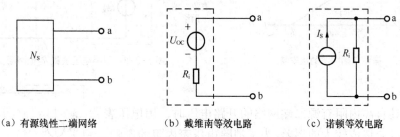

（a）有源线性二端网络　　　（b）戴维南等效电路　　　（c）诺顿等效电路

图 3-3-1　有源线性二端网络及其等效电路图

戴维南定理指出：任何一个线性有源二端网络，对外电路来说，总可以用一个电压源和电阻的串联组合来等效替换，此电压源的电压 U_S 等于这个有源二端网络的开路电压 U_{OC}，其电阻 R_i 等于该网络中所有独立源均置零（电压源短接，电流源开路）后的等效电阻 R_{eq}。

诺顿定理指出：任何一个线性有源二端网络，对外电路来说，总可以用一个电流源和电阻的并联组合来等效替换，此电流源的电流 I_S 等于这个有源二端网络的短路电流 I_{SC}，其电阻 R_i 等于该网络中所有独立源均置零（电压源短接，电流源开路）后的等效电阻 R_{eq}。

U_{OC}、R_{eq} 或 I_{SC}、R_{eq} 称为线性有源二端网络的等效参数。

2. 线性有源二端网络等效参数的测量方法

（1）开路电压、短路电流法。

在有源二端网络输出端开路时，用电压表直接测其输出端的开路电压 U_{OC}，然后再将其输出端短路，用电流表测其短路电流 I_{SC}，则该二端网络的等效电阻为

$$R_{eq} = \frac{U_{OC}}{I_{SC}} \tag{3-3-1}$$

（2）伏安法。

用电压表、电流表测出有源二端网络的外特性，如图 3-3-2 所示。根据外特性曲线求出斜率 $\tan\varphi$，则该二端网络的等效电阻为

$$R_{eq} = \tan\varphi = \frac{\Delta U}{\Delta I} = \frac{U_{OC}}{I_{SC}} \tag{3-3-2}$$

若二端网络的内阻值很小时，则不宜测其短路电流。可采用伏安法，测量有源二端网络的开路电压及电流为额定值 I_N 时的输出端电压值 U_N，则该二端网络的等效电阻为

$$R_{eq} = \frac{U_{OC} - U_N}{I_N} \tag{3-3-3}$$

（3）半电压法。

如图 3-3-3 所示，当负载电压为被测网络开路电压 U_{OC} 一半时，负载电阻阻值即为被测有源二端网络的等效内阻 R_{eq} 的数值。

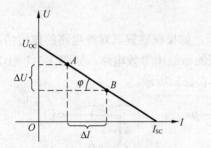

图 3-3-2 有源二端网络的伏安特性

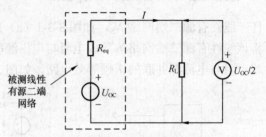

图 3-3-3 用半电压法测 R_{eq} 电路图

（4）零示法。

在测量具有高内阻有源二端网络的开路电压时，用电压表进行直接测量会造成较大的误差，为了消除电压表内阻的影响，往往采用零示法测量。

零示法测量原理是用一低内阻的稳压电源与被测有源二端网络进行比较，当稳压电源的输出电压与有源二端网络的开路电压相等时，电压表的读数将为"0"，如图 3-3-4 所示。然后将电路断开，测量此时稳压电源的输出电压，即为被测有源二端网络的开路电压。

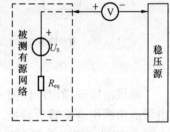

图 3-3-4 用零示法测 U_s 的电路图

三、实验仪器与设备

（1）DGJ-3 型电工技术实验装置：双路直流稳压电源（0～30V 连续可调）、直流数字电压表、直流数字毫安表。

（2）DGJ-03 实验挂箱：戴维南原理实验线路板。

（3）DG11-2 可调电阻箱。

（4）GDM-8135 数字式万用表。

四、实验内容与步骤

1. 用开路电压、短路电流法测定被测有源二端网络的 U_{OC} 和 R_{eq}

如图 3-3-5 所示电路，被测有源线性二端网络接入稳压电源 U_S 和恒流源 I_S，将 A、B 两端负载 R_L 断开，用电压表测量 A、B 两端电压 U_{AB}，则 $U_{OC} = U_{AB}$；将 A、B 两端负载 R_L 短路，用毫安表测量电流 I_{SC}。将测量数据记入表 3-3-1 中。

2. 测量有源线性二端网络的外特性

如图 3-3-5 所示电路，被测有源二端网络 A、B 端口接入可变电阻箱 R_L，按表 3-3-2 所列的数值改变 R_L 的阻值，测量被测二端网络的外特性，并将测量数据记入表 3-3-2 中。

3. 验证戴维南定理

用一只可调电阻箱，将其阻值调整到等于按步骤 1 所得的等效电阻 R_{eq} 的值，然后令其与直流稳压电源（调到步骤 1 时所测得开路电压 U_{OC} 的值）相串联，构成被测有源二端网络的戴维南等效电路，如图 3-3-6 所示。按表 3-3-3 所列数据改变 R_L 的阻值，测量等效电路的外特性，对戴维南定理进行验证，按表 3-3-3 的形式记录测量数据。

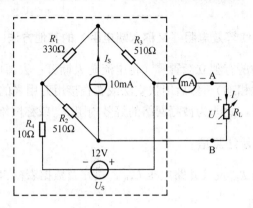

图 3-3-5　被测有源二端网络的外特性测量电路

表 3-3-1　　　　　　　测定被测有源线性二端网络的 U_{OC}、I_{SC} 和 R_{eq}

U_{OC}（V）	I_{SC}（mA）	$R_{eq}=U_{OC}/I_{SC}$（Ω）

表 3-3-2　　　　　　　被测有源二端网络的外特性测量数据表

R_L（Ω）	0	100	400	450	500	R_{eq}	500	550	600	800	1k	2k	5k	∞
U（V）														
I（mA）														

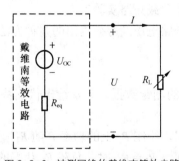

图 3-3-6　被测网络的戴维南等效电路

表 3-3-3　　　　　　　验证戴维南等效电路的外特性数据表

R_L（Ω）	0	100	400	450	500	R_{eq}	500	550	600	800	1k	2k	5k	∞
U（V）														
I（mA）														

4．最大功率传输条件的研究

根据实验内容 3 所得数据，计算 R_L 的功率，记入表 3-3-4 中。

表 3-3-4　　　　　　　　　研究戴维南等效电路的最大功率传输条件数据表

$R_L(\Omega)$	0	100	400	450	500	R_{eq}	500	550	600	800	1k	2k	5k	∞
P（W）														

*5. 测定有源二端网络等效电阻（又称入端电阻）的其他方法

将被测有源网络内的所有独立源置零（将电流源 I_S 断开；去掉电压源，并在原电压端所接的两点用一根短路导线相连），然后用伏安法或者直接用万用表的欧姆挡去测定负载 R_L 开路后输出端两点间的电阻，此即为被测网络的等效内阻 R_{eq} 或称网络的输入电阻 R_i。

*6. 用半电压法和零示法测量

被测网络的等效内阻 R_{eq} 及其开路电压 U_{OC}，线路及数据表格自拟。

五、实验注意事项

（1）注意测量时电流表量程的更换。

（2）步骤 5 中，电源置零时不可将稳压源短接，而应去掉电压源，然后在原电压源端所接的两点用一根短路导线相连。

（3）用万用表直接测量 R_{eq} 时，网络内的独立源必须先置零，以免损坏万用表；其次欧姆挡必须经调零后再进行测量。

（4）改接线路时，要先关掉电源。

六、思考题

（1）在求戴维南等效电路时，作短路实验，测 I_{SC} 的条件是什么？

（2）在本实验中可否直接作负载短路实验？

（3）说明测有源二端网络开路电压及等效内阻的几种方法，并比较其优缺点。

七、实验报告要求

（1）根据步骤 2 和步骤 3 的测量数据，分别绘出伏安特性曲线，验证戴维南定理的正确性。

（2）根据步骤 4 的测量数据，绘制 R_L 上的功率 P 随 R_L 变化的曲线，即 $P=f(R_L)$。验证最大功率传输条件是否正确，即当 $R_L=R_{eq}$ 时，负载 R_L 获得的功率是否最大。

（3）回答思考题。

实验四　受控源的实验研究

一、实验目的

（1）加深对受控源的理解。

（2）了解用运算放大器组成 4 种类型受控电源的线路原理及分析方法。

（3）掌握受控源转移特性和负载特性的测量方法。

二、实验原理与说明

1. 运算放大器

运算放大器（简称运放）的电路符号如图 3-4-1 所示。运算放大器有两个输入端：同相输入端 u_+ 和反相输入端 u_-，一个输出端 u_o，开环放大倍数为 A_0，则

$$u_o = A_0(u_+ - u_-) \tag{3-4-1}$$

对于理想运算放大器，放大倍数 A_0 为无穷大，输入电阻 R_i 均为无穷大，输出电阻 R_o 为 0。由此可得出两个特性。

特性 1：$u_+ = u_-$，即"虚短路"。

特性 2：$i_+ = i_- = 0$，即"虚断路"。

要使运放正常工作，还须接有正、负直流工作电源（称双电源：U_{CC} 和 U_{EE}），有的运放可用单电源工作。

运算放大器的电路模型是一个电压控制电压源（即 VCVS），如图 3-4-2 所示。在它的外部接入不同的电路元件，可构成 4 种基本受控源电路，以实现对输入信号的各种模拟运算或模拟变换。

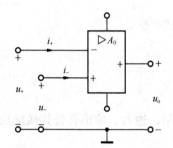

图 3-4-1　运算放大器的电路符号

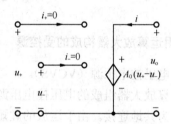

图 3-4-2　运算放大器的电路模型

2. 受控源

所谓受控源，是指其电源的输出电压或电流是受电路另一支路的电压或电流所控制的。当受控源的电压（或电流）与控制支路的电压（或电流）成正比时，则该受控源为线性的。根据控制变量与输出变量的不同可分为 4 类受控源。

（1）电压控制电压源（VCVS）。电压控制电压源如图 3-4-3（a）所示，其转移特性为

$$u_0 = \mu u_1 \tag{3-4-2}$$

式中，μ 为控制系数，称为转移电压比（或电压放大倍数）。

（2）电压控制电流源（VCCS）。电压控制电流源如图 3-4-3（b）所示，其转移特性为

$$i_2 = g u_1 \tag{3-4-3}$$

式中，g 为控制系数，称为转移电导，具有电导的量纲。

（3）电流控制电压源（CCVS）。电流控制电压源如图 3-4-3（c）所示，其转移特性为

$$u_0 = r_m i_1 \tag{3-4-4}$$

式中，r_m 为控制系数，称为转移电阻，具有电阻的量纲。

（4）电流控制电流源（CCCS）。电流控制电流源如图 3-4-3（d）所示，其转移特性为

$$i_2 = \beta i_1 \tag{3-4-5}$$

式中，β 为控制系数，称为转移电流比（或电流放大倍数）。

理想受控源的控制支路中只有一个独立变量（电压或电流），另一个变量为零，即从输入口看理想受控源或是短路（即输入电阻 $R_i = 0$，因而 $u_1 = 0$）或是开路（即输入电导 $G_i = 0$，因而输入电流 $i_1 = 0$），从输出口看，理想受控源或是一个理想电压源或是一个理想电流源。

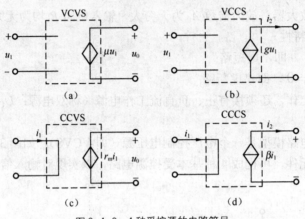

图 3-4-3　4 种受控源的电路符号

3. 用运算放大器构成的受控源

（1）电压控电压源（VCVS）。

用运算放大器组成的电压控电压源如图 3-4-4 所示，输入、输出有公共接地点，这种连接方式称为共地连接。由于运放的虚短路特性，有

$$u_+ = u_- = u_i \tag{3-4-6}$$

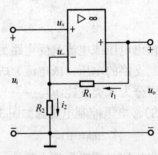

图 3-4-4　电压控电压源（VCVS）

则

$$i_1 = \frac{u_o - u_i}{R_1}, \quad i_2 = \frac{u_i}{R_2} \tag{3-4-7}$$

由运算放大器的特性 2 可知

$$i_1 = i_2 \tag{3-4-8}$$

将式（3-4-7）代入式（3-4-8），得

$$u_o = \left(1 + \frac{R_1}{R_2}\right)u_i \tag{3-4-9}$$

可见，运算放大器的输出电压 u_o 受输入电压 u_i 的控制，其电路模型如图 3-4-3（a）所示，转移电压比 $\mu = \dfrac{u_o}{u_i} = 1 + \dfrac{R_1}{R_2}$。

（2）电压控电流源（VCCS）。

用运算放大器组成的电压控电流源如图 3-4-5 所示。输入、输出无公共接地点，这种连接方式称为浮地连接。由运算放大器的"虚短路"特性可知

$$u_+ = u_- = u_i \tag{3-4-10}$$

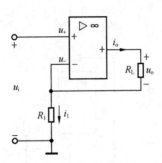

图 3-4-5 电压控电流源（VCCS）

由运算放大器的"虚断路"特性可知

$$i_o = i_1 = \frac{u_i}{R_1} \tag{3-4-11}$$

即运放的输出电流 i_o 受输入电压 u_i 的控制，与负载 R_L 无关（实际上要求 R_L 为有限值）。其电路模型如图 3-4-3（b）所示，转移电导 $g_m = \dfrac{i_o}{u_i} = \dfrac{1}{R}$。

（3）电流控电压源（CCVS）。

用运算放大器组成的电流控电压源如图 3-4-6 所示，电路为共地连接。由运算放大器的特性 1 可知反相输入端虚地

$$u_+ = u_- = 0 \tag{3-4-12}$$

则

$$u_o = -Ri_1 \tag{3-4-13}$$

由运算放大器的"虚断路"特性可知

$$i_1 = i_i \tag{3-4-14}$$

将式（3-4-14）代入式（3-4-13），得

$$u_o = -Ri_i \tag{3-4-15}$$

即输出电压 u_o 受输入电流 i_i 的控制。其电路模型如图 3-4-3（c）所示，转移电阻 $r_m = \dfrac{u_o}{i_i} = -R$。

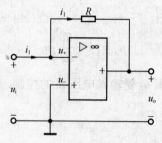

图 3-4-6 电流控电压源（CCVS）

（4）电流控电流源（CCCS）。

由运算放大器组成的电流控电流源如图 3-4-7 所示，电路为浮地连接。由运算放大器的"虚短路"特性可知

$$u_+ = u_- = 0 \tag{3-4-16}$$

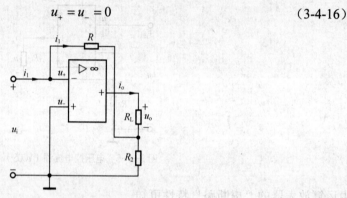

图 3-4-7 电流控电流源（CCCS）

则

$$i_1 = -\frac{R_2}{R_1 + R_2} i_o \tag{3-4-17}$$

由运算放大器的"虚断路"特性可知

$$i_1 = i_i \tag{3-4-18}$$

式（3-4-18）代入式（3-4-17），得

$$i_o = -\left(1 + \frac{R_1}{R_2}\right) i_i \tag{3-4-19}$$

即输出电流 i_o 受输入电流 i_i 的控制。电路模型如图 3-4-3（d）所示，转移电流比 $\beta = \dfrac{i_o}{i_i} = -\left(1 + \dfrac{R_1}{R_2}\right)$。

三、实验仪器与设备

（1）DGJ-3 型电工技术实验装置：双路直流稳压电源（0～30V 连续可调）、直流恒流源、直流数字电压表、直流数字毫安表。

（2）DG11-2 可调电阻箱。

（3）受控源实验线路板。

四、实验内容与步骤

1．测量受控源 VCVS 的特性

实验电路如图 3-4-8 所示。由于不同类型的受控源可以进行级联以形成等效的另一类型的受控源，因此图 3-4-8 中受控源 VCVS 由受控源 CCVS 与 VCCS 连接组成，如图 3-4-9 所示，图中 U_i 为直流稳压电源的可调电压输出端，R_L 为可调电阻箱。

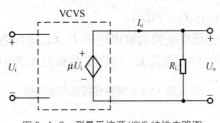

图 3-4-8　测量受控源 VCVS 特性电路图

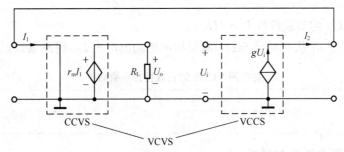

图 3-4-9　CCVS 与 VCCS 级联成 VCVS 连接图

（1）测试 VCVS 的转移特性 $U_o = f(U_i)$。

负载 $R_L = 2k\Omega$，调节直流稳压电源输出电压 U_i（以电压表读数为准），在 0～6V 范围内取值，用电压表测量 U_i 及相应的 U_o 值，将测量数据记入表 3-4-1 中。

表 3-4-1　　　　　　　　　　受控源 VCVS 的转移特性数据

U_i（V）						
U_o（V）						

（2）测试 VCVS 的负载特性 $U_o = f(R_L)$。

保持 $U_i = 2V$，负载 R_L 阻值从 1kΩ 增至 ∞，用电压表测量对应的输出电压 U_o，将测量数据记入表 3-4-2 中。

表 3-4-2　　　　　　　　　　受控源 VCVS 的负载特性数据

R_L（kΩ）						
U_o（V）						

2．测量受控源 VCCS 的特性

实验电路如图 3-4-10 所示。图中 U_i 为直流稳压电源的可调电压输出端，R_L 为可调电阻箱。

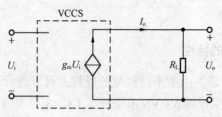

图 3-4-10　测量受控源（VCCS）特性的电路图

（1）测量 VCCS 的转移特性 $I_o = f(U_i)$。

固定 $R_L = 2k\Omega$，调节直流稳压电源的输出电压 U_i（以电压表测量为准），使其在 0～5V 范围内取值。测量 U_i 及相应的输出电流 I_o，将测量数据记入表 3-4-3 中。

表 3-4-3　　　　　　　　　　　受控源 VCCS 的转移特性测量数据

U_i（V）							
I_o（mA）							

（2）测量 VCCS 的负载特性 $I_o = f(R_L)$。

保持 $U_i = 2V$，令 R_L 从 0 增至 $5k\Omega$，测量相应的输出电流 I_o，将测量数据记入表 3-4-4 中。

表 3-4-4　　　　　　　　　　　受控源 VCCS 的负载特性测量数据

R_L（kΩ）							
I_o（mA）							

3. 测量受控源 CCVS 的特性

实验电路如图 3-4-11 所示。图中，I_i 为可调直流恒流源，R_L 为可调电阻箱。

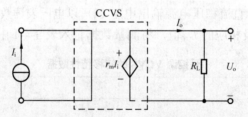

图 3-4-11　测量受控源 CCVS 特性的电路图

（1）测试 CCVS 的转移特性 $U_o = f(I_i)$。

固定 $R_L = 2k\Omega$，调节直流恒流源输出电流 I_i（以电流表读数为准），使其在 0～0.8mA 范围内取值，测量 I_i 及相应的输出电压 U_o，将测量数据记入表 3-4-5 中。

表 3-4-5　　　　　　　　　　　受控源 CCVS 的转移特性测量数据

I_i（mA）							
U_o（V）							

（2）测试 CCVS 的负载特性 $U_o = f(R_L)$。

保持 $I_i = 0.3mA$，负载电阻 R_L 从 $1k\Omega$ 增至 ∞，用电压表测量对应的输出电压 U_o，将测量

数据记入表 3-4-6 中。

表 **3-4-6**			受控源 **CCVS** 的负载特性测量数据					
R_L（kΩ）	1	2	5	8	10	20	50	90
U_o（V）								

4．测量受控源 CCCS 的特性

电路图如图 3-4-12 所示。由于不同类型的受控源可以进行级联以形成等效的另一类型的受控源。图 3-4-12 所示电路的受控源 CCCS 由受控源 CCVS 与 VCCS 进行级联组成，连接实验线路如图 3-4-13 所示。

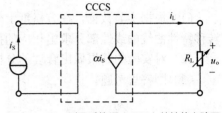

图 3-4-12　测量受控源（CCCS）特性的电路图

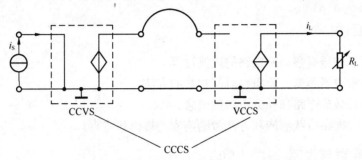

图 3-4-13　CCVS 与 VCCS 级联成 CCCS 连接图

（1）固定 $R_L = 2kΩ$，调节直流恒流源输出电流 i_S，使其在 0～0.8mA 范围内取值，测量 i_S 及相应的 i_L 值，将测量数据记入表 3-4-7 中。绘制 $i_L = f(i_S)$ 曲线，并由其线性部分求出转移电流比 α。

表 **3-4-7**	测量受控源 **CCCS** 的转移特性数据表
i_S（mA）	
i_L（mA）	

（2）保持 $i_S = 0.3mA$，令 R_L 从 0 增至 4kΩ，测量 i_L 及 u_o 值，将测量数据记入表 3-4-8 中。绘制负载特性曲线 $i_L = f(u_o)$ 曲线。

表 **3-4-8**			测量受控源 **CCCS** 的负载特性数据表				
R_L（kΩ）	0	0.5	1	2	3	4	5
i_L（mA）							

五、实验注意事项

（1）运算放大器的输出端不能与地短接，输入端电压不得超过 10V。

（2）在用恒流源供电的实验中，不允许恒流源开路。

六、思考题

（1）受控源与独立源相比有何异同点？

（2）4种受控源中的控制系数 μ、g_m、r_m 和 β 的意义是什么？如何测得？

（3）若令受控源的控制量极性反向，试问其输出量极性是否发生变化？

（4）受控源的输出特性是否适于交流信号？

七、实验报告要求

（1）根据实验数据，在方格纸上分别绘出 4 种受控源的转移特性和负载特性曲线，并由转移特性曲线的线性部分求出相应的控制系数。

（2）对实验的结果做出合理的分析和结论，总结对 4 类受控源的认识和理解。

（3）回答思考题。

实验五　一阶电路过渡过程的研究

一、实验目的

（1）学习用示波器观察一阶电路的过渡过程。

（2）学习用示波器测量一阶电路时间常数的方法。

（3）了解有关微分电路和积分电路的概念。

（4）观察一阶电路阶跃响应和方波激励响应的规律和特点。

二、实验原理与说明

1. 一阶电路及其过渡过程

含有储能元件的电路称为动态电路。当动态电路的特性可以用一阶微分方程描述时，称该电路为一阶电路。对处于稳态的动态电路，当电路结构或参数发生变化时，电路中会引起过渡过程。

电路的过渡过程分为零输入响应、零状态响应和全响应 3 种情况。图 3-5-1（a）所示为一阶 RC 电路，若响应为电容电压 u_C，则其全响应为

$$u_C(t) = U_m + [u_C(0_+) - U_m] e^{-\frac{t}{\tau}} \tag{3-5-1}$$

式中，$u_C(0_+)$ 为电容初始电压，U_m 为电路外加直流电压激励，$\tau = RC$ 为时间常数。

全响应可以看做是零输入响应和零状态响应的叠加。

（1）当 $u_C(0_+) = 0$，即电容初始储能为零时，有

$$u_C(t) = U_m \left(1 - e^{-t/\tau}\right) \tag{3-5-2}$$

这就是仅由外加激励引起的零状态响应。

（2）当 $u_s = 0$ 时，有

$$u_C(t) = u_C(0_+) e^{-t/\tau} \tag{3-5-3}$$

这就是仅由电容初始储能引起的零输入响应。

当外加激励是阶跃信号时，电路的零状态响应称为阶跃响应。一阶 RC 电路对方波脉冲序列的响应，可以看做是多个阶跃响应的叠加。

　　动态电路的过渡过程是十分短暂的单次变化过程，对时间常数较大的电路，可用超低频示波器观察其过渡过程。然而，若用一般的中频示波器观察过渡过程和测量有关的参数，则必须使这种单次变化的过渡过程重复出现。为此，实验中利用信号发生器输出的方波脉冲信号来模拟阶跃激励信号，即用方波输出的上升沿作为零状态响应的正阶跃激励信号；用方波下降沿作为零输入响应的负阶跃激励信号，只要选择方波的重复周期远大于电路的时间常数，可认为主波的某一边沿到来时，前一边沿所引起的过渡过程已经结束。电路在这样的方波序列脉冲信号激励下产生的过渡过程，和直流电源接通与断开的过渡过程是基本相同的。

　　RC 一阶电路的零输入响应和零状态响应分别按指数规律衰减和增长，其变化的快慢决定于电路的时间常数 τ。

2. 时间常数及其测量

　　在示波器上显示出响应波形后，可以由波形估算出电路的时间常数 τ。对于 RC 一阶电路的零输入响应，即电容的充电过程，电容电压幅值上升到终值的 63.2% 对应的时间即为一个 τ，如图 3-5-1（b）所示。对于零输入响应波形，电容电压幅值下降到初值的 36.8% 对应的时间也是一个 τ，如图 3-5-1（c）所示。

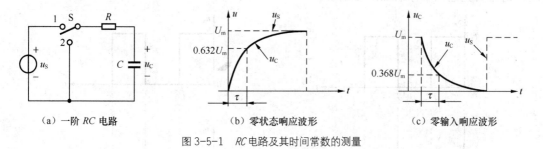

（a）一阶 RC 电路　　　　　（b）零状态响应波形　　　　　（c）零输入响应波形

图 3-5-1　RC 电路及其时间常数的测量

3. 微分电路和积分电路

　　微分电路和积分电路对电路元件参数和输入信号的周期有着特定的要求，是 RC 一阶电路中较典型的电路。

　　若一阶 RC 电路的输出取自电阻两端的电压，即 $u_{\mathrm{o}} = u_{\mathrm{R}}$，如图 3-5-2 所示，$u_{\mathrm{S}}$ 即周期为 T 的方波脉冲序列。

　　当满足 $\tau = RC \ll \dfrac{T}{2}$ 时，

$$u_{\mathrm{R}} \ll u_{\mathrm{C}}, \quad u_{\mathrm{C}} \approx u_{\mathrm{S}}$$

$$u_{\mathrm{o}} = u_{\mathrm{R}} = RC \frac{\mathrm{d}u_{\mathrm{C}}}{\mathrm{d}t} \approx RC \frac{\mathrm{d}u_{\mathrm{S}}}{\mathrm{d}t}$$

此时电路的输出电压 u_{o} 与输入电压 u_{S} 的微分成正比，称之为微分电路。

　　若一阶 RC 电路的响应 u_{o} 为电容电压 u_{C}，如图 3-5-3 所示，可得

$$u_{\mathrm{o}} = u_{\mathrm{C}} = \frac{1}{C} \int i_{\mathrm{C}} \mathrm{d}t$$

　　当满足 $\tau = RC \gg \dfrac{T}{2}$ 时，

$$u_C \ll u_R , \quad u_S \approx u_R$$

$$u_o = u_C = \frac{1}{C}\int i_C dt = \frac{1}{C}\int \frac{u_R}{R}dt \approx \frac{1}{RC}\int u_S dt$$

此时电路的输出电压 u_o 与输入电压 u_S 的积分成正比，称之为积分电路。

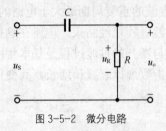
图 3-5-2 微分电路

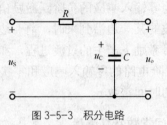
图 3-5-3 积分电路

微分电路和积分电路的输入与输出关系分别如图 3-5-4、图 3-5-5 所示。图 3-5-4 所示为微分电路输入 u_S 的波形及对应的输出 u_o 的波形（即电阻电压 u_R 的波形）。图 3-5-5 所示为积分电路输入 u_S 的波形及对应的输出 u_o 的波形（即电容电压 u_C 的波形）。

综上所述，从输入输出波形来看，图 3-5-2 和图 3-5-3 所示两个电路均起到波形变换的作用，请在实验过程中仔细观察与记录。

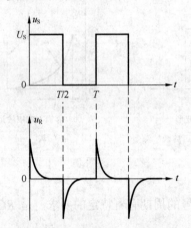
图 3-5-4 微分电路输入 U_S 与输出 U_R 波形

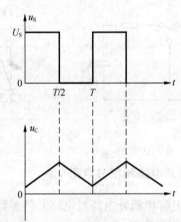
图 3-5-5 积分电路输入 U_S 与输出 U_C 波形

三、实验仪器与设备

（1）DF 1614C 函数信号发生器。

（2）GOS-6021 双踪示波器。

（3）DGJ-03 实验挂箱：一阶、二阶电路实验线路板。

四、实验内容与步骤

本实验使用图 3-5-6 所示的一阶电路元件板。

1. 观测 RC 电路充、放电过程及时间常数的测定

按图 3-5-7 所示实验电路接线。分别按表 3-5-1 中给定的两组数值，选择元件板（见图 3-5-6）上的 R、C 元件。激励 u_S 为信号发生器输出的方波电压信号，幅值 $U_m = 3V$，频率

$f = 1\text{kHz}$。将激励源 u_S 和响应 u_C 的信号分别接入示波器的两个输入通道 CH1 和 CH2，这时可在示波器的屏幕上观察到激励 u_S 及响应 u_C 的变化规律。完成如下实验任务。

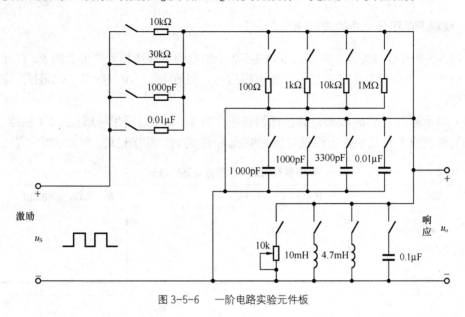

图 3-5-6　　一阶电路实验元件板

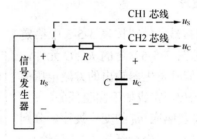

图 3-5-7　RC 实验电路

（1）从示波器荧屏上读出时间常数 τ，记入表 3-5-1 中。

表 3-5-1　　　　　　　　　　　不同参数时的 *RC* 电路充、放电过程

参　　数		$R = 10\text{k}\Omega$，$C = 3\,300\text{pF}$	$R = 10\text{k}\Omega$，$C = 0.01\mu\text{F}$
时间常数 τ（μs）	计算值		
	实测值		
实测波形		u_S ↑ ... O → t u_C ↑ ... O → t	u_S ↑ ... O → t u_C ↑ ... O → t

（2）用示波器观察激励 u_S 及响应 u_C 波形，分别按比例描绘在表 3-5-2 中（用坐标纸按 1：1 描绘）。

2．观察 RC 积分电路的波形

在图 3-5-7 所示的实验电路中，按表 3-5-2 中给定的参数选择元件板上的 R、C 元件进行实验，激励 u_S 为信号发生器输出的方波电压信号，幅值 $U_m = 3V$，频率 $f = 1kHz$。完成如下实验任务。

（1）用示波器观察 u_C 波形，并按比例描绘在表 3-5-2 中（用坐标纸按 1：1 描绘）。

（2）继续增大 C 的值，定性地观察对响应 u_C 的影响，并作记录。

表 3-5-2 　　　　　　　　　**不同参数时的 RC 积分电路的波形**

参　　数	$R=10k\Omega$，$C=0.1\mu F$	$R=10k\Omega$，$C=0.2\mu F$
描绘波形		

3．观察 RC 微分电路的波形

按图 3-5-8 所示实验电路接线。分别按表 3-5-3 中给定的两组数值，选择元件板（见图 3-5-6）上的 R、C 元件，组成 RC 微分电路。激励 u_S 为信号发生器输出的方波电压信号，幅值 $U_m = 3V$，频率 $f = 1kHz$。完成如下实验任务。

（1）用示波器观察激励 u_S 及响应 u_R 的变化规律。分别描绘响应 u_R 的波形在表 3-5-3 中（用坐标纸按 1：1 描绘）。

（2）增加 R 的值，定性观察对响应的影响，并作记录。

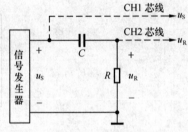

图 3-5-8　RC 微分电路

（3）当 R 增至 1MΩ 时，定性观察输入输出波形有何本质上的区别，并作记录。

表 3-5-3 　　　　　　　　　**不同参数时的 RC 微分电路的波形**

参　　数	$C = 0.01\mu F$，$R = 1k\Omega$	$C = 0.01\mu F$，$R = 10k\Omega$
实测波形		

五、实验注意事项

（1）示波器的辉度不要过亮。

（2）调节仪器旋钮时，动作不要过猛。

（3）调节示波器时，要注意触发开关和电平调节旋钮的配合使用，以使显示的波形稳定。

（4）为防止外界干扰，函数信号发生器的接地端与示波器的接地端要连接在一起。

六、思考题

（1）什么样的电信号可作为 RC 一阶电路零输入响应、零状态响应和全响应的激励信号？

（2）已知 RC 一阶电路中 $R = 10\text{k}\Omega$，$C = 0.1\mu\text{F}$，试计算时间常数 τ，并根据 τ 值的物理意义，拟定测定 τ 的方案。

（3）何谓积分电路和微分电路，它们必须具备什么条件？它们在方波序列脉冲的激励下，其输出信号波形的变化规律如何？

（4）在 RC 电路中，当 R 或 C 的大小变化时，对电路的响应有何影响？

七、实验报告要求

（1）完成表 3-5-1 的计算。

（2）根据实验观测结果，在坐标纸上绘出 RC 一阶电路充放电、微分电路和积分电路的曲线。

（3）由 RC 一阶电路充电或放电曲线测得时间常数 τ 值。

（4）回答思考题。

实验六 二阶电路过渡过程的研究

一、实验目的

（1）研究电路参数对二阶电路响应的影响。

（2）观察、分析二阶电路在过阻尼、临界阻尼和欠阻尼 3 种情况下的响应波形及其特点，加深对二阶电路响应的认识与理解。

（3）学习用示波器测量二阶电路衰减振荡的角频率和阻尼系数，了解电路参数对它们的影响。

二、实验原理与说明

二阶电路是用二阶微分方程来描述和求解的电路。

如图 3-6-1 所示的 RLC 串联电路，以电容电压 u_C 为变量，电路的动态方程为

$$LC\frac{\text{d}^2u_C}{\text{d}t^2} + RC\frac{\text{d}u_C}{\text{d}t} + u_C = u_S \tag{3-6-1}$$

特征方程为

$$LCp^2 + RCp + 1 = 0 \tag{3-6-2}$$

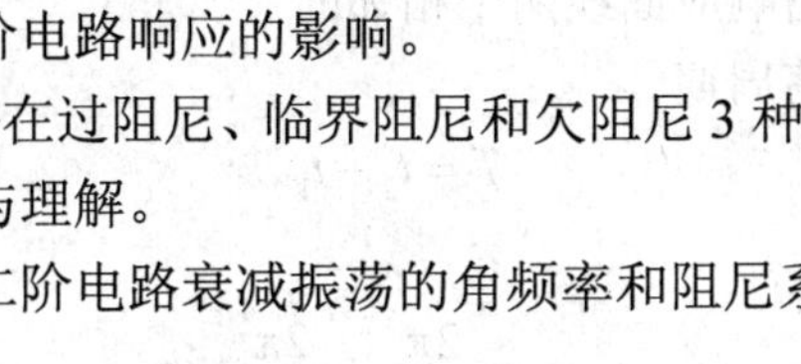

图 3-6-1 RLC 串联电路

求解的特征根为

$$p_{1,2} = -\frac{R}{2L} \pm \sqrt{\left(\frac{R}{2L}\right)^2 - \frac{1}{LC}}$$

当 $R > 2\sqrt{\dfrac{L}{C}}$ 时，为过阻尼，p_1，p_2 为两个不相等的负实根，响应无振荡；

当 $R = 2\sqrt{\dfrac{L}{C}}$ 时，为临界阻尼，p_1，p_2 为两个相等的负实根，响应临近振荡；

当 $R < 2\sqrt{\dfrac{L}{C}}$ 时，为欠阻尼，p_1，p_2 为共轭复数根（实部为负数），响应为衰减振荡，特征根

$$p_{1,2} = -\frac{R}{2L} \pm \sqrt{\left(\frac{R}{2L}\right)^2 - \frac{1}{LC}} = -\delta \pm j\sqrt{\delta^2 - \omega_0^2} \tag{3-6-3}$$

式中，$\delta = \dfrac{1}{2RC}$ 为衰减系数，$\omega_0 = \sqrt{\dfrac{1}{LC}}$ 为电路的

谐振角频率，$\omega_d = \sqrt{\omega_0^2 - \delta^2}$ 为电路的衰减振荡角
频率。

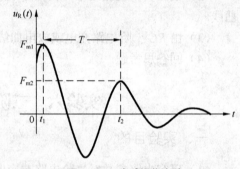

图 3-6-2　衰减振荡波形

对于欠阻尼情形，可从振荡响应波形测量出衰
减系数 δ 和振荡角频率 ω_d。RLC 串联电路中电阻 R
上的电压 u_R 的响应波形如图 3-6-2 所示。将 u_R 输入
示波器，可从示波器上测量出响应曲线两个相邻的
最大值之间的距离，确定振荡周期

$$T = t_2 - t_1 \tag{3-6-4}$$

从而求得

$$\omega_d = \frac{2\pi}{T} = \frac{2\pi}{t_2 - t_1} \tag{3-6-5}$$

再测任意相邻两个最大值 F_{m1}、F_{m2}，有如下关系：

$$\frac{F_{m1}}{F_{m2}} = e^{\delta t} \tag{3-6-6}$$

从而求得衰减系数为

$$\delta = \frac{1}{T} \ln \frac{F_{m1}}{F_{m2}} \tag{3-6-7}$$

三、实验仪器与设备

（1）DF 1614C 函数信号发生器。

（2）GOS-6021 双踪示波器。

（3）DGJ-03 实验挂箱：一阶、二阶电路实验线路板。

四、实验内容与步骤

实验线路板如图 3-5-6 所示。利用动态线路板中的元件与开关的配合作用,组成如图 3-6-3

所示的 *RLC* 并联电路。各元件参数：$R_1 = 10\text{k}\Omega$，$L = 4.7\text{mH}$，$C = 1\,000\text{pF}$，R_2 为 10kΩ可调电阻器。激励 u_S 为函数信号发生器，输出幅值 $U_m = 3\text{V}$，频率 $f = 1\text{kHz}$ 的方波脉冲信号。

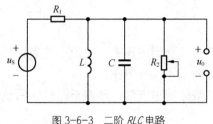

图 3-6-3　二阶 *RLC* 电路

（1）调节可变电阻器 R_2 的值，观察二阶电路的零状态响应 u_o 由过阻尼过渡到临界阻尼，最后过渡到欠阻尼的变化过程，分别定性地描绘、记录响应的典型变化波形。

（2）调节 R_2 使示波器荧屏上呈现稳定的欠阻尼响应波形，定量测定此时电路的衰减系数 δ 和振荡频率 ω_d，将实验数据记入表 3-6-1 中。

（3）改变电路参数，按表 3-6-1 中的参数值重复实验任务（2）的测量，仔细观察改变电路参数时 δ 和 ω_d 的变化趋势，将实验数据记入表 3-6-1 中。

表 3-6-1　　　　　　　　　　　　　欠阻尼状态下的波形参数测量数据

	元 件 参 数				测 量 值			计 算 值	
	R_1(kΩ)	R_2	L(mH)	C	F_{m1}(V)	F_{m2}(V)	T(s)	δ	ω_d
1	10	调至欠阻尼状态	4.7	1 000pF					
2	10		4.7	3 300pF					
3	10		4.7	0.01μF					
4	30		4.7	0.1μF					

五、实验注意事项

（1）调节示波器时，要注意触发开关和电平调节旋钮的配合使用，以使显示的波形稳定。

（2）为防止外界干扰，函数信号发生器的接地端与示波器的接地端要连接在一起。

（3）调节电位器 R_2 时，要细心、缓慢，临界阻尼要找准。

六、思考题

（1）根据二阶电路实验线路元件的参数，计算出处于临界阻尼状态的 R_2 的值。

（2）在示波器荧屏上，如何测得二阶电路零输入响应欠阻尼状态的衰减常数 δ 和振荡频率 ω_d？

七、实验报告要求

（1）根据实验观测结果，在坐标纸上按比例描绘二阶电路过阻尼、临界阻尼和欠阻尼的响应波形。

（2）测算欠阻尼振荡曲线上的 δ 与 ω_d。

（3）归纳、总结电路元件参数的改变，对响应变化趋势的影响。

（4）回答思考题。

实验七　交流电路等值参数的测量

一、实验目的

（1）学习常用交流仪表设备（交流电压表、交流电流表、功率表）的使用方法。

（2）熟悉交流电路实验中的基本操作方法。

（3）掌握测定交流电路参数的简单方法，加深对阻抗、阻抗角及相位差等概念的理解。

二、实验原理与说明

1．三表法测阻抗

正弦交流激励下的电路的阻抗可表示为 $Z = |Z| \angle \varphi = R + jX$ ，阻抗的等效参数可以用交流电压表、交流电流表及功率表，分别测量出元件两端的电压 U、元件的电流 I 及其所消耗的功率 P，然后按下列公式计算得到。

$$|Z| = \frac{U}{I}$$

$$\cos\varphi = \frac{P}{UI}$$

$$R = \frac{P}{I^2} = |Z|\cos\varphi$$

$$X = \pm\sqrt{|Z|^2 - R^2} = \pm\sqrt{\left(\frac{U}{I}\right)^2 - \left(\frac{P}{I^2}\right)^2} = \pm|Z|\sin\varphi$$

$$\varphi = \pm\arccos\frac{P}{UI}$$

其中，"+"号用于感性情况，"–"号用于容性情况。

如果被测的为感性元件，则

$$X = \omega L = 2\pi f L \quad \text{或} \quad L = \frac{X}{\omega}$$

如果被测的为一个容性元件，则

$$X = -\frac{1}{\omega C} = -\frac{1}{2\pi f C} \quad \text{或} \quad C = -\frac{1}{\omega X}$$

2．阻抗性质的判别方法

被测阻抗可能是容性，也可能是感性，如果由 U、I、P 三个量的测量值或参数的计算式还无法判定阻抗的性质，实际中可采用下述方法决定阻抗的性质。

（1）并联电容法。在被测元件两端并联一只适当容量的试验电容，若串接在电路中电流表的读数增大，则被测元件为容性；若电流表的读数减小，则为感性。

如图 3-7-1 所示，Z 为待测的元件，G、B 为待测阻抗 Z 的等效电导和等效电纳，C' 为试验电容，B' 为并联电容 C' 的电纳。

在端电压有效值 U 不变的条件下，按下面两种情况进行分析。

① 设 $B+B'=B''$，若 B' 增大，B'' 也增大，则电流 I 将增大，故可判断 Z 为容性元件。

② 设 $B+B'=B''$，若 B' 增大，而 B'' 先减小而后再增大，电流 I 也是先减小后上升，如图 3-7-2 所示，则可判断 B 为感性元件。

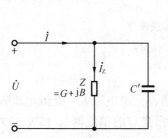

图 3-7-1　并联电容法判断阻抗性质的电路图

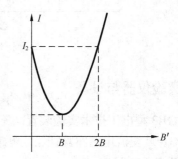

图 3-7-2　感性元件 $I \sim B'$ 关系曲线

由上述分析可得，当 Z 为容性元件时，对并联电容 C' 值无特殊要求；而当 Z 为感性元件时，$B' < |2B|$ 才有判定为感性的意义。$B' > |2B|$ 时，电流单调上升，与 Z 为容性时相同，并不能说明电路是感性的。因此，$B' < |2B|$ 是判断电路性质的可靠条件，由此得判定条件为

$$C' < |2B/\omega|$$

（2）串联电容法。与被测元件串联一个适当容量的试验电容，若被测阻抗的端电压下降，则判为容性，端压上升则为感性，判定条件为

$$\frac{1}{\omega C'} < 2X$$

式中，X 为被测阻抗的电抗值，C' 为串联试验电容值，此关系式可自行证明。

（3）用示波器观察阻抗元件电压、电流波形的相位关系。若电压超前为感性，反之为容性。

（4）用功率因数表或数字式相位仪测量功率因数 $\cos\varphi$ 和阻抗角，若读数超前，则为容性；若读数滞后，则为感性。

3. 功率表的接线与使用

功率表（又称为瓦特表）是一种动圈式仪表，其电流线圈与负载串联，其电压线圈与负载并联。

功率表的正确接法：在电流线圈和电压线圈的一个端钮上标有"*"标记，连接功率表时，对有"*"标记电流线圈一端，必须接在电流流入端，另一端接至电流流出端；对有"*"标记电压线圈一端，可以接电流线圈"*"端，另一端应跨接到负载的另一端。如此功率表指针就一定能正向偏转。

图 3-7-3（a）所示的连接法，称并联电压线圈前接法，功率表读数中包括了电流线圈的功耗，它适用于负载阻抗远大于电流线圈阻抗的情况。

图 3-7-3（b）所示的连接法，称并联电压线圈后接法，功率表读数中包括了电压线圈的功耗，它适用于负载阻抗远小于功率表电压线圈阻抗的情况。

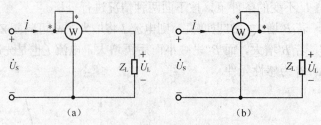

图 3-7-3 功率表的两种接线法

三、实验仪器与设备

（1）DGJ-3 型电工技术实验装置：三相自耦调压器、交流电压表、交流电流表。

（2）DGJ-04 交流电路实验挂箱：电感线圈（30W 日光灯的镇流器）、15W/220V 白炽灯、电容器（4.7μF，1μF）。

（3）MC1098 单相电量仪。

四、实验内容与步骤

1．被测阻抗等效参数的测定

（1）按图 3-7-4 所示电路接线，并经指导教师检查后，方可接通交流电源。

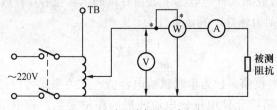

图 3-7-4 电路等效参数测试实验接线图

（2）分别测量 15W 白炽灯（R）、30W 日光灯的镇流器（L）、4.7μF 电容（C）的等效参数。要求 R 和 C 两端所加电压为 220V；L 中流过电流小于 0.4A。将实验数据记入表 3-7-1 中。

（3）测量 LC 串联与并联后的等效参数，将实验数据记入表 3-7-1 中。

（4）用并接试验电容的方法判别 LC 串联与并联后阻抗的性质。

表 3-7-1   测量 R、L、C 以及 LC 串联与 LC 并联后的等效参数

被测阻抗	测 量 值			被测阻抗性质	计 算 值				
	U (V)	I (A)	P (W)		$\|Z\|$ (Ω)	$\cos\varphi$	R (Ω)	L (mH)	C (μF)
15W 白炽灯				电阻					
电感线圈 L				感性					
电容 C				容性					
L 与 C 串联									
L 与 C 并联									

2．观察并测定功率表电压线圈前接法和后接法对等效参数测量结果的影响

（1）按图 3-7-5（a）所示接线，用功率表电压并联线圈前接法测量 15W 白炽灯（R）、30W 日光灯的镇流器（L）和 4.7μF 电容（C）的等效参数，将实验数据记入表 3-7-2 中。

（2）按图 3-7-5（b）所示接线，用功率表电压并联线圈后接法测量 15W 白炽灯（R）、30W 日光灯的镇流器（L）和 4.7μF 电容（C）的等效参数，将实验数据记入表 3-7-2 中。

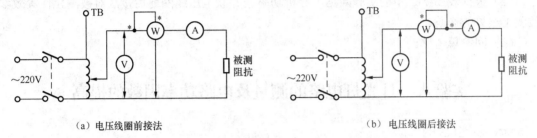

（a）电压线圈前接法　　　　　　　　　　　　　（b）电压线圈后接法

图 3-7-5　功率表电压线圈前后接法测量被测阻抗的等效参数

表 3-7-2　　　　　　　　　　测量功率表两种接法时被测阻抗等效参数

功率表两种接法	被测阻抗	测 量 值			计 算 值				
		U（V）	I（A）	P（W）	$\lvert Z \rvert$（Ω）	$\cos\varphi$	R（Ω）	L（mH）	C（μF）
功率表电压线圈前接	15W 白炽灯								
	电感线圈 L								
	电容 C								
功率表电压线圈后接	15W 白炽灯								
	电感线圈 L								
	电容 C								

五、实验注意事项

（1）本实验直接用市电 220V 交流电源供电，实验中要特别注意人身安全，不可用手直接触摸通电线路的裸露部分，以免触电。

（2）自耦调压器在接通电源前，应将其手柄置在零位上（逆时针旋到底），调节时，使其输出电压从零开始逐渐升高。每次改接实验线路或实验完毕，都必须先将其手柄慢慢调回零位，再断开电源。必须严格遵守这一安全操作规程。

（3）注意功率表的正确接法。

（4）电感线圈 L 中流过的电流不得超过 0.4A。

六、思考题

（1）在 50Hz 的交流电路中，测得一只铁芯线圈的 P、I 和 U，如何计算它的阻值及电感量？

（2）如何用串联电容的方法来判别阻抗的性质？试用电流 I 随串联电容容抗 X_C 的变化关系作定性分析，证明串联试验时，串联电容 C' 应满足

$$\frac{1}{\omega C'} < 2X$$

式中，X 为被测阻抗的电抗值。

七、实验报告要求

（1）根据实验数据，完成各项计算。

（2）根据表 3-7-2 中的实验数据，分析功率表并联电压线圈前后接法对被测元件等效参数测量结果的影响。

（3）回答思考题。

实验八　日光灯电路的测量及电路功率因数的提高

一、实验目的

（1）研究正弦稳态交流电路中电压、电流相量之间的关系。

（2）了解日光灯电路的工作原理，掌握日光灯线路的接线方法。

（3）了解改善电路功率因数的意义及其方法。

二、实验原理与说明

1. 基尔霍夫定律的相量形式

在单相正弦交流电路中，用交流电流表测得各支路的电流值，用交流电压表测得回路各元件两端的电压值，它们之间的关系应满足相量形式的基尔霍夫定律，即

$$\sum \dot{I} = 0$$
$$\sum \dot{U} = 0$$

2. RC 串联移相电路

如图 3-8-1（a）所示为 RC 串联电路，在正弦稳态信号 $\dot{U}$ 的激励下，$\dot{U}_R$ 与 $\dot{U}_C$ 保持有 90° 的相位差，即当电阻 R 的阻值改变时，$\dot{U}_R$ 的相量轨迹是一个半圆，$\dot{U}$、$\dot{U}_C$ 与 $\dot{U}_R$ 三者形成一个直角电压三角形，如图 3-8-1（b）所示相量图。R 值改变时，可改变角 φ 的大小，从而达到移相的目的。

3. 日光灯电路的工作原理

日光灯电路由灯管、镇流器和启辉器 3 个部分构成，如图 3-8-2 所示。

（1）灯管是一根内壁均匀涂有荧光物质的细长玻璃管，两端各有一支灯丝和电极，灯丝上涂有受热后易于发射电子的氧化物，管内充有稀薄的惰性气体（如氩、氖等）和少量的水银蒸汽。当在两电极间加上一定的电压后，灯管发生弧光放电产生紫外线，激发荧光粉辐射可见光。

（2）镇流器是一个带铁芯的电感线圈，其作用是：在日光灯启动时感应一个高电压，促

使灯管放电导通，在日光灯正常工作时起限制电流的作用。灯管瓦数不同，配的镇流器也应不同。

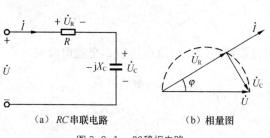

（a）RC 串联电路　　　（b）相量图

图 3-8-1　RC 移相电路

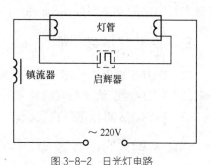

图 3-8-2　日光灯电路

（3）启辉器由一个固定电极和一个双金属片可动电极装在充有氖气的玻璃泡内组成，如图 3-8-3 所示。当接通电源时，灯管还没放电，启辉器的电极处于断开位置，此时电路中没有电流，电源电压全部加在启辉器两个电极上，电极间产生辉光放电，可动电极的双金属片受热弯曲碰上固定电极而接通电路，使灯管灯丝流过电流发射电子。电路接通后放电停止，电极也逐渐冷却并分开恢复原状。在电极分开瞬间，镇流器产生自感电动势，与外加电压一起加在灯管两端，使灯管产生弧光放电，灯管内壁荧光粉便发出近似日光的可见光。灯管放电后其端电压下降，启辉器不再动作。

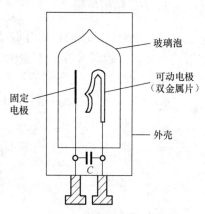

图 3-8-3　启辉器结构示意图

4．功率因数的提高

（1）提高功率因数的意义。

当电路（系统）的功率因数 $\cos\varphi$ 较低时，会带来两个方面的问题，一是在设备的容量一定时，使得设备（如发电机、变压器等）的容量得不到充分的利用；二是在负载有功功率不变的情况下，会使得线路上的电流增大，使线路损耗增加，导致传输效率降低。因此，提高电路（系统）的功率因数有着十分重要而显著的经济意义。

（2）提高功率因数的方法。

提高功率因数通常是根据负载的性质在电路中接入适当的电抗元件，即接入电容器或电感器。由于实际的负载（如电动机、变压器等）大多为感性的，因此在工程应用中一般采用在负载端并联电容器的方法，用电容器中容性电流补偿感性负载中的感性电流，从而提高功率因数。

（3）无功补偿时的 3 种情况。

进行无功补偿时会出现 3 种情况，即欠补偿、全补偿和过补偿。欠补偿是指接入电抗元件后，电路的功率因数提高，但功率因数小于 1，且电路等效阻抗的性质不变。全补偿是指将电路的功率因数提高后，使 $\cos\varphi=1$。过补偿是指进行无功补偿后，电路的等效阻抗的性质发生了改变，即感性电路变为容性电路，或容性电路变为感性电路。从经济的角度考虑，在工程应用中一般采用的是欠补偿，且通常使 $\cos\varphi = 0.85 \sim 0.9$。

正常工作时，由于镇流器电感线圈串联在电路中，所以日光灯是一种感性负载。为了改善日光灯电路的功率因数（$\cos\varphi$ 值），在日光灯两端并联补偿电容 C。

三、实验仪器与设备

（1）DGJ-3 型电工技术实验装置：三相自耦调压器、交流电压表、交流电流表。

（2）DGJ-04 交流电路实验挂箱：日光灯组件、白炽灯。

（3）MC1098 单相电量仪表板：功率表。

四、实验内容与步骤

1. RC 移相电路

（1）用两只并联的白炽灯泡（220V，15W）和 4.7μF/450V 电容器组成如图 3-8-1（a）所示的电路。自耦调压器在接通电源前，应将其手柄置在零位。接通电源后，将调压器输出逐步调至 220V。用电压表测量 U、U_R、U_C 的值，将测量数据记入表 3-8-1 中。

（2）改用一只灯泡，重复（1）的内容，将测量数据记入表 3-8-1 中。

表 3-8-1　　　　　　　　　验证正弦稳态电路的电压三角形关系数据表

白炽灯盏数	测 量 值			计 算 值	
	U（V）	U_R（V）	U_C（V）	U（V）	φ
2					
1					

2. 日光灯电路及其功率因数的提高

按图 3-8-4 所示的接线原理，将日光灯电路各元件连接好（电容器的开关断开，即电容器未接入电路中），自耦调压器在接通电源前，应将其手柄置在零位。接通电源后，将调压器输出逐步调至 220V。观察日光灯的启动情况和现象。

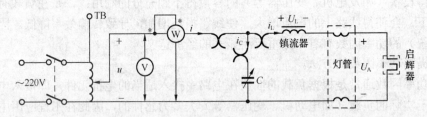

图 3-8-4　日光灯及提高功率因数的实验线路

（1）在不并联电容的情况下，测量电流 I、电压 U、功率 P、功率因数 $\cos\varphi$、镇流器电压 U_L、灯管端电压 U_A、镇流器功率 P_L 及其功率因数 $\cos\varphi_L$，将测量数据记入表 3-8-2 中。

表 3-8-2　　　　　　　　　日光灯电路的测量数据表

	P（W）	$\cos\varphi$	P_L（W）	$\cos\varphi_L$	I（A）	U（V）	U_L（V）	U_A（V）
正常工作值								

（2）并联不同容量的电容器 C（电容取值如表 3-8-3 所示），使电路负载端的功率因数逐步提高，直至电路呈容性。测量不同 C 值时的负载总功率 P、电压 U、电流 I、功率因数 $\cos\varphi$ 及日光灯电流 I_L、电容电流 I_C，将测量数据记入表 3-8-3 中。

表 3-8-3　　　　　　日光灯电路的功率因数与并联电容 C 之间的关系数据表

电容值（μF）	P（W）	U（V）	I（A）	I_L（A）	I_C（A）	$\cos\varphi$
0						
1						
2.2						
3.2						
4.7						
5.7						
6.9						

五、实验注意事项

（1）实验用交流市电 220V，务必注意用电安全和人身安全，必须严格遵守先接线后通电、先断电后拆线的实验操作原则。每次接线完毕，应自查一遍，方可接通电源。

（2）电源电压应与日光灯电压的额定值（220V）相符合，切勿接到 380V 电源上。电源电压要加在灯管与镇流器串联电路两端，切勿将电源电压直接加在灯管两端。

（3）每次更换接线时，务必先切断电源，电路通电后人体勿接触线路各非绝缘部分。

（4）如线路接线正确，日光灯不能启辉时，应检查启辉器及其他线路是否接触良好。

六、思考题

（1）在日常生活中，当日光灯上缺少了启辉器时，人们常用一根导线将启辉器的两端短接一下，然后迅速断开，使日光灯点亮；或用一只启辉器去点亮多只同类型的日光灯，这是为什么？

（2）为了提高电路的功率因数，常在感性负载上并联电容器，此时增加了一条电流支路，试问电路的总电流是增大还是减小，此时感性元件上的电流和功率是否改变？

（3）提高电路功率因数为什么只采用并联电容器法，而不用串联法？所并的电容器是否越大越好？

七、实验报告要求

（1）完成数据表格（见表 3-8-1）中的计算。

（2）根据表 3-8-1 中的实验数据绘出电压相量图，验证相量形式的基尔霍夫电压定律。

（3）选择表 3-8-2 中并联电容 C 不为零时的实验数据，绘出电流相量图，验证相量形式的基尔霍夫电流定律。

（4）画出功率因数随并联电容 C 变化的曲线 $\cos\varphi = f(C)$。

（5）回答思考题。

实验九 R、L、C元件的频率特性研究

一、实验目的

（1）研究线性电阻、电容、电感在不同频率的正弦交流电压下的电阻及电抗（容抗和感抗）值，即元件的频率特性。

（2）观察在RC及RL串联电路中，当电源频率变化时，串联电路端电压及电路中电流之间相位的变化。

二、实验原理与说明

在交流电路中常用的实际元件为电阻器、电感器及电容器，它们的参数为电阻、电感及电容。

在电源频率f较低的情况下，实验中常用的电阻元件可略去其电感及分布电容的影响而看成是纯电阻。在正弦交流情况下，加于电阻器两端的电压$\dot{U}$与流过其中的电流$\dot{i}$的关系为$\dot{U} = R\dot{i}$，电压电流同相。电阻器的阻值R与电源频率f无关。

在低频时，电容器的引线电容可略去，其介质损失一般可忽略，附加电感的影响也可略去，因而实验时可将电容器认为是纯电容。在正弦交流情况下，加于电容元件两端的电压$\dot{U}$与流过其中的电流$\dot{i}$的关系为$\dot{U} = -\mathrm{j}X_C\dot{i}$，电压滞后于电流90°。电容元件的容抗$X_C = \dfrac{1}{2\pi fC}$，与电源频率$f$成反比。

实际的电感元件的导线具有电阻，实验时大都不能把它看成理想元件。低频应用时，把线匝间的分布电容略去，电感元件可用电阻R_L及电感L两个参数来表示。在正弦交流情况下，电感元件的复阻抗为$Z_L = R_L + \mathrm{j}X_L = R_L + \mathrm{j}\omega L = \sqrt{R_L^2 + X_L^2}\angle\varphi = |Z_L|\angle\varphi$，加于电感线圈上的电压$\dot{U}$与流过其中的电流$\dot{i}$的关系为$\dot{U} = (R_L + \mathrm{j}X_L)\dot{i} = \dot{i}|Z|\angle\varphi$。电压超前电流的相角为$\varphi$。阻抗$|Z_L|$随信号源频率$f$改变而变化。

R、L、C阻抗频率特性曲线如图3-9-1所示，其测试电路如图3-9-2所示。图中R、L、C为被测元件，r为电流取样电阻。改变信号源U_S的频率，分别测量R、L、C元件两端电压U_R、U_L、U_C，测量采样电阻r两端电压U_r，除以采样电阻阻值r得到流过被测元件的电流。

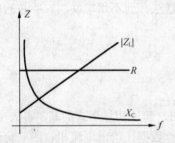

图3-9-1 R、L、C的阻抗特性曲线

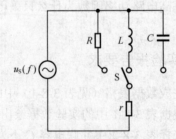

图3-9-2 测试阻抗特性曲线的电路图

元件的阻抗角φ（即元件电压电流相位差）随输入信号的频率变化而改变，阻抗角的频率特性曲线同样可用实验方法测得。可用双踪示波器测量阻抗角（相位差），具体方法如下。

将欲测量相位差的两个信号分别接到双踪示波器 CH1 和 CH2 两个输入端。调节示波器有关旋钮，使示波器屏幕上出现两条大小适中、稳定的波形，如图 3-9-3 所示。观测两波形间的时延 τ 及信号的周期 T，则两波形实际的相位差为 $\varphi = \dfrac{\tau}{T} \times 360°$。

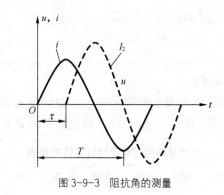

图 3-9-3 阻抗角的测量

三、实验仪器与设备

（1）DF1641C 函数信号发生器。

（2）DF2170A 交流毫伏表。

（3）GOS-6021 双踪示波器。

（4）DGJ-05 实验挂箱：$R = 1\text{k}\Omega$，$L = 10\text{mH}$，$C = 1\mu\text{F}$，$r = 200\Omega$。

四、实验内容与步骤

1. 测量 *R*、*L*、*C* 元件的幅频特性

实验线路如图 3-9-2 所示，取 $R = 1\text{k}\Omega$，$L = 10\text{mH}$，$C = 1\mu\text{F}$，$r = 200\Omega$。将函数信号发生器输出的正弦信号接至电路输入端，作为激励源 u_S，并用交流毫伏表测量，使激励电压的有效值为 $U_m = 3\text{V}$，并在整个实验过程中保持不变。

（1）测量 *R* 元件的幅频特性。

开关 S 接通 *R* 元件，改变信号源的输出频率，从 200Hz 逐渐增至 5kHz，交流毫伏表分别测量电阻 *R* 与采样电阻 *r* 的电压 U_R、U_r，将测量数据记入表 3-9-1 中。

表 3-9-1 测量单一参数 *R* 元件的阻抗频率特性数据表

频率 *f*（Hz）		200	400	600	800	1.2k	1.6k	2k	3k	4k	5k
测量值	U_R（V）										
	U_r（V）										
计算值	$I_R = U_r/r$（mA）										
	$R = U_R/I_R$（kΩ）										

（2）测量 *L* 元件的幅频特性。

开关 S 接通 *L* 元件，改变信号源的输出频率，从 200Hz 逐渐增至 5kHz，交流毫伏表分别测量电感元件 *L* 及采样电阻 *r* 的 U_L、U_r，将测量数据记入表 3-9-2 中。

表 3-9-2   测量单一参数 L 元件的阻抗频率特性数据表

	频率 f（Hz）	200	400	600	800	1.2k	1.6k	2k	3k	4k	5k
测量值	U_L（V）										
	U_r（V）										
计算值	$I_L = U_r/r$（mA）										
	$Z_L = U_L/I_L$（kΩ）										

（3）测量 C 元件的幅频特性。

开关 S 接通 C 元件，改变信号源的输出频率，从 200Hz 逐渐增至 5kHz，交流毫伏表分别测量电容元件 C 及采样电阻 r 的电压 U_C、U_r，将测量数据记入表 3-9-3 中。

表 3-9-3 C 元件的阻抗频率特性实验数据表

	频率 f（Hz）	200	400	600	800	1.2k	1.6k	2k	3k	4k	5k
测量值	U_C（V）										
	U_r（V）										
计算值	$I_C = U_r/r$（mA）										
	$X_C = U_C/I_C$（kΩ）										

2. L、C 元件的相频特性

用双踪示波器观测 r_L 串联和 r_C 串联电路在不同频率下电压与电流相位差的变化情况，并将实验数据填入表 3-9-4 中。

表 3-9-4 r_L 串联和 r_C 串联电路的频率特性实验数据表

		频率 f（Hz）	200	400	600	800	1.2k	1.6k	2k	3k	4k	5k
r_L 串联	测量值	T（ms）										
		τ（ms）										
	计算值	φ（度）										
r_C 串联	测量值	T（ms）										
		τ（ms）										
	计算值	φ（度）										

五、实验注意事项

（1）交流毫伏表属于高阻抗电表，测量前必须先调零。

（2）由于信号源内阻的影响，注意在调节输出频率时，应同时调节输出幅度，使实验电路的输入电压保持不变。

六、思考题

（1）图 3-9-2 中各元件流过的电流如何求得？

（2）怎样用双踪示波器观察 r_L 串联和 r_C 串联电路阻抗角的频率特性？

七、实验报告要求

（1）完成各数据表的计算。

（2）根据实验数据，在方格纸上绘制 R、L、C 三个元件的阻抗频率特性曲线，得出相应结论。

（3）根据表 3-9-4 中的实验数据，在方格纸上绘制 r_L 串联、r_C 串联电路的阻抗角频率特性曲线。

实验十　*RLC* 串联谐振电路的研究

一、实验目的

（1）测量 *RLC* 串联电路的幅频特性、通频带及品质因数 Q 值。

（2）观察串联电路谐振现象，加深对其谐振条件和特点的理解。

二、实验原理与说明

1. *RLC* 串联谐振

在图 3-10-1 所示的 *RLC* 串联电路中，电路的复阻抗

$$Z = R + j\left(\omega L - \frac{1}{\omega C}\right) \tag{3-10-1}$$

式中，电阻 R 应包含电感线圈的内阻 r_L，即 $R = R_1 + r_L$。电路电流为

$$\dot{I} = \frac{\dot{U}_S}{Z} = \frac{\dot{U}_S}{R + j\left(\omega L - \dfrac{1}{\omega C}\right)} \tag{3-10-2}$$

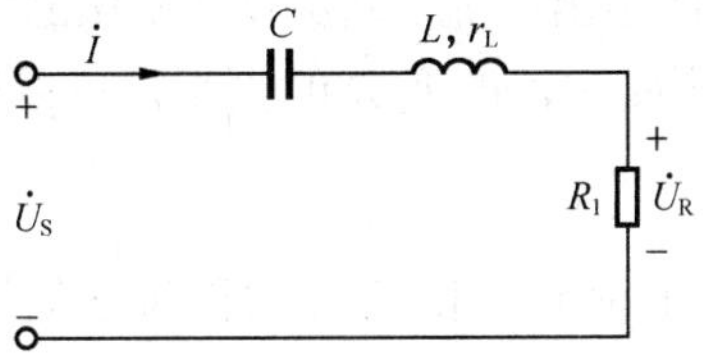

图 3-10-1　*RLC* 串联电路

当调节电路参数（L 或 C）或改变电源的频率（ω），电路电流的大小和相位都会发生变化。

当 $\omega L = \dfrac{1}{\omega C}$ 时，$Z = R$，$\dot{U}_S$ 与 $\dot{I}$ 同相，电路发生串联谐振，谐振角频率

$$\omega_0 = \frac{1}{\sqrt{LC}} \tag{3-10-3a}$$

谐振频率

$$f_0 = \frac{1}{2\pi\sqrt{LC}} \tag{3-10-3b}$$

此时，回路阻抗最小且为电阻性，$Z = R$；在输入电压 U_S 为定值时，电路中的电流 I_0

达到最大值，且与输入电压 U_S 同相位。

显然，谐振频率 f_0 仅与元件参数 L、C 的大小有关，而与电阻 R 的大小无关。当 $f = f_0$ 时，电路呈电阻性，电路产生谐振；当 $f < f_0$ 时，电路呈容性；当 $f > f_0$ 时，电路呈感性。

RLC 电路串联谐振时，电感电压和电容电压大小相等，方向相反，且有可能大于外施电压，所以串联谐振又称为电压谐振。电容两端电压与电源电压之比为品质因数 Q

$$Q = \frac{U_L}{U_S} = \frac{U_C}{U_S} = \frac{\omega_0 L}{R} = \frac{1}{\omega_0 R C} = \frac{1}{R}\sqrt{\frac{L}{C}} \tag{3-10-4}$$

式中，$\sqrt{\frac{L}{C}}$ 称为谐振电路的特征阻抗，在串联谐振电路中 $\sqrt{\frac{L}{C}} = \omega_0 L = \frac{1}{\omega_0 C}$。显然，当电路的元件参数 L、C 不变时，不同的 R 值将得到不同的 Q 值。

2. RLC 串联电路的幅频特性

当信号源的频率 f 改变时，电路中的感抗、容抗随之而变，电路中的电流也随 f 而变。在图 3-10-1 所示的电路中，电流的大小与信号源角频率之间的关系，即电流的幅频特性的表达式为

$$I = \frac{U_S}{\sqrt{R^2 + \left(\omega L - \frac{1}{\omega C}\right)^2}} = \frac{U_S}{R\sqrt{1 + Q^2\left(\frac{f}{f_0} - \frac{f_0}{f}\right)^2}} \tag{3-10-5}$$

谐振时，电路中电流有效值为 $I_0 = \frac{U_S}{R}$，则

$$\frac{I}{I_0} = \frac{1}{\sqrt{1 + Q^2\left(\frac{f}{f_0} - \frac{f_0}{f}\right)^2}} \tag{3-10-6}$$

根据式（3-10-5）可以定性地画出电流 I 随频率 f 变化的曲线，如图 3-10-2 所示，称为谐振曲线。当电路的 L 和 C 保持不变时，改变 R 的大小，可以得到不同的 Q 值时的谐振曲线，显然，Q 值越大，曲线越尖锐。

规定 $\frac{I}{I_0} = \frac{1}{\sqrt{2}}$ 时所对应的两个频率 f_l 和 f_h 分别称为下限频率和上限频率，$\frac{I}{I_0} \geqslant \frac{1}{\sqrt{2}}$ 的频率范围为电路的通频带，则

$$BW = f_h - f_l = \frac{f_0}{Q} \tag{3-10-7}$$

图 3-10-3 所示为不同 Q 值下的通用幅频特性曲线，由图可见，电路对频率具有选择性。显然，Q 值越大，通频带越窄，曲线越尖锐，电路的选择性越好。

3. 电路品质因数 Q 值的两种测量方法

方法一：根据 RLC 串联谐振电路的品质因数定义，分别测定谐振时电源电压 U_S、电容 C 上的电压 U_{C0} 或电感线圈 L 上的电压 U_{L0}，由式（3-10-4）计算品质因数 Q 值。

方法二：分别测定 RLC 串联谐振电路的谐振频率 f_0、上限频率 f_h 和下限频率 f_l，得到谐振曲线的通频带宽度 $BW = f_h - f_l$，再根据式（3-10-7），计算出品质因数 Q 值。

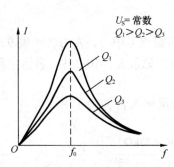

图 3-10-2　RLC 串联电路幅频特性曲线

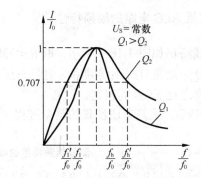

图 3-10-3　RLC 串联电路的通用性幅频特性

三、实验仪器与设备

（1）DF1641C 函数信号发生器。

（2）DF2170A 交流毫伏表。

（3）GOS-6021 双踪示波器。

（4）DGJ-05 实验挂箱：谐振电路实验线路板。

四、实验内容与步骤

1．测定谐振频率 f_0

按图 3-10-4 所示电路接线，调节信号源输出电压为 1V 正弦信号，并在整个实验过程中保持不变。

（1）取 $R = 330\Omega$，将交流毫伏表跨接在电阻 R 两端，令信号源的频率由小逐渐变大（注意要维持信号源的输出幅度不变），当 U_R 的读数为最大时，此时的频率值即为电路的谐振频率 f_0，并测量 U_{R0}、U_{L0}、U_{C0} 的值，记入表 3-10-1 中。

（2）取 $R = 1\text{k}\Omega$ 重复步骤（1）的测量过程。

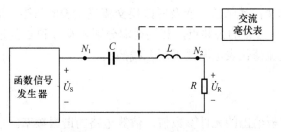

图 3-10-4　RLC 串联谐振实验图

表 3-10-1　　　　　　　测量在谐振频率 f_0 作用下电路的各参数表

R（kΩ）	f_0（kHz）	U_{R0}（V）	U_{L0}（V）	U_{C0}（V）	计算 I_0（mA）	计算 Q
0.33						
1						

注意：谐振时，电感电压 U_L 及电容电压 U_C 有可能比信号源电压 U_S 高，应及时更换交流毫伏表的量程。

2. 测量 RLC 电路的幅频特性

实验线路仍如图 3-10-4 所示，取 $R = 330\Omega$，以谐振点为中心，左右各扩展 9 个测试点。用毫伏表分别测量对应不同频率的电阻电压 U_R，将数据记入表 3-10-2 中。表格中频率 f 由所给定的频率之比 f/f_0 及 f_0 确定。

取 $R=1k\Omega$，重复上述步骤的测量过程，将实验数据记入表 3-10-3 中。

表 3-10-2　　　　　　　　　测量幅频特性曲线数据表（R=0.33kΩ）

f/f_0	0.1	0.2	0.3	0.4	0.5	0.6	0.7	0.8	0.9	1	2	3	4	5	6	7	8	9	10
U_R(V)																			
f(kHz)																			
I/I_0																			

$f_0=$_____kHz, $f_1=$_____kHz, $f_h=$_____kHz, $Q=$_____。

表 3-10-3　　　　　　　　　测量幅频特性曲线数据表（R=1kΩ）

f/f_0	0.1	0.2	0.3	0.4	0.5	0.6	0.7	0.8	0.9	1	2	3	4	5	6	7	8	9	10
U_R(V)																			
f(kHz)																			
I/I_0																			

$f_0=$_____kHz, $f_1=$_____kHz, $f_h=$_____kHz, $Q=$_____。

五、实验注意事项

（1）测试频率点的选择应在靠近谐振频率附近多取几点，在变换频率测试时，应调整信号输出幅度，使其维持在 1V 输出不变。

（2）在测量 U_{C0} 和 U_{L0} 数值前，应及时改换交流毫伏表的量限，而且在测量 U_{C0} 与 U_{L0} 时毫伏表的"+"端接 C 与 L 的公共点，其接地端分别触及 L 和 C 的近地端 N_1 和 N_2。

（3）实验过程中交流毫伏表电源线采用三线插头。

六、思考题

（1）根据实验电路板给出的元件参数值，估算电路的谐振频率。

（2）改变电路的哪些参数可以使电路发生谐振？电路中 R 的数值是否影响谐振频率值？

（3）如何判别电路是否发生谐振？测试谐振点的方案有哪些？

（4）电路发生串联谐振时，为什么输入电压不能太大？

（5）要提高 RLC 串联电路的品质因数，电路参数应如何改变？

（6）谐振时，比较输出电压 U_{R0} 与输入电压 U_S 是否相等？对应的 U_{C0} 与 U_{L0} 是否相等？如有差异，原因何在？

七、实验报告要求

（1）根据测量数据，绘出不同 R 值时的两条谐振曲线。
（2）计算出通频带与 Q 值，说明不同 R 值时对电路通频带与品质因数的影响。
（3）回答思考题（5）、（6）。
（4）通过本次实验，总结、归纳串联谐振电路的特性。

实验十一　RC 选频网络特性测试

一、实验目的

（1）了解文氏电桥电路的结构特点及其应用。
（2）研究 RC 选频网络的频率特性。
（3）学会用半对数坐标绘制曲线。

二、实验原理与说明

1. 文氏电桥电路

文氏电桥电路是一个 RC 串并联选频电路，如图 3-11-1 所示。该电路结构简单，广泛用于低频振荡电路中作为选频环节，可以获得很高纯度的正弦波信号。文氏电桥电路的一个突出特点是其输出电压幅度不仅会随输入电压的频率而变，而且还出现一个与输入电压同相位的最大值。

在输入端输入幅度恒定的正弦电压 $\dot{U}_i$，当 $\dot{U}_i$ 的频率变化时，输出端得到的输出电压 $\dot{U}_o$ 的变化可从两方面来看。在频率较低的情况下，即当 $\frac{1}{\omega C} \gg R$ 时，图 3-11-1（a）所示电路可近似成如图 3-11-1（b）所示的低频等效电路。ω 愈低，$\dot{U}_o$ 的幅度愈小，其相位愈超前于 $\dot{U}_i$。当 ω 趋近于 0 时，$|\dot{U}_o|$ 趋近于 0，$\dot{U}_o$ 超前于 $\dot{U}_i$ 接近+90°。而频率较高时，即当 $\frac{1}{\omega C} \ll R$ 时，图 3-11-1（a）所示电路可近似成如图 3-11-1（c）所示的高频等效电路。ω 愈高，$\dot{U}_o$ 的幅度也愈小，其相位愈滞后于 $\dot{U}_i$。当 ω 趋近于 ∞ 时，$|\dot{U}_o|$ 趋近于 0，$\dot{U}_o$ 超前于 $\dot{U}_i$ 接近−90°。由此可见，当频率为某一中间值 f_0 时，$\dot{U}_o$ 不为零，且与 $\dot{U}_i$ 同相。

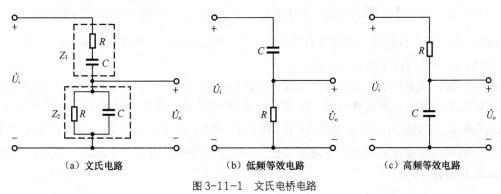

（a）文氏电路　　　　（b）低频等效电路　　　　（c）高频等效电路

图 3-11-1　文氏电桥电路

输出电压和输入电压的比称为网络函数，记作 $H(\mathrm{j}\omega) = \left|H(\mathrm{j}\omega)\right| \angle \varphi$。其中 $\left|H(\mathrm{j}\omega)\right| = \dfrac{U_\mathrm{o}}{U_\mathrm{i}}$，$\varphi = \varphi_\mathrm{o} - \varphi_\mathrm{i}$。图 3-11-1 所示电路的网络传递函数为

$$H(\mathrm{j}\omega) = \frac{\dot{U}_\mathrm{o}}{\dot{U}_\mathrm{i}} = \frac{1}{3 + \mathrm{j}\left(\omega RC - \dfrac{1}{\omega RC}\right)} \tag{3-11-1}$$

其幅频特性为

$$\left|H(\mathrm{j}\omega)\right| = \frac{U_\mathrm{o}}{U_\mathrm{i}} = \frac{1}{\sqrt{9 + \left(\omega RC - \dfrac{1}{\omega RC}\right)^2}} \tag{3-11-2}$$

相频特性为

$$\varphi(\omega) = \operatorname{arctg} \frac{1/\omega RC - \omega RC}{3} \tag{3-11-3}$$

幅频特性及相频特性曲线如图 3-11-2 所示。当 $\omega = \omega_0 = \dfrac{1}{RC}$，即 $f = f_0 = \dfrac{1}{2\pi RC}$ 时，$\left|H(\mathrm{j}\omega)\right|$ 有极大值，$\left|H(\mathrm{j}\omega)\right| = \dfrac{U_\mathrm{o}}{U_\mathrm{i}} = \dfrac{1}{3}$，$\varphi = 0$，此时输入电压 $\dot{U}_\mathrm{i}$ 与输出电压 $\dot{U}_\mathrm{o}$ 同相。由图 3-11-2 可见，文氏电桥电路具有选择频率的特点，具有带通特性。

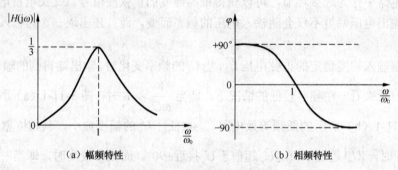

（a）幅频特性　　　　　　　　　　（b）相频特性

图 3-11-2　文氏电桥电路的频率特性

2. 文氏电桥电路的 f_0 的测定

如前所述，当文氏电路的电源频率 $f = f_0 = \dfrac{1}{2\pi RC}$ 时，此时输入电压 $\dot{U}_\mathrm{i}$ 与输出电压 $\dot{U}_\mathrm{o}$ 同相，即 $\varphi = 0$，因此 f_0 的测定就转化为输入电压 $\dot{U}_\mathrm{i}$ 与输出电压 $\dot{U}_\mathrm{o}$ 相位差的测定。因此，可以用示波器观察李萨育图形的方法定 f_0。

我们知道，如果在示波器的垂直和水平偏转板上分别加上频率、振幅和相位相同的正弦电压，则在示波器的荧屏上将得到一条与 x 轴成 45°的直线。将图 3-11-1（a）的输入电压 $\dot{U}_\mathrm{i}$ 与输出电压 $\dot{U}_\mathrm{o}$ 分别接入双踪示波器的 CH1 和 CH2 通道，双踪示波器采用 X—Y 模式。给定 U_i 为某一数值，改变电源频率，并逐渐改变 x 轴、y 轴增益，使荧屏上出现一条直线，此时的电源频率即为 f_0。

3．相频特性的测量

将图 3-11-1（a）所示的输入电压 $\dot{U_i}$ 与输出电压 $\dot{U_o}$ 分别接入双踪示波器的 CH1 和 CH2 通道，改变输入正弦信号的频率，观测相应的输入和输出波形间的时延 τ 及信号的周期 T，则可求两波形间的相位差 $\varphi = \tau \times \dfrac{360°}{T}$。将各个不同频率下的相位差 φ 测出，即可绘出被测电路的相频特性曲线，如图 3-11-2（b）所示。当 $f = f_0 = \dfrac{1}{2\pi RC}$ 时，$\varphi = 0$，即 $\dot{U_o}$ 与 $\dot{U_i}$ 同相；当 $f \gg f_0 = \dfrac{1}{2\pi RC}$ 时，$\varphi = -90°$，即 $\dot{U_o}$ 滞后 $\dot{U_i}$ $90°$；当 $f = 0$ 时，$\varphi = 90°$，即 $\dot{U_o}$ 超前 $\dot{U_i}$ $90°$。

三、实验仪器与设备

（1）DF1641C 函数信号发生器。
（2）DF2170A 交流毫伏表。
（3）GOS-6021 双踪示波器。
（4）DGJ-03 实验挂箱：RC 选频电路实验板。

四、实验内容与步骤

1．RC 选频电路 f_0 的测定

（1）在 RC 选频电路实验板上，选取 $R = 1\text{k}\Omega$，$C = 0.1\mu\text{F}$，构成图 3-11-1（a）所示的电路。用函数信号发生器的正弦信号作为激励源 $\dot{U_i}$，改变信号源的频率 f，保持 $U_i = 3\text{V}$ 不变，用示波器观察李萨育图形的方法测定 f_0，并用交流毫伏表测 f_0 时的 U_i 和 U_o，将测试数据记入表 3-11-1 中。

（2）取 $R = 200\Omega$，$C = 2\mu\text{F}$，重复上述测量过程，将测量数据记入表 3-11-1 中。

表 3-11-1 测定 RC 选频网络的 f_0

参 数	f_0（Hz）	U_i（V）	U_o（V）
$R = 1\text{k}\Omega$，$C = 0.1\mu\text{F}$			
$R = 200\Omega$，$C = 2\mu\text{F}$			

2．测 RC 选频网络的幅频特性

（1）在 RC 选频电路实验板上，选取 $R = 1\text{k}\Omega$，$C = 0.1\mu\text{F}$，构成图 3-11-1（a）所示的电路。用函数信号发生器的正弦信号作为激励源 $\dot{U_i}$，改变信号源的频率 f，保持 $U_i = 3\text{V}$ 不变，用交流毫伏表测量输出端在各频率点下的电压 U_o 的值，并将数据记入表 3-11-2 中。建议测 $10 \sim 15$ 个点，频率由 $0.1 f_0$ 到 $10 f_0$。

（2）取 $R = 200\Omega$，$C = 2\mu\text{F}$，重复上述测量过程，将测量数据记入表 3-11-2 中。

3．RC 选频网络的相频特性

（1）在 RC 选频电路实验板上，选取 $R' = 1\text{k}\Omega$，$C' = 0.1\mu\text{F}$，构成图 3-11-1（a）所示的电路。用函数信号发生器的正弦信号作为激励源 $\dot{U_i}$，改变信号源的频率 f，保持 $U_i = 3\text{V}$ 不变，

用双踪示波器测量各频率点下输出与输入的相位时延 τ 和周期 T，并将数据记入表 3-11-3 中。建议测 10~15 个点，频率由 0.1f_0 到 10f_0。

表 3-11-2　　　　　　　　　　RC 选频网的幅频特性数据表

	f/f_0	0.1	......	10
R=1kΩ C=0.1μF	f（Hz）			
	U_o（V）			
R=200Ω C=2μF	f（Hz）			
	U_o（V）			

（2）取 R = 200Ω，C = 2μF，重复上述测量过程，将测量数据记入表 3-11-3 中。

表 3-11-3　　　　　　　　　　RC 选频网的相频特性数据表

	f/f_0	0.1	......	10
R=1kΩ C=0.1μF	f（Hz）			
	T（ms）			
	τ（ms）			
	φ			
R=200Ω C=2μF	f（Hz）			
	T（ms）			
	τ（ms）			
	φ			

五、实验注意事项

（1）交流毫伏表属于高阻抗电表，测量前必须先调零。

（2）由于信号源内阻的影响，注意在调节输出频率时，应同时调节输出幅度，使实验电路的输入电压保持不变。

六、思考题

（1）根据 RC 选频电路参数，估算电路两组参数时的固有频率 f_0。

（2）推导 RC 选频电路的幅频、相频特性的数学表达式。

七、实验报告要求

（1）根据实验数据，绘制 RC 选频电路的幅频特性和相频特性曲线。

（2）在幅频特性曲线和相频特性曲线上找出谐振频率 f_0，并与理论计算值比较。

实验十二　互感线圈电路参数的测定

一、实验目的

（1）加深对互感现象的认识，熟悉互感元件的基本特性。

（2）掌握测量两个耦合线圈同名端、互感系数和耦合系数的方法。

（3）研究两个耦合线圈相对位置的改变以及用不同材料作线圈芯时对互感系数和耦合系数的影响。

二、实验原理与说明

1．耦合电感元件

彼此靠近的两个线圈 N_1 和 N_2，当线圈 N_1 通以电流 i_1 时，其产生的磁链会与线圈 N_2 相交链，由线圈 N_1 中的电流产生而与线圈 N_2 产链的磁链称为互感磁链。当 i_1 随时间变化时，交变的互感磁链使得线圈 N_2 的两端出现感应电压。当线圈 N_2 通以电流时，亦会产生类似的情况。这样的两个线圈称为耦合电感线圈，也称做互感元件。

2．互感线圈同名端

互感线圈中的磁链等于自感磁链和互感磁链两部分的代数和，自感磁链与互感磁链方向一致称为互感的"增助"作用，反之则称为"削弱"作用。为了便于反映"增助"或"削弱"作用以及简化图形表示，采用同名端标记方法。对两个有耦合的线圈各取一个端子，并用相同的符号标记，这一对端子称为"同名端"。当两个线圈中电流的参考方向都是由同名端同时进入（或离开）时，每个线圈交链的自感磁链和互感磁链是相互增强的；相反，若电流是同时流入"异名端"时，每个线圈交链的自感磁链和互感磁链是相互削弱的。

3．互感线圈同名端测定方法

（1）直流法测互感线圈同名端。

如图 3-12-1 所示，当开关 S 闭合瞬间，若毫安表的指针正偏，则"1"、"3"为同名端；指针反偏，则"1"、"4"为同名端。

（2）交流法测互感线圈同名端。

如图 3-12-2 所示，将两线圈 N_1 和 N_2 的任意两端（如 2、4 端）连在一起，在其中的一个线圈（如 N_1）两端加一个低压交流电压，另一线圈（如 N_2）开路，用交流电压表分别测出端电压 U_{13}、U_{12} 和 U_{34}。若 U_{13} 是两个绕组端压 U_{12} 和 U_{34} 之差，则"1"、"3"是同名端；若 U_{13} 是两绕组端压之和，则"1"、"4"是同名端。

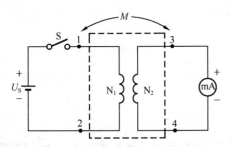

图 3-12-1　用直流法判断互感极性电路图

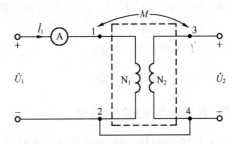

图 3-12-2　用交流法判断互感极性电路图

4．两线圈互感系数 M 的测量方法

如图 3-12-3 所示，在 N_1 侧施加低压交流电压 U_1，N_2 侧开路，测出 I_1 及 U_2。若电压表

内阻足够大，便有 $U_2 \approx \omega M I_1$，则可计算得到互感系数为

$$M \approx \frac{U_2}{\omega I_1} \qquad (3\text{-}12\text{-}1)$$

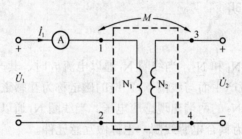

图 3-12-3　测量互感系数 M 的实验电路图

5．耦合系数 k 的测定

两个互感线圈耦合的程度可用耦合系数 k 来表示：

$$k = \frac{M}{\sqrt{L_1 L_2}} \qquad (3\text{-}12\text{-}2)$$

如图 3-12-3 所示电路，先在 N_1 侧加低压交流电压 U_1，测出 N_2 侧开路时的电流 I_1；然后再在 N_2 侧加电压 U_2，测出 N_1 侧开路时的电流 I_2，求出各自的自感 L_1 和 L_2，即可算得 k 值（两个线圈的内阻可用万用表测量）。

两线圈耦合系数 k 的大小与线圈的结构、两线圈的相互位置及周围的磁介质有关。

三、实验仪器与设备

（1）DGJ-3 型电工技术实验装置：三相自耦调压器、交流电流表、可调直流稳压电源、直流数字电压表、直流数字毫安表、直流数字安培表。

（2）DGJ-04 交流电路实验挂箱：空心耦合线圈（N_1 为大线圈，N_2 为小线圈）、铁棒、铝棒、发光二极管。

（3）DG10-2 实验挂箱：可变电阻器（100Ω，3W）、电阻器（510Ω，2W）。

（4）DGJ-09 实验挂箱：滑线变阻器（200Ω，2A）。

（5）GDM-8135 型数字式万用表。

（6）DF2170A 交流毫伏表。

四、实验内容与步骤

1．测定耦合线圈的同名端

（1）直流法测耦合线圈同名端。实验线路如图 3-12-4 所示，将两线圈 N_1、N_2（本实验约定：N_1 为大线圈，N_2 为小线圈）同心式套在一起，并放入铁芯。N_1 侧串入 5A 量程直流数字电流表，U_S 为可调直流稳压电源，调至 6V，使流过 N_1 侧的电流不超过 0.4A。N_2 侧直接接入 2mA 量程的毫安表。将铁芯迅速地拔出和插入，观察毫安表读数正、负的变化，判定

N_1 和 N_2 两个线圈的同名端，把实验结果记于表 3-12-1。

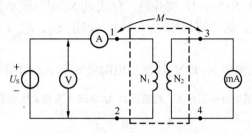

图 3-12-4　用直流法测定互感线圈的同名端

表 3-12-1		用直流法判断同名端
实验现象 铁芯运动情况	毫安表读数的正负情况	判断：接电源正极端"1"与接毫安表正极端"3"是否同名端
铁芯迅速抽出		
铁芯迅速插入		

（2）交流法测耦合线圈同名端。按图 3-12-5 所示电路接线，将 N_1、N_2 同心式线圈套在一起。N_1 串接电流表（选 0～2.5A 量程的交流电流表），然后接至自耦调压器的输出，N_2 侧开路，并在两线圈中插入铁芯。接通交流电源前，应首先检查自耦调压器是否调至零位，确认后方可接通交流电源，令自耦调压器输出一个很低的电压（约 2V 左右），使流过电流表的电流小于 1.5A，然后用 0～30V 量程的交流电压表测量 U_{13}；U_{12}，U_{34}，将测量数据记入表 3-12-2 中。

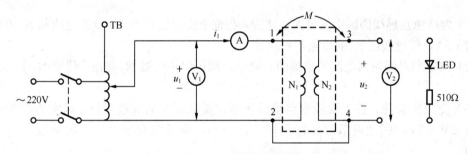

图 3-12-5　用交流法测定互感线圈的同名端

拆去 2、4 连线，并将 2、3 相接，重复上述实验步骤，将测量数据记入表 3-12-2 中。

表 3-12-2			用交流法判断同名端	
测量参数 2、4 连线	U_{12}	U_{13}	U_{34}	由 U_{13}，U_{12}，U_{34} 关系判断同名端
测量参数 2、3 连线	U_{12}	U_{14}	U_{34}	由 U_{12}，U_{14}，U_{34} 关系判断同名端

2. 自感系数 L、互感系数 M 与耦合系数 k 的测定

拆除图 3-12-5 电路中的 2、3 连线，测出 U_1、I_1、U_2 的值，将测量数据记入表 3-12-3。

为了使流过 N_1 侧电流小于 1A，线圈 N_1 两端所加的交流电压 U_1 不要太大，取 $U_1 = 2V$。

将低压交流电源加在 N_2 侧，N_1 侧开路，使流过 N_2 侧电流小于 1A，线圈 N_2 两端所加的交流电压 U_2 不要太大，这里可以取 $U_2 = 10V$。测出 U_2、I_2、U_1 的值，将测量数据记入表 3-12-3。

利用数字万用表分别测出 N_1 和 N_2 线圈的电阻值 r_1 和 r_2，计算出 L、M、k 值。

表 3-12-3　　　　　　　测量自感系数 L、互感系数 M 与耦合系数 k 数据表

	测　量　值					计　算　值		
	U_1	I_1	U_2	r_1	r_2	L_1	L_2	M
线圈 N_1 接电源 线圈 N_2 开路	$U_1 = 2V$							
线圈 N_2 接电源 线圈 N_1 开路	U_2 $U_2 = 10V$	I_2	U_1					

3．观察互感现象

实验线路如图 3-12-5 所示。将低压交流电源加在 N_1 侧，N_2 侧接入 LED 发光二极管与 510Ω 的电阻串联的支路。

（1）将铁芯从两线圈中拔出和插入，观察 LED 亮度的变化及各电表读数的变化，记录现象。

（2）改变两线圈的相对位置，观察 LED 亮度的变化及仪表读数。

（3）改用铝棒替代铁棒，重复（1）、（2）步骤，观察 LED 的亮度变化，记录现象。

五、实验注意事项

（1）为避免互感线圈因电流过大而烧毁，在整个实验过程中，注意流过线圈 N_1 的电流不得超过 1.5A，流过线圈 N_2 的电流不得超过 1A。

（2）测定同名端及其他测量数据的实验中，都应将小线圈 N_2 套在大线圈 N_1 中，并插入铁芯。

（3）交流实验前，首先要检查自耦调压器，要保证手柄置在零位，因实验时所加的电压只有 2V～3V，因此调节时要特别仔细、小心，要随时观察电流表的读数，不得超过规定值。

六、思考题

本实验用直流法判断同名端是用插、拔铁芯时观察电流表的正、负读数变化来确定的，这与实验原理中所叙述的方法是否一致？

七、实验报告要求

（1）总结对互感线圈同名端、互感系数的实验测试方法。

（2）完成计算任务。

（3）解释实验中观察到的互感现象。

（4）回答思考题。

实验十三 三相电路的研究

一、实验目的

(1) 学习测定相序的方法。

(2) 掌握三相负载做星形连接、三角形连接的方法,验证这两种接法中线、相电压及线、相电流之间的关系。

(3) 充分理解三相四线制供电系统中中线的作用。

(4) 掌握三相三线制和三相四线制三相电路功率的测量方法。

(5) 熟悉对称三相电路无功功率的测量方法。

二、实验原理与说明

1. 三相电源的相序

三相电源可有正序、负序和零序 3 种相序。通常情况下的三相电路是正序系统,即相序为 A—B—C 的顺序。实际工作中常需确定相序,即已知是正序系统的情况下,指某相电源为 A 相,判断另外两相哪相为 B 相和 C 相。相序可用专门的相序指示仪。图 3-13-1 所示的三相电路中,三相电源电压对称,三相负载是由一个电容器和两个白炽灯组成,且满足 $R = 1/\omega C$。

加在两个白炽灯上的电压有明显区别。如果以电容器的一相作为 A 相,显然白炽灯较亮的一相就是 B 相,据此即可判断三相电源 3 个端头的相序。所以一个电容器和两个白炽灯接成星形即可组成一个简单的相序测定器。它们的参数即使不满足 $R = 1/\omega C$ 的关系,上述结论也是成立的,即白炽灯较亮的一相是接电容器的那一相的后续相。

2. 线电压(线电流)和相电压(相电流)的关系

(1) 星形连接的三相三线制电路。

负载作星形(又称"Y"形)连接时,三相三线制电路如图 3-13-2 所示。当负载对称即 $Z_A = Z_B = Z_C$ 时,三相负载的相电流、线电压和相电压均对称,且线电压的有效值 U_l 是相电压有效值 U_p 的 $\sqrt{3}$ 倍,即 $U_l = \sqrt{3} U_p$。此时,电源的中性点 N 和负载的中性点 N′ 为等电位点,即 $\dot{U}_{NN'} = 0$。

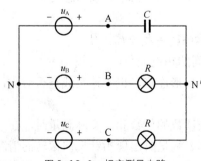

图 3-13-1 相序测量电路

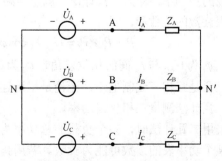

图 3-13-2 星形连接的三相三线制电路

当三相星形负载不对称时，负载的线电压仍对称，但负载的相电流、相电压不再对称，负载线电压、相电压有效值之间 $\sqrt{3}$ 倍的关系不复存在，即 $U_1 \neq \sqrt{3}U_p$，两中性点 N 和 N′不为等电位点，即 $\dot{U}_{NN'} \neq 0$，称中性点发生位移。

（2）三相四线制电路。

在图 3-13-2 所示电路的两中性点 N 和 N′之间连接一根中线，则成为三相四线制电路。当负载对称时，电路的情况和对称的三相相线制相同，即相电压、线电压、相电流均对称，且中线电流为零；当三相负载不对称时，则负载相电压、线电压仍对称，但线（相）电流不对称，且中线电流不为零。

不对称三相负载作 Y 形连接时，必须采用三相四线制接法，且中线必须牢固连接，以保证三相不对称负载的每相电压维持对称不变。

倘若中线开断，会导致三相负载电压的不对称，致使负载轻的那一相的相电压过高，使负载遭受损坏；负载重的一相相电压又过低，使负载不能正常工作。

（3）三角形连接的三相电路。

三相负载接成三角形（又称"△"形）时，若三相负载对称，则负载相电流、线电流对称，且线电流的有效值 I_1 是相电流有效值 I_p 的 $\sqrt{3}$ 倍，即 $I_1 = \sqrt{3}I_p$。当三相负载不对称时，负载上的相电压仍对称，但负载线电流、相电流不再对称，且线电流、相电流之间不存在 $\sqrt{3}$ 倍的关系，即 $I_1 \neq \sqrt{3}I_p$。

3．三相电路有功功率的测量

（1）三相四线制功率的测量。

对三相四线制电路，负载各相电压是互相独立的，与其他相负载无关，可以用功率表独立地测出各相负载的功率，测量电路如图 3-13-3 所示。一般情况下用 3 个功率表测量三相负载功率，称为三瓦计法。三相负载的总功率为 3 个功率表的读数之和，即

$$P=P_A+P_B+P_C$$

式中，P_A、P_B、P_C 分别为三相负载消耗的功率。也可用一个功率表分别测量各相负载的功率。当 3 个负载对称时，可只用一个功率表测量任一相的功率，三相总功率等于一相功率的三倍。

这种测量方法也同样适用于有中点且中点可接出的三相三线制负载的功率。

（2）三相三线制电路功率的测量。

三相三线制包括负载星形连接和三角形连接两种电路形式，通常采用两个功率表测量三相负载的总功率，称为二瓦计法。测量电路如图 3-13-4 所示。三相负载的总功率 P 等于两个功率表读数的代数和，即

$$P = P_1 + P_2 = U_{AC}I_A \cos\varphi_1 + U_{BC}I_B \cos\varphi_2 = P_A + P_B + P_C$$

式中，φ_1 为 $\dot{U}_{AC}$ 与 $\dot{I}_A$ 间的相位差角，φ_2 为 $\dot{U}_{BC}$ 与 $\dot{I}_B$ 间的相位差角。

只要是三相三线制电路，无论是星形连接还是三角形连接，也不论负载是否对称，都可采用二瓦计法测量三相负载功率。

采用二瓦计法时，3 个负载的总功率为两功率表读数的代数和，实际测量时，在一些情况下某个功率表的读数可能为负数。若用指针式功率表测量时出现指针反向偏转的情况，这时应将功率表电流线圈（或电压线圈）的两个端钮接线对称，使指针正向偏转以便于读数，

但读数应取为负值。

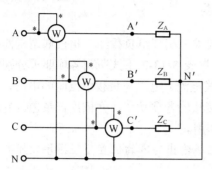

图 3-13-3 三相四线制电路功率的测量电路

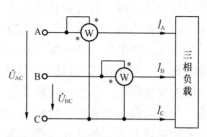

图 3-13-4 三相三线制电路功率的测量

4. 对称三相电路无功功率的测量

对于三相三线制的对称三相电路，可用一只功率表测量无功功率。测量电路如图 3-13-5 所示。三相负载的无功功率为功率表读数的 $\sqrt{3}$ 倍，即 $Q = \sqrt{3}P$，P 为功率表的示值。当负载为感性时，功率表读数为正值；当负载为容性时，功率表的读数为负值。

图 3-13-5 所示的电路只是这种测量方法的接线方式之一。一般的接线方法是，将功率表的电流线圈串接于任一相的端线中（图中为 A 相），其电流线圈的

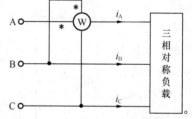

图 3-13-5 测量对称三相电路无功功率的电路

"*" 端接于电源侧，而电压线圈跨接于另外两相的端线之间，且电压线圈的 "*" 端应按正相序接至串接电流线圈所在相下一相的端线上（图中为 B 相）。

三、实验仪器与设备

（1）DGJ-3 型电工技术实验装置：三相自耦调压器、交流电流表、交流电压表。

（2）DGJ-04 交流电路实验挂箱：三相灯组负载（15W/220V 白炽灯 9 只）、三相电容负载（1μF、2.2μF、4.7μF/450V）。

（3）MC1098 单相电量仪：功率表。

四、实验内容与步骤

1. 相序的测定

参考图 3-13-1 所示电路接线，取 220V、15W 白炽灯两只，1μF/450V 或 2.2μF/450V 电容器一只，经三相调压器接入线电压为 220V 的三相交流电源，观察两只灯泡的明亮状态，判断三相交流电源的相序。将观察到的现象及相序判断结果记入表 3-13-1 中。

表 3-13-1 三相交流电源的相序判断

三相负载	1μF 或 2.2μF 电容一只（设为 A 相）	观察灯泡亮度	判断 B 相、C 相
	220V、15W 白炽灯一只		
	220V、15W 白炽灯一只		

2．三相星形连接电路电压、电流及功率的测量

在测量前的预习时，自行设计实验线路图，要求三相灯组负载经三相自耦调压器接通三相对称电源，使输出的三相线电压为 220V，按数据表 3-13-2 格式所列各项要求分别测量三相负载的线电压、相电压、线电流（相电流）、中线电流、电源与负载中点间的电压，以及用一只功率表测定三相对称 Y_0 接法以及不对称 Y_0 接法的各项功率，并依次记录之。并观察各相灯组亮暗的变化程度，特别要注意观察中线的作用。

注意：接线时将三相调压器的旋柄置于三相电压输出为零的位置，经指导教师检查后，方可合上三相电源开关，然后调节调压器的输出。

表 3-13-2   测量负载星形连接时的数据表

负载情况 ＼ 测量数据	开灯盏数			线电流（A）			线电压（V）			相电压（V）			中线电流 I_0（A）	中点电压 $U_{NN'}$（V）	三瓦计法测功率（W）		
	A 相	B 相	C 相	I_A	I_B	I_C	U_{AB}	U_{BC}	U_{CA}	U_A	U_B	U_C			P_A	P_B	P_C
平衡负载 Y_0 接法	3	3	3														
平衡负载 Y 接法	3	3	3														
不平衡负载 Y_0 接法	1	2	3														
不平衡负载 Y 接法	1	2	3														

3．负载三角形联接（三相三线制供电）

在预习时，自行设计实验线路图，经指导教师检查后接通三相电源，调节调压器，使其输出线电压为 220V，按数据表 3-13-3 格式的内容进行测试。

表 3-13-3   测量负载三角形连接时的数据表

负载情况 ＼ 测量数据	开 灯 盏 数			线电流（A）			相电流（A）			相电压（V）			二瓦计法测功率		计算值
	A-B 相	B-C 相	C-A 相	I_A	I_B	I_C	I_{AB}	I_{BC}	U_{CA}	U_{AB}	U_{BC}	U_{CA}	P_1（W）	P_2（W）	$\sum P$（W）
平衡负载 △ 接法	3	3	3												
不平衡负载 △ 接法	1	2	3												

4．测定对称三相三角形负载的无功功率

在上述实验的基础上，将三相容性负载接成△形连接，用一只功率表测三相负载的无功功率。检查接线无误后，接通三相电源，将调压器的输出线电压调到 220V，分别测量负载相电压、相电流及功率表的读数，记入表 3-13-4 中。

表 3-13-4　　　　　　　　　　　　　测定三相对称三角形负载的无功功率

负　　载	测　量　值			计　算　值
三相对称电容器 （每相 4.7μF）	相电压 U （V）	相电流 I （A）	功率表读数 Q （Var）	$\sum Q = \sqrt{3} Q$ （Var）

五、实验注意事项

（1）本实验采用三相交流市电，线电压为 380V，应穿绝缘鞋进入实验室。实验时要注意人身安全，不可触及导电部件，防止意外事故发生。

（2）每次实验完毕，均需将三相调压器旋柄调回零位，每次改变线路，均需断开三相电源，以确保人身安全。

（3）每次接线完毕，同组同学应自查一遍，然后由指导教师检查后，方可接通电源，必须严格遵守先接线后通电、先断电后拆线的实验操作原则。

（4）三角形负载接线与星形负载有很大的不同，注意分辨。

六、思考题

（1）三相负载根据什么条件作星形或三角形连接？

（2）三相星形连接不对称负载在无中线情况下，当某相负载开路或短路时会出现什么情况？如果接上中线，情况又如何？

（3）二瓦计法测量三相电路有功功率的原理是什么？

（4）画出用二瓦计法测量三相负载总功率的另外两种连接方法的电路图。

（5）一瓦法测量三相电路无功功率的原理是什么？

七、实验报告要求

（1）用实验数据验证对称三相电路中的相电压与线电压、相电流与线电流的关系。

（2）用实验数据和观察到的现象，总结三相四线供电系统中中线的作用。

（3）总结、分析三相电路功率测量的方法与结果。

（4）回答思考题。

实验十四　双口网络参数的测定

一、实验目的

（1）学习测定无源线性二端口网络的参数，加深理解双口网络的基本理论。

（2）掌握直流双口网络传输参数的测量技术。

二、实验原理与说明

对于任何一个线性网络，我们所关心的往往只是输入端口和输出端口电压和电流间的相互关系,通过实验测定方法求取一个极其简单的等值双口电路来替代原网络,此即为"黑盒理论"的基本内容。

图 3-14-1   无源线性双口网络

(1)对于无源线性双口网络(见图 3-14-1),可以用网络参数来表征它的特性,这些参数只决定于双端口网络内部的元件和结构,而与输入(激励)无关。网络参数确定后,两个端口处的电压电流关系即网络的特性方程就唯一地确定了。双端口网络的电压和电流 4 个变量之间的关系,可以用多种形式的参数方程来表示。若将双口网络的输出端电压 $\dot{U}_2$ 和电流 $\dot{I}_2$ 作为自变量,以输入端电压 $\dot{U}_1$ 和电流 $\dot{I}_1$ 作为应变量,则有传输方程

$$\dot{U}_1 = A\dot{U}_2 + B\dot{I}_2 \tag{3-14-1}$$

$$\dot{I}_1 = C\dot{U}_2 + D\dot{I}_2 \tag{3-14-2}$$

式中的 A、B、C、D 为双口网络的传输参数,其值完全决定于网络的拓扑结构及各支路元件的参数值,这 4 个参数表征了该双口网络的基本特性,分别表示为

$$A = \left.\frac{\dot{U}_1}{\dot{U}_2}\right|_{\dot{I}_2=0}, \quad B = \left.\frac{\dot{U}_1}{\dot{I}_2}\right|_{\dot{U}_2=0}$$

$$C = \left.\frac{\dot{I}_1}{\dot{U}_2}\right|_{\dot{I}_2=0}, \quad D = \left.\frac{\dot{I}_1}{\dot{I}_2}\right|_{\dot{U}_2=0}$$

从上述传输参数的表达式可知,只要在双网络的输入口加上电压,将双口网络的输出端分别开路及短路的情况下,同时测量两个端口的电压和电流,就可以确定双口网络的 A、B、C、D 4 个传输参数,此即为双端口同时测量法。

(2)若要测量一条远距离输电线构成的双口网络,采用同时测量法就很不方便。这时可采用分别测量法,即先在双口网络的输入口加电压,而将输出口开路和短路,测量输入口电压和电流,由传输方程可得

$$Z_{10} = \left.\frac{\dot{U}_1}{\dot{I}_1}\right|_{\dot{I}_2=0} = \frac{A}{C}, \quad Z_{1S} = \left.\frac{\dot{U}_1}{\dot{I}_1}\right|_{\dot{U}_2=0} = \frac{B}{D}$$

然后在双口网络的输出口加电压,而将输入口开路和短路,测量输出口的电压和电流,由传输方程可得

$$Z_{20} = \left.\frac{\dot{U}_2}{\dot{I}_2}\right|_{\dot{I}_1=0} = \frac{D}{C}, \quad Z_{2S} = \left.\frac{\dot{U}_2}{\dot{I}_2}\right|_{\dot{U}_1=0} = \frac{B}{A}$$

Z_{10}、Z_{1S}、Z_{20}、Z_{2S} 分别表示一个端口开路和短路时另一端口的等效输入阻抗,这 4 个参数中有 3 个是独立的,即

$$AD - BC = 1$$

从上述参数的表达式，可得到 4 个传输参数分别为

$$A = \sqrt{Z_{10}/(Z_{20}-Z_{2S})}$$
$$B = Z_{2S}A$$
$$C = A/Z_{10}$$
$$D = Z_{10}C$$

（3）双口网络级联后的等效双口网络的传输参数亦可采用前述的方法之一求得。从理论推导可得两双口网络级联后的传输参数与每一个参加级联的双口网络的传输参数之间有如下的关系：

$$A = A_1A_2 + B_1C_2$$
$$B = A_1B_2 + B_1D_2$$
$$C = C_1A_2 + D_1C_2$$
$$D = C_1B_2 + D_1D_2$$

三、实验仪器与设备

（1）DGJ-3 型电工技术实验装置：直流稳压电源、直流数字电压表、直流数字毫安表。
（2）DGJ-03 电工基础实验挂箱：双口网络实验线路板。

四、实验内容与步骤

双口网络实验线路如图 3-14-2 和图 3-14-3 所示。

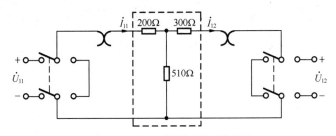

图 3-14-2　双口网络 I 实验线路图

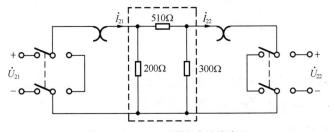

图 3-14-3　双口网络 II 实验线路图

（1）将直流稳压电源输出电压调至 10V，作为双口网络的输入加在输入端。按同时测量法分别测定两个双口网络的传输参数 A_1、B_1、C_1、D_1 和 A_2、B_2、C_2、D_2，将测量数据分别记入表 3-14-1 和表 3-14-2 中。

表 3-14-1   测定双口网络 I 传输参数的数据表

	测 量 值			计 算 值	
输出端开路 $I_{12}=0$	U_{110}（V）	U_{120}（V）	I_{110}（mA）	A_1	B_1
输出端短路 $U_{12}=0$	U_{11S}（V）	I_{11S}（mA）	I_{12S}（mA）	C_1	D_1

表 3-14-2   测定双口网络 II 传输参数的数据表

	测 量 值			计 算 值	
输出端开路 $I_{22}=0$	U_{210}（V）	U_{220}（V）	I_{210}（mA）	A_1	B_1
输出端短路 $U_{22}=0$	U_{21S}（V）	I_{21S}（mA）	I_{22S}（mA）	C_1	D_1

（2）将上述两个双口网络级联后，用两端口分别测量法测量级联后等效双口网络的传输参数 A、B、C、D。将测量数据记入表 3-14-3 中。

表 3-14-3   测量级联后等效双口网络的传输参数的数据表

输出端开路 $I_2=0$			输出端短路 $U_2=0$			计 算 传输参数
U_{10} （V）	I_{10} （mA）	Z_{10} （kΩ）	U_{1S} （V）	I_{1S} （mA）	Z_{1S} （kΩ）	
输入端开路 $I_1=0$			输入端短路 $U_1=0$			$A=$
U_{20} （V）	I_{20} （mA）	Z_{20} （kΩ）	U_{2S} （V）	I_{2S} （mA）	Z_{2S} （kΩ）	$B=$ $C=$ $D=$

五、实验注意事项

（1）用电流插头、插座测量电流时，要注意判别电流表的极性及选取适合的量程。

（2）两个双口网络级联时，应将一个双口网络 I 的输出端与另一双口网络 II 的输入端连接。

六、思考题

（1）试述双口网络同时测量法与分别测量法的测量步骤、优缺点及其适用情况。

（2）本实验方法可否用于交流双口网络的测定？

七、实验报告要求

（1）完成对数据表格的测量和计算任务。

（2）列写参数方程。

（3）验证级联后等效双口网络的传输参数与级联的两个双口网络传输参数之间的关系。

（4）总结、归纳双口网络的测试技术。

实验十五　负阻抗变换器及其应用

一、实验目的

（1）了解负阻抗变换器的组成原理。

（2）学习测试负阻抗变换器的特性。

（3）进一步研究二阶 RLC 电路的动态响应，扩展负阻抗变换器的应用。

二、实验原理与说明

1. 用运算放大器组成电流倒置型负阻抗变换器的原理

图 3-15-1(a)中虚线框所示的电路是一个用运算放大器组成的电流倒置型负阻抗变换器，其等效电路及电路符号分别如图 3-15-1（b）和图 3-15-1（c）所示。

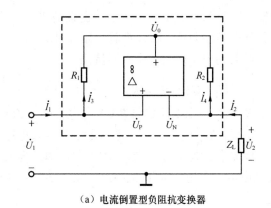

（a）电流倒置型负阻抗变换器

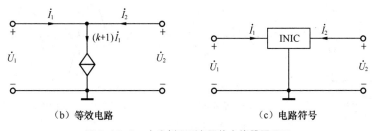

（b）等效电路　　　　　（c）电路符号

图 3-15-1　电流倒置型负阻抗变换器原理图

由于运放的同相输入端和反相输入端之间为虚短路，故有

$$\dot{U}_1 = \dot{U}_2 \tag{3-15-1}$$

运放的输出电压

$$\dot{U}_o = \dot{U}_1 - \dot{I}_3 R_1 = \dot{U}_2 - \dot{I}_4 R_2 \tag{3-15-2}$$

由式（3-15-1）和式（3-15-2）可得

$$\dot{I}_3 R_1 = \dot{I}_4 R_2 \tag{3-15-3}$$

由于运放的虚断路性质，有

$$\dot{I}_1 = \dot{I}_3, \quad \dot{I}_2 = \dot{I}_4 \tag{3-15-4}$$

可得

$$\dot{I}_1 R_1 = \dot{I}_2 R_2 \tag{3-15-5}$$

而

$$\dot{I}_2 = -\frac{\dot{U}_2}{Z_L} \tag{3-15-6}$$

则电路的输入阻抗

$$Z_{in} = \frac{\dot{U}_1}{\dot{I}_1} = \frac{\dot{U}_2}{\dfrac{R_2}{R_1}\dot{I}_2} = -\frac{R_1}{R_2}Z_L = -KZ_L \tag{3-15-7}$$

式中，$K = \dfrac{R_1}{R_2}$ 称为电流增益。

可见，这个电路的输入阻抗为负载阻抗的负值，也就是说，当负载端接入任意一个无源阻抗时，在激励端就得到一个负的阻抗元件，简称负阻元件。

综上所述，负阻抗变换器的电压电流关系及阻抗满足

$$\dot{U}_1 = \dot{U}_2, \quad \dot{I}_2 = K\dot{I}_1, \quad Z_{in} = -KZ_L \tag{3-15-8}$$

在本实验装置中，有 $R_1 = R_2$，则电流增益 $K = 1$，输入阻抗 $Z_{in} = -Z_L$。

（1）若负载阻抗 Z_L 为电阻 R，则 $Z_{in} = -R$，称负电阻，等效电路如图 3-15-2（a）所示。其伏安特性是一条通过坐标原点且处于 2、4 象限的直线，如图 3-15-2（b）所示。当输入电压 u_1 为正弦信号时，输入电流 i_1 与电压 u_1 相位相反，如图 3-15-2（c）所示。

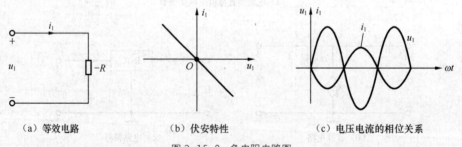

（a）等效电路　　　　　（b）伏安特性　　　　　（c）电压电流的相位关系

图 3-15-2　负电阻电路图

（2）若负载阻抗 Z_L 为纯电容，即 $Z_L = \dfrac{1}{j\omega C}$，则 $Z_{in} = -Z_L = \dfrac{1}{j\omega C} = -j\omega L \left(L = \dfrac{1}{\omega^2 C} \right)$。

（3）若负载阻抗 Z_L 为纯电感，即 $Z_L = j\omega L$，则 $Z_{in} = -Z_L = -j\omega L = \dfrac{1}{j\omega C} \left(C = \dfrac{1}{\omega^2 L} \right)$。

负阻抗变换器元件（$-Z$）与普通的无源 R、L、C 元件（等效阻抗为 Z'）作串、并联时，其等值阻抗的计算方法与无源元件的串、并联计算公式相类似。串联时，等值阻抗 $Z_{eq} = -Z + Z'$；并联时，等值阻抗 $Z_{eq} = \dfrac{-ZZ'}{-Z + Z'}$。

2．负阻抗变换器构成负内阻电压源电路

应用负阻抗变换器，可以构成一个具有负内阻的电压源，其电路如图 3-15-3 所示。由负阻抗变换器的电压电流关系式（3-15-8），可得

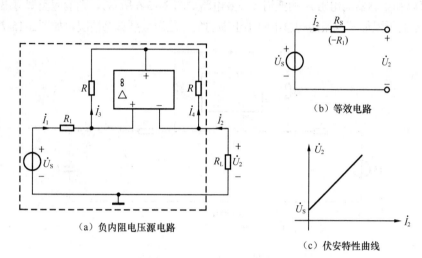

（a）负内阻电压源电路

（b）等效电路

（c）伏安特性曲线

图 3-15-3　负内阻电压源电路及其特性

$$\dot{U}_1 = \dot{U}_2, \quad \dot{I}_2 = -\dot{I}_1 \tag{3-15-9}$$

故输出电压

$$\dot{U}_2 = \dot{U}_1 = \dot{U}_s - R_1\dot{I}_1 = \dot{U}_s + R_1\dot{I}_2 \tag{3-15-10}$$

可见，该电压源的内阻 R_S 等于$-R_1$，它的输出端电压随输出电流的增加而增加，具有负电阻电压源的等效电路和伏安特性曲线，如图 3-15-3 所示。

3．负阻抗变换器起的逆变阻抗性质的作用

负阻抗变换器可起到逆变阻抗性质的作用，即可实现容性阻抗和感性阻抗的互换。由 R、C 元件来模拟电感器的电路如图 3-15-4 所示。电路输入端的等效阻抗 Z_{in} 可视为电阻元件 R 与一阻值为 $-(R + \dfrac{1}{j\omega C})$ 负阻元件相并联，即

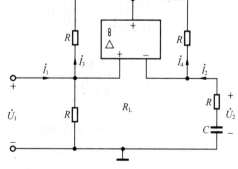

图 3-15-4　用 R、C 元件模拟电感器的电路

$$Z_{in} = \frac{-(R + \dfrac{1}{j\omega C})R}{-(R + \dfrac{1}{j\omega C}) + R} = \frac{-R^2 - \dfrac{R}{j\omega C}}{-\dfrac{1}{j\omega C}} = R + j\omega C R^2 \tag{3-15-11}$$

对输入端而言，电路等效为一个线性有损耗电感器，等值电感 $L = R^2 C$。同样，若将图中的电容器换成电感器，电路就等效为一个线性有损耗电容器，等值电容 $C = \dfrac{L}{R^2}$。

4．负阻抗变换器在研究动态电路中的作用

研究二阶动态电路（*RLC* 串联电路）的方波激励时，响应类型只能观察到过阻尼、临界阻尼和欠阻尼 3 种形式。若采用如图 3-15-5 所示的具有负内阻的方波电源作为激励源，由于电源负内阻（$-R_S$）可以和电感器的电阻 r_L 相抵消（等效电路如图 3-15-6 所示），则响应类型可出现 *RLC* 串联总电阻为零的无阻尼等幅振荡和总电阻小于零的负阻尼发散型振荡情况，如图 3-15-7 所示。

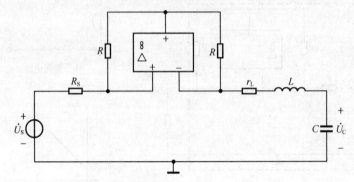

图 3-15-5　具有负内阻电源激励的二阶动态电路

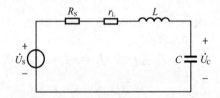

图 3-15-6　具有负内阻电源激励的二阶动态电路等效电路

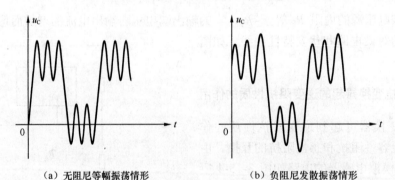

（a）无阻尼等幅振荡情形　　　　　　（b）负阻尼发散振荡情形

图 3-15-7　无阻尼等幅振荡和总电阻小于零的负阻尼发散型振荡情况

三、实验仪器与设备

（1）DGJ-3 型电工技术实验装置：可调直流稳压电源、直流数字电压表、直流数字毫安表。

（2）DGJ-03 电工基础实验挂箱：负阻抗变换器实验线路板。

（3）DG11-2 可调电阻箱。

（4）DF2170A 交流毫伏表。

（5）DF1641C 函数信号发生器。

（6）GOS-6021 双踪示波器。

四、实验内容与步骤

1. 用直流电压表、毫安表测量负电阻阻值

（1）实验线路如图 3-15-8 所示，u_1 为直流稳压电源，R_L 为可调电阻箱。将 u_1 调至 1.5V。

（2）先断开关 S（即不接 R_1），按表 3-15-1 所列数值改变可调电阻 R_L 的阻值，测出相应的 U_1、I_1 值，记入表 3-15-1 中。

（3）取 $R_L = 200\Omega$，再接上 R_1，按表 3-15-2 所列数值改变 R_1 的阻值，测出相应的 U_1、I_1 值，记入表 3-15-2 中。

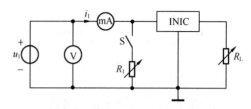

图 3-15-8 用直流电压表毫安表测量负电阻电路

表 3-15-1　　　　　　负电阻阻值测量数据表（$U_1 = 1.5V$，$R_1 = \infty$）

R_L（Ω）		200	300	400	500	600	700	800	900
U_1（V）									
I_1（mA）									
等效电阻 R（Ω）	理论值								
	测量值								

表 3-15-2　　　　　　负电阻阻值测量数据表（$U_1 = 1.5V$，$R_L = 200\Omega$）

R_1（Ω）		∞	5K	1K	700	500	300	150	120
U_1（V）									
I_1（mA）									
等效电阻 R（Ω）	理论值								
	测量值								

2. 用示波器观察正弦激励下负电阻元件上的电压和电流波形

实验线路参照图 3-15-9 所示电路，用函数信号发生器的正弦信号作为激励源 u_1，信号源正弦信号有效值为 1V、频率为 1kHz。取 $R_1 = 1k\Omega$，$R_L = 5k\Omega$。双踪示波器的公共端接在 0 点，探头 Y_1 接 a 点（采集电压 u_1 信号），探头 Y_2 接 b 点（采集电流 i_1 信号，即取 R_1 上的电压，它与电流 i_1 成正比）。观察 u_1、i_1 波形间的相位关系，并在方格纸上描绘 u_1、i_1 波形。

3. 验证用 RC 模拟电感器和用 RL 模拟有损耗电容器的特性

实验线路如图 3-15-10 所示。用函数信号发生器的正弦信号作为激励源 u_1，信号源正弦信号有效值 U_1=1V。取 R_1=1kΩ，R_2=5kΩ，R_C=1kΩ，C=0.1μF，R_L=1kΩ，L=100mH。改变激励源频率和电容 C、电感 L 的数值，重复观察输入端 u_1、i_1 间的相位关系，并在方格纸上描绘 u_1、i_1 波形。

4. 用伏安法测定具有负电阻电压源的伏安特性

实验线路如图 3-15-11 所示，直流稳压电源作为激励源 U_S，电源电压调至 U_S=1.5V，R_1=300Ω。负载 R_L 从∞减至 200Ω，自拟数据表格记录，并作伏安特性曲线。

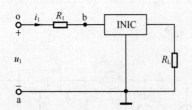

图 3-15-9 正弦激励下的负电阻元件电路图

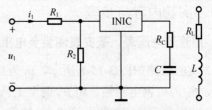

图 3-15-10 模拟 RC、RL 特性图

5．研究 RLC 串联电路的方波激励

实验线路如图 3-15-12 所示，用函数信号发生器的方波信号作为激励源 u_S，激励源 u_S 的幅值 $U_m<5V$、频率 $f=1\text{kHz}$，R_S 在 $0\sim25\text{k}\Omega$ 间取值，$r_L=5\text{k}\Omega$，$L=100\text{mH}$，$C=5\,100\text{pF}$。

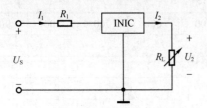

图 3-15-11 用伏安法测定伏安特性

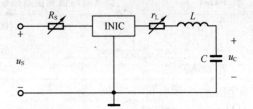

图 3-15-12 RLC 串联电路的方波激励研究

增加 R_S 即相当于减小了 RLC 串联回路中的总电阻值，R_S 可在几百欧范围调节。实验时，先取 $r_L>R_S$，然后逐步减小 r_L（或增加 R_S），用示波器观察电容器两端电压 u_C 波形，使响应分别出现过阻尼、临界阻尼、欠阻尼、无阻尼和负阻尼 5 种情况，并测出各种情况的衰减常数 α 和振荡频率 ω_d。

五、实验注意事项

（1）在做实验内容 5 时，注意方波激励源的峰值电压不要超过 5V。此外，改变回路的总电阻值应从大到小，在接近无阻尼和负阻尼情况时，要仔细调节 R_S 或 r_L，以便观察到无阻尼和负阻尼时的响应轨迹。

（2）在实验过程中，示波器和交流毫伏表的电源线使用两脚插头。

六、思考题

（1）电路中负阻器件是发出功率还是吸收功率？

（2）在研究 RLC 串联电路的响应时，在阻尼情况下，如何确认激励源仍具有负的内阻值？

七、实验报告要求

（1）整理实验数据，画出必要的曲线。

（2）描绘二阶电路在 5 种情况下电容电压 u_C 的波形。

（3）对实验结果，做出详细的解释。

第 **4** 章　**Multisim8 使用简介**

4.1　Multisim8 基本功能及操作

4.1.1　概述

Multisim 是一种交互式电路模拟软件，是一种 EDA 仿真工具，它为用户提供了丰富的元件库和功能齐全的各类虚拟仪器，主要用于对各种电路进行全面的仿真分析和设计。Multisim 提供了集成化的设计环境，能完成从原理图设计输入、电路仿真分析、电路功能测试等工作。当需要改变电路参数或电路结构仿真时，可以清楚地观察到各种电路变化对电路性能的影响。用 Multisim 进行电路的仿真，实验成本低、速度快、效率高。

Multisim8 提供了广泛的元器件，有数千个元器件的模型，从无源器件到有源器件、从模拟器件到数字器件、从分立元件到集成电路，还可以自己添加新元件。Multisim8 提供的虚拟电子设备种类齐全，有直流电源、交流电源、示波器、函数信号发生器、万用表、频谱仪、失真度仪、网络分析、逻辑分析仪等，操作这些仿真仪器如同操作真实设备一样。

在 Multisim8 环境下，电路的修改调试方便，可直接打印输出实验数据、实验曲线、电路原理图等。在正式使用 Multisim8 进行电路实验仿真之前，首先应当了解 Multisim8 的基本界面、操作方法、元器件库、仪器仪表等。

4.1.2　基本界面

启动 Multisim8，弹出如图 4-1-1 所示的界面。该界面主要由菜单栏、工具栏、元器件栏、仪器仪表栏、状态栏、仿真开关等部分组成。

元器件栏存放了各种电路元器件，这些元器件按类别分成不同的库存放，如信号源库、基本元件库、二极管库、三极管库、模拟器件库等，可以根据需要选择调用其中的元器件。仪器仪表栏专门用来存放各种常见的电子仪器和测试仪表，如示波器、函数信号发生器、万用表、频谱仪等。这些虚拟仪器仪表与实际的仪器仪表有着相同的面板和调节旋钮，使用起来并不陌生。

电路工作区是基本界面的中心区域，工作区就像实验室的实验台，可以将元器件和仪器仪表放到工作区，然后根据需要连接起来，设计出需要的电路后单击仿真电源开关，Multisim8 系统开始对电路进行仿真和测试，通过连接在电路中的仪器仪表可以很方便地观测到电路的测试结果。

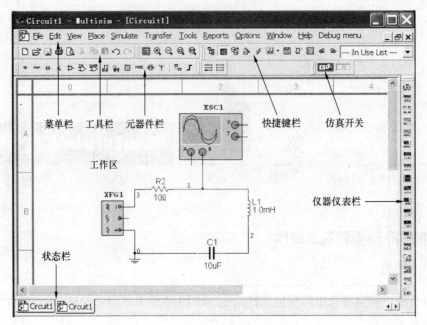

图 4-1-1　Multisim8 的基本界面

4.1.3　操作命令

Multisim8 的界面和 Windows 应用程序一样，菜单中提供了软件中几乎所有的功能命令。

菜单栏包含着 11 个主菜单，如图 4-1-2 所示，从左至右分别是 File（文件菜单）、Edit（编辑菜单）、View（窗口显示菜单）、Place（放置菜单）、Simulate（仿真菜单）、Transfer（文件输出菜单）、Tools（工具菜单）、Reports（报告菜单）、Options（选项菜单）、Window（窗口菜单）和 Help（帮助菜单）。在每个主菜单下都有一个下拉菜单，在下拉菜单中可以找到所有功能的命令。

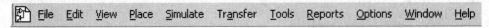

图 4-1-2　Multisim8 的菜单栏

由于篇幅所限，下面对常用的 7 个主菜单的常用命令加以详细介绍。

1. File（文件）菜单

File 菜单提供了全部的文件操作命令，主要用于管理所创建的电路文件。File 菜单中的命令及其功能如表 4-1-1 所示。

表 4-1-1　　　　　　　　　　　　　　　File 菜单中的命令及功能

命　　令	功　　能
New	提供一个空白窗口以建立一个新文件
Open	打开一个已存在的*.ms8、*.ms7、*.msm、*.ewb 等格式的文件
Open Samples	打开一个样本文件
Close	关闭当前工作区内的文件

命　　令	功　　能
Close All	关闭所有打开的文件
Save	保存电路工作区的文件，文件格式为*.ms8
Save As…	将工作区内的文件换个名字、路径保存，仍为*.ms8 格式
Save All	保存所有文件
New Project	创建一个新的项目组
Open Project	打开一个已经存在的项目组
Save Project	保存当前项目组
Close Project	关闭当前项目组
Print	打印当前工作区内的电路原理图
Print Preview	打印预览
Print Options	打印设置，包括 Printer Setup（打印机设置）、Print Circuit Setup（打印电路设置）、Print Instruments（打印当前工作区内的仪表设置）
Recent Circuits	最近几次打开过的文件，可选择其中一个打开
Recent Projects	打开最近打开过的项目组
Exit	退出并关闭 Multisim8

2．Edit（编辑）菜单

Edit 菜单提供了剪切、粘贴、旋转等操作命令，主要用于在电路绘制过程中，对电路和元器件进行各种技术性处理。Edit 菜单中的命令及其功能如表 4-1-2 所示。

表 4-1-2　　　　　　　　　　Edit 菜单中的命令及功能

命　　令	功　　能
Undo	取消前一次操作
Redo	恢复前一次操作
Cut	剪切被选中的元器件到剪贴板
Copy	复制被选中的元器件到剪贴板
Paste	将剪贴板中的元器件粘贴到指定位置
Delete	删除所选中的元器件
Select All	选择电路中的所有元器件、导线、仪器仪表等
Delete Multi-Page	删除多页电路原理图
Paste as Subcircuit	将剪贴板中的电路作为一个子电路粘贴
Find…	搜索电路原理图中的元器件
Comment	注释
Graphic Annotation	图形注解
Order	排序

续表

命 令	功 能
Assign to Layer	指定到层
Layer Settings…	层设置
Title Block Position	标题栏位置设置
Orientation	元器件旋转，包括水平翻转、垂直翻转、顺时针翻转、逆时针翻转
Edit Symbol/Title Block…	编辑符号/标题框
Font…	打开字体对话框设置字体
Properties…	打开元器件的属性对话框，编辑所选择的元件参数
Chang Wire Color	改变导线的颜色

3．View（窗口显示）菜单

View 菜单提供用于确定仿真界面上显示的内容以及电路原理图的缩放和元件的查找操作命令。View 菜单中的命令及其功能如表 4-1-3 所示。

表 4-1-3   **View 菜单中的命令及功能**

命 令	功 能
Full Screen	全屏显示
Zoom In	放大电路原理图
Zoom Out	缩小电路原理图
Zoom Area	局部放大
Zoom Fit to Page	窗口显示完整的电路
Show Gird	显示或关闭网格
Show Border	显示或关闭边界
Show Page Bounds	显示纸张边界
Ruler bars	显示或关闭标尺栏
Status Bar	显示或关闭状态栏
Design Toolbox	显示设计文件夹
Spreadsheet View	显示电子数据表
Circuit Description Box	显示电路描述文件夹
Toolbars	选择工具栏
Comment/Probe	注释/探针
Grapher	显示图表

4．Place（放置）菜单

Place 菜单提供了在电路窗口内放置元器件、连接点、总线、文字等操作命令。Place 菜单中的命令及其功能如表 4-1-4 所示。

表 4-1-4 　　　　　　　　　　　　　　**Place** 菜单中的命令及功能

命　　令	功　　能
Component…	放置一个元器件
Junction	放置一个节点
Wire	放置一根连接线
Ladder Rungs	放置梯形连接线
Bus	放置一根总线
Connectors	放置输入/输出连接、离开本页的连接等
Hierarchical Block From File…	子块调用
New Hierarchical Block…	生成新子块
Replace by Hierarchical Block…	由一个子块替换
New Subcircuit…	放置一个子电路
Replace by Subcircuit…	用一个子电路替换
Multi-Page…	多页设置
Bus Vector Connect…	放置总线矢量连接
Comment	放置注释
Text	放置文字
Graphics	放置图片
Title Block…	放置标题栏

5．Simulate（仿真）菜单

Simulate 菜单提供了常用的仿真设置与操作命令。Simulate 菜单中的命令及其功能如表 4-1-5 所示。

表 4-1-5 　　　　　　　　　　　　　　**Simulate** 菜单中的命令及功能

命　　令	功　　能
Run	开始仿真
Pause	暂停仿真
Instruments	选择仿真仪器仪表
Interactive Simulation Settings	交互仿真设置
Digital Simulation Settings…	数字仿真设置
Analyses	选择仿真分析方法
Postprocessor…	打开后处理器对话框
Simulation Error Log/Audit Trail	电路仿真错误记录/检查路径
XSpice Command Line Interface…..	XSpice 命令行输入界面
Load Simulation Settings…	载入仿真文件
Save Simulation Settings…	保存仿真文件
Auto Fault Option…	自动设置电路故障

命　　令	功　　能
VHDL Simulation	VHDL 仿真
Probe Properties	探针属性设置
Reverse Probe Direction	翻转探针方向
Clear Instrument Data	清空仪器仪表的数据
Global Component Tolerances	全部元器件容差设置

6．Transfer（文件输出）菜单

Transfer 菜单提供 6 个将仿真结果传递给其他软件处理的常用传输命令。Transfer 菜单中的命令及其功能如表 4-1-6 所示。

表 4-1-6 　　　　　　　　　　Transfer 菜单中的命令及功能

命　　令	功　　能
Transfer to Ultiboard	传送给 Ultiboard
Transfer to other PCB Layout	传送给其他 PCB 版图软件
Forward Annotate to Ultiboard	反馈注释到 Ultiboard
Backannotate from Ultiboard	从 Ultiboard 返回的注释
Highlight Selection in Ultiboard	高亮显示 Ultiboard 上的选择项
Export Netlist	输出网表

7．Tools（工具）菜单

Tools 菜单提供了常用电路向导和管理命令，主要用于编辑或管理元器件和元件库。Tools 菜单中的命令及其功能如表 4-1-7 所示。

表 4-1-7 　　　　　　　　　　Tools 菜单中的命令及功能

命　　令	功　　能
Component Wizard	打开创建元件对话框
Database	打开数据库对话框
555 Timer Wizard…	打开创建 555 定时器对话框
Filter Wizard…	打开创建滤波器对话框
CE BJT Amplifier Wizard…	打开创建共射极晶体管放大器对话框
Rename/Renumber Components…	打开元件命名/标号对话框
Replace Component…	打开替换元件对话框
Update Circuit Components...	打开升级电路元件对话框
Electrical Rules Check…	打开电规则检查对话框
Clear ERC Markers	打开清除 ERC 标志对话框
Title Block Editor…	打开标题栏编辑对话框
Description Box Editor…	打开电路描述对话框

续表

命　　　令	功　　　能
Edit Labels…	打开符号编辑对话框
Capture Screen Area	捕捉屏幕区域
Internet Design Sharing	打开网络设计共享对话框
Education Web Page	打开教学网页
EDAparts.com	连接 EDAparts.com 网站
Show Breadboard	打开面包板设计页

4.1.4　系统工具栏

系统工具栏包含了常用的基本功能按钮，如新建、打开、保存、打印、放大、缩小等，
与 Windows 的基本功能相同，如图 4-1-3 所示。

图 4-1-3　系统工具栏

4.1.5　快捷键栏

借助快捷键栏可方便地进行一些操作，虽然前述菜单中也可以执行这些操作，但使用快
捷键会更方便，快捷键栏如图 4-1-4 所示。

快捷键栏中有 11 个快捷键按钮，从左至右分别介
绍如下。

图 4-1-4　快捷键栏

设计文件夹按钮（Show or Hide Design Toolbox）：显示或隐藏设计文件夹。

电子数据表按钮（Show or Hide Spreadsheet Bar）：显示或隐藏电子数据表。

数据库按钮（Database Manager）：打开数据库管理器。

元件按钮（Create Component）：打开创建元件对话框。

仿真按钮（Run/Stop Simulation F5）：用以开始、暂停或结束电路仿真，也可用 F5 键。

分析按钮（Grapher/Analyses List）：用以选择要进行的分析。

后处理按钮（Postprocessor）：用以进行对仿真结果的进一步操作。

电规则检查按钮（Electrical Rules Check）：打开电规则检查对话框。

面包板按钮（Show Breadboard）：打开面包板设计页。

传输按钮（Backannotate from Ultiboard）、（Forward Annotate）：用以与 Ultiboard 进行
通信。

4.1.6　元器件栏

Multisim8 将元件模型按虚拟元件库和实际元件分类放置。带蓝色衬底的是虚拟元件库，
如图 4-1-5 所示，其中存放的是具有一个默认值的非标准化元件，选取这样的元件后，对其双
击可以进行参数的任意设置；图 4-1-6 所示为实际元件库，其中存放的是符合实际标准的元件，
通常在市场上可以买到。为了使设计的电路符合实际情况，应该尽量从实际元件库中选取元件。

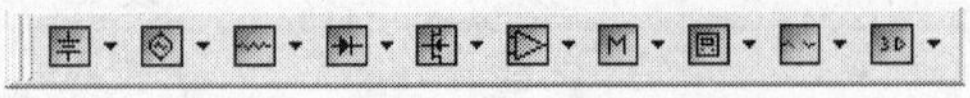

图 4-1-5   虚拟元件库工具栏

图 4-1-6   实际元件库工具栏

图 4-1-5 所示的虚拟元件库分 10 个元件分类库，每个元件库放置同一类型的元件，从左到右分别是：电源库（Power Sources）、信号源元件库（Signal Sources Components）、基本元件库（Basic）、二极管库（Diodes Components）、三极管库（Transistors Components）、模拟元件库（Analog Components）、混合元件库（Miscellaneous Components）、测量元件库（Measurement Components）、额定元件库（Rated Virtual Components）和 3D 元件库（3D Components）。

图 4-1-6 所示的实际元件库中放置的是各种实际元件，从左到右分别是：信号源库（Sources）、基本元件库（Basic）、二极管库（Diode）、三极管库（Transistor）、模拟器件库（Analog）、TTL 器件库（TTL）、CMOS 器件库（CMOS）、其他数字器件库（Misc Digital）、模数混合器件库（Mixed）、指示器件库（Indicator）、杂项元器件库（Miscellaneous Components）、机电元器件库（Electromechanical）和射频元器件库（RF）。

4.1.7   仪器仪表工具栏

Multisim8 的仪器仪表工具栏提供了常用的各种仿真的测量仪器和仪表，如图 4-1-7 所示。仪器仪表工具栏一般是竖条显示在屏幕的右边，也可以用鼠标左键单击工具栏左边的双竖线处然后拖到想放置的位置后松开鼠标左键即可。

图 4-1-7   仪器仪表工具栏

仪器仪表工具栏从左至右分别是：数字万用表（Multimeter）、函数信号发生器（Function Generator）、瓦特表（Wattmeter）、示波器（Oscilloscope）、4 通道示波器（4 Channel Oscilloscope）、波特图仪（Bode Plotter）、频率计数器（Frequency Counter）、字信号发生器（Word Generator）、逻辑分析仪（Logic Analyzer）、逻辑转换仪（Logic Converter）、IV 分析仪（IV-Analysis）、失真分析仪（Distortion Analyzer）、频谱分析仪（Spectrum Analyzer）、网络分析仪（Network Analyzer）、Agilent 函数发生器（Agilent Function Generator）、Agilent 数字万用表（Agilent Multimeter）、Agilent 示波器（Agilent Oscilloscope）、Tektronix 示波器（Tektronix Oscilloscope）和节点测量表（Measurement Probe）。

4.1.8   其他常用按钮

元件工具栏中还有几个仿真时常用的辅助按钮，如图 4-1-8 所示。从左至右分别是使用中元件列表（In Use List）、帮助（Help）、教学网站（Educational Website）、.com 按钮和仿真开关。

使用中元件列表列出了当前电路所使用的全部元件，以供检查或重复调用。单击教学网站按钮或 .com 按钮，可以通过因特网进入

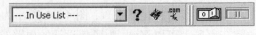

图 4-1-8   常用按钮

Electronicsworkbench.com 或 EDAparts.com 网站。仿真开关按钮是最常用的一个按钮，用以控制仿真进程。单击这个按钮使仿真开始或停止。

4.2 常用虚拟仪器的使用说明

4.2.1 概述

MultiSim8 的仪器库（Instruments）一共有 19 种虚拟仪器，这些仪器可用于各种模拟和数字电路的测量。使用时只需单击仪表工具栏中该仪器的图标，按住鼠标左键拖曳放置在相应位置即可。用鼠标左键双击该图标则得到该仪器的控制面板。尽管虚拟仪器的基本操作与现实仪器非常相似，但仍存在一定的区别。需要特别指出的是 Multisim8 还提供了世界著名的两家仪器公司 Agilent 和 Tektronix 的多款仪器及其"真实形象"的用户界面供用户使用。为了更好地使用这些虚拟仪器，这里将介绍几种常用的虚拟仪器的使用方法。

4.2.2 数字万用表

1. 功能介绍

数字万用表（Multimeter）是电路实验中使用的最频繁的仪表之一，Multism8 提供的万用表与实际的万用表相似，可以测量直流或交流信号，可以测电流、电压、电阻和分贝值。图 4-2-1 所示电路中的 XMM1、XMM2 即为数字万用表。XMM1 串联在电路中测电流，XMM2 并联在电容上测电容 C_2 两端的电压。

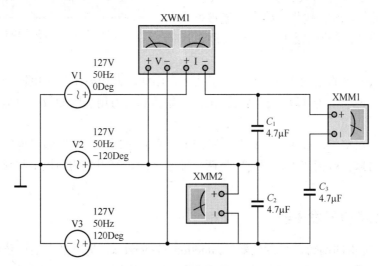

图 4-2-1　万用表的图标及接线

用鼠标左键双击图标可打开面板进行读数，面板图如图 4-2-2 所示。切换不同的测量功能可以在面板上单击相应的按钮完成，用鼠标左键将面板上的"A"按钮按下，则万用表工作在电流表状态，此时若用鼠标左键将面板上的按钮 $\sim$ 按下，万用表工作在交流状态，可以测量交流电流的有效值；若将面板上的按钮 ━ 按下，万用表工作在直流状态，测量直流电流。用鼠标左键将面板上的"V"按钮按下，则万用表工作在电压表状态。

图 4-2-2　万用表的面板

单击万用表控制面板上的 Set 按钮，可以打开万用表的参数设置对话框，如图 4-2-3 所示。在参数设置对话框中可以设置电流表内阻、电压表内阻、欧姆表电流的大小，以及测量范围等重要的常用参数。

2．连接规则

数字万用表的图标有"+"和"−"两个端子，它们与外电路相连，其连接规则和真实的万用表一样。

（1）用鼠标左键将面板上的"A"按钮按下，则此时万用表工作在电流表状态，测量时将"+"和"−"两个端子串联在被测支路上，连接好电路后开始仿真时万用表的面板上将显示被测电流的大小。

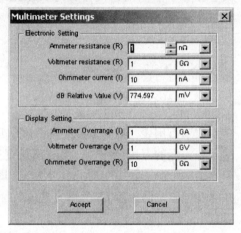

图 4-2-3　万用表的参数设置对话框

（2）用鼠标左键将面板上的"V"按钮按下，则此时万用表工作在电压表状态，测量时将"+"和"−"两个端子并联在被测对象上，开始仿真时万用表的面板上将显示被测对象两端的电压值。

（3）用鼠标左键将面板上的"Ω"按钮按下，则此时万用表可以测量电阻阻值的大小，测量时将被测对象直接接在"+"和"−"两个端子之间，万用表的面板上将显示被测电阻的阻值。

4.2.3　函数信号发生器

Multisim8 提供的函数信号发生器（Function Generator）是用来产生正弦波、矩形波和三角波信号的仪器，信号频率可以在 1Hz～999MHz 范围内调节。图 4-2-4 中所示的 XFG1 即为函数信号发生器的图标。

用鼠标左键双击 XFG1 图标，打开面板如图 4-2-5 所示。面板中可以设置输出信号的参数：频率、占空比、幅度和偏移量。其中偏移量指的是交流信号中直流电平的偏移。对于三角波和方波可以设置其占空比（Duty Cycle）大小，对偏置电压的设置可将正弦波、方波和三角波叠加到设置的偏置电压上输出。

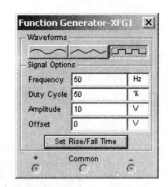

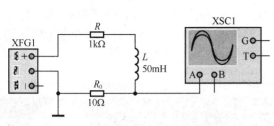

图 4-2-4　函数信号发生器的图标和接线　　　　图 4-2-5　函数信号发生器的面板

1．连接规则

函数信号发生器的图标有"+"、"Common"和"−"3 个端子，它们与外电路相连输出电压信号，其连接规则如下。

（1）连接"+"和"Common"端子，输出信号为正极性信号，幅值等于信号发生器的有效值。

（2）连接"Common"和"−"端子，输出信号为负极性信号，幅值等于信号发生器的有效值。

（3）连接"+"和"−"端子，输出信号的幅值等于信号发生器的有效值的两倍。

（4）同时连接"+"、"Common"和"−"端子，且把"Common"端子与公共地（Ground）连接，则输出两个幅值相等、极性相反的信号。

2．面板操作

对面板各区域的不同设置，可改变输出电压信号的波形类型、大小、占空比或偏置电压。

（1）Waveforms 区：选择输出信号的波形类型，有正弦波、方波和三角波 3 种周期性信号供选择。

（2）Signal Options 区：对 Waveforms 区中选取的信号进行相关参数设置。

Frequency：设置所要产生信号的频率，范围在 1Hz～999MHz。

Duty Cycle：设置所要产生信号的占空比，设定范围为 1%～99%。

Amplitude：设置所要产生信号的最大值（电压），其可选范围为 1μV～999kV。

Offset：设置偏置电压，即把正弦波、三角波、方波叠加在设置电压上输出，其可选范围为 1μV～999kV。

（3）Set Rise / Fall Time 按钮：设置所要产生的信号的上升时间与下降时间，该按钮只在产生方波时有效。单击该按钮后，弹出如图 4-2-6 所示的对话框。在文本框中以指数格式设定上升时间（下降时间），然后单击 Accept 按钮即可。单击 Default 按钮，则为默认值 1.000 000e-12。

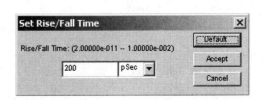

图 4-2-6　"Set Rise/Fall Time"对话框

3．其他函数信号发生器

MultiSim8 的仪器库中还包括 Agilent 函数发生器（Agilent Function Generator），该仪器的图标和面板如图 4-2-7 所示。用鼠标双击该图标打开面板，可以看到 Agilent 函数发生器的面板与实际使用的仪器完全相同。使用时先用鼠标左键单击 Power 开关打开函数发生器，其操作方法与使用实际的 Agilent 函数发生器相同，这里不再赘述。

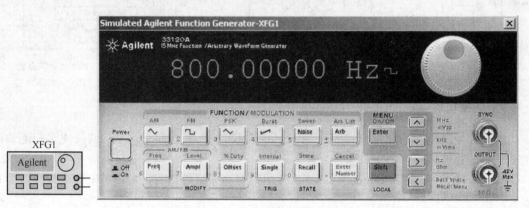

图 4-2-7　Agilent 函数发生器的图标和面板

4.2.4　瓦特表

瓦特表（Wattmeter）又名功率表，是一种测量电路功率的仪器，交流、直流都可以测量。图 4-2-8 中所示的 XWM1 即为瓦特表。

瓦特表有 4 个引线端：电压（V）正极、电压负极、电流（I）正极和电流负极。接线时应注意电压端应和被测量的电路并联，电流端应和被测量的电路串联。接线方式和面板如图 4-2-8 所示。双击瓦特表就可以显示其面板。工作时面板上会同时显示被测的功率读数和功率因数（Power Factor），所测得的功率显示在上面的栏内，该功率是平均功率，单位会自动调整。Power Factor 文本框中显示功率因数，数值为 0～1。

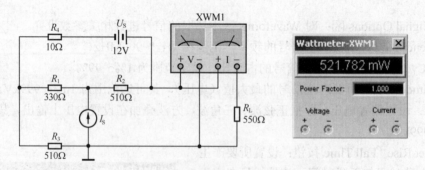

图 4-2-8　瓦特表的图标、接线和面板

4.2.5　示波器

示波器（Oscilloscope）是电子实验中使用最频繁的仪器之一，可用来观察信号波形，并

可用来测量信号幅度、频率、周期等参数。图 4-2-9 中所示的 XSC1 是示波器的图标。图 4-2-10 所示为仿真开始后双击图标后显示的控制面板。

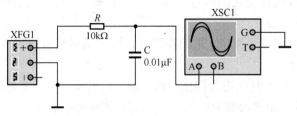

图 4-2-9 示波器的图标及应用电路

1．连接规则

图 4-2-9 中所示的 XSC1 是一个双踪示波器，有 A、B 两个通道，G 是接地端，T 是外触发端。该虚拟示波器与实际示波器的连接方式稍有如下不同。

（1）A、B 两通道分别只需一根线与被测点相连，测量的是该点与"地"之间的波形。

（2）接地端 G 一般要接地，但当电路中已有接地符号时，也可不接。

2．面板操作

双踪示波器的面板操作方法如下。

（1）Timebase 区：用来设置 x 轴方向时间基线扫描时间。

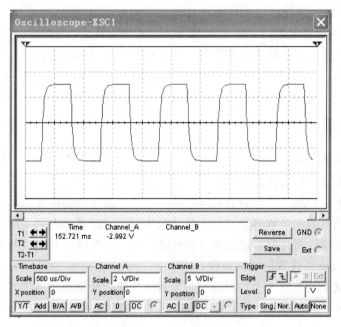

图 4-2-10 示波器的面板

Scale：选择 x 轴方向每一个刻度代表的时间。单击该文本框后将出现刻度翻转列表，根据所测信号频率的高低，上下翻转选择适当的值。

Xposition：表示 x 轴方向时间基线的起始位置，修改其设置可使时间基线左右移动。

Y/T：表示 y 轴方向显示 A、B 两通道的输入信号，x 轴方向显示时间基线，并按设置时间进行扫描。当显示随时间变化的信号波形（如三角波、方波、正弦波等）时，常采用此种方式。

B/A：表示将 A 通道信号作为 x 轴扫描信号，将 B 通道信号施加在 y 轴上。

A/B：与 B/A 相反。

Add：表示 x 轴按设置时间进行扫描，而 y 轴方向显示 A、B 通道输入信号的和。

（2）Channel A 区：用来设置 y 轴方向 A 通道输入信号的标度。

Scale：表示 y 轴方向对 A 通道输入信号而言每格所表示的电压数值。单击该文本框后将出现刻度翻转列表，根据所测信号电压的大小，上下翻转选择适当的值。

Yposition：表示时间基线在显示屏幕中的上下位置。当其值大于零时，时间基线在屏幕上侧，反之在下侧。

AC：表示屏幕仅显示输入信号中的交变分量（相当于实际电路中加入隔直电容）。

DC：表示屏幕将信号的交直流分量全部显示。

0：表示将输入信号对地短接。

（3）Channel B 区：用来设置 y 轴方向 B 通道输入信号的标度，其设置与 Channel A 区相同。

（4）Trigger 区：用来设置示波器的触发方式。

Edge：表示将输入信号的上升沿或下降沿作为触发信号。

Level：用于选择触发电平的大小。

Sing：选择单脉冲触发。

Nor：选择一般脉冲触发。

Auto：表示触发信号不依赖外部信号。一般情况下使用 Auto 方式。

A 或 B：表示用 A 通道或 B 通道的输入信号作为同步 x 轴时基扫描的触发信号。

Ext：表示用示波器图标上的触发端子 T 连接的信号作为触发信号来同步 x 轴时基扫描。

3. 测量波形参数

在屏幕上有两条左右可以移动的读数指针，指针上方有三角形标志，如图 4-2-10 所示。通过鼠标左键可拖动读数指针左右移动。

在显示屏幕下方的测量数据的显示区中显示了两个波形的测量数据。

Time：从上到下的 3 个数据分别是 1 号读数指针离开屏幕最左端（时基线零点）所对应的时间、2 号读数指针离开屏幕最左端（时基线零点）所对应的时间、两个时间之差，时间单位取决于 Timebase 所设置的时间单位。

Channel A：从上到下的 3 个数据分别是 1 号读数指针所指通道 A 的信号幅度值、通道 B 的信号幅度值、两个幅度之差，其值为电路中测量点的实际值，与 x 轴、y 轴的 Scale 设置值无关。

Channel B：从上到下分别是 2 号读数指针所指通道 A 的信号幅度值、通道 B 的信号幅度值、两个幅度之差。

为了测量方便和准确，单击暂停按钮或按 F6 键使波形"冻结"，然后再测量更好。

4．设置信号波形显示颜色

只要在电路中设置 A、B 通道连接导线的颜色，波形的显示颜色便与导线的颜色相同。方法是双击连接导线，在弹出的对话框中设置导线颜色即可。

5．改变屏幕背景颜色

单击展开面板右下方的 Reverse 按钮，即可改变屏幕背景的颜色，要将屏幕背景恢复为原色，再次单击 Reverse 按钮即可。

6．存储数据

对于读数指针测量的数据，单击展开面板右下方的 Save 按钮即可将其存储，数据存储格式为 ASCII 格式。

7．移动波形

在动态显示时，单击暂停按钮或按 F6 键，通过改变 X position 设置，可实现左右移动波形。

8．其他示波器

（1）四通道示波器：MultiSim8 的仪器库中提供的一台四通道示波器（4 Channel Oscilloscope），通道数由常见的 2 变为 4，使用方法与双通道的示波器相似。

（2）Agilent 示波器：仪器库中有 Agilent 示波器（Agilent Oscilloscope），该仪器的图标和面板如图 4-2-11 所示。操作方法与使用实际的 Agilent 示波器相同，使用时先用鼠标左键单击 Power 开关。

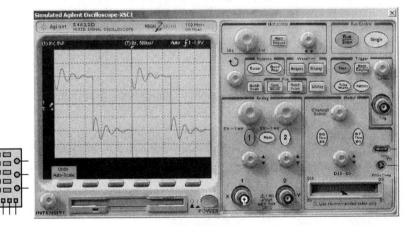

图 4-2-11　Agilent 示波器的图标和面板

（3）Tektronix 示波器：MultiSim8 的仪器库（Instruments）中还包括 Tektronix 示波器（Tektronix Oscilloscope），该仪器的图标和面板如图 4-2-12 所示。该示波器的操作方法与实际 Tektronix 示波器相同。

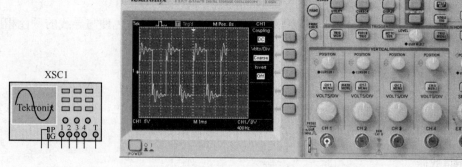

图 4-2-12　Tektronix 示波器的图标和面板

4.2.6　波特图仪

波特图仪（Bode Plotter）是测量电路、系统或放大器频幅特性和相频特性的虚拟仪器，类似与实验室的频率特性测试仪（或扫描仪），利用波特图仪可以方便地测量和显示电路的频率特性，适用于分析滤波电路，特别易于观察截止频率。图 4-2-13 中所示的 **XBP1** 是波特图仪的图标，双击该图标，显示其面板如图 4-2-14 所示。波特图仪面版分为 Mode（模式）区、Horizontal（横轴）区、Vertical（纵轴）区和 Contrlos（控制）区。

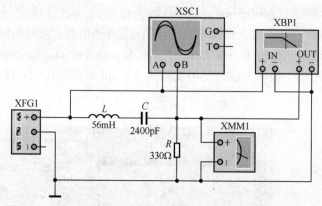

图 4-2-13　波特图仪图标及接线方式

1．连接规则

波特图仪的图标包括 4 个连接端，左边 IN 是输入端口，其"＋"、"－"分别与电路输入端的正负端子相连；右边 OUT 是输出端口，其"＋"、"－"分别与电路输出端的正负端子相连。由于波特图仪本身没有信号源，所以在使用时，必须在电路的输入端口示意性地接入一个交流信号源（或函数信号发生器），且无须对其参数进行设置。

2．面板操作

（1）Mode 区。

Magnitude：选择它显示屏里展开幅频特性曲线。

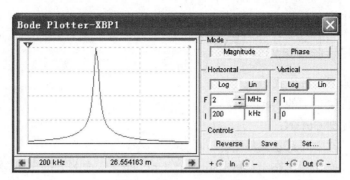

图 4-2-14 波特图仪面板

Phase：选择它显示屏里展开相频特性曲线。

（2）Horizontal 区：确定波特图仪显示的 x 轴频率范围。为了清楚地显示某一频率范围的频率特性，可将 x 轴频率范围设定得小一些。

单击 Log 按钮，则标尺用 Log（f）表示；若单击 Lin 按钮，即坐标标尺是线性的。当测量信号的频率范围较宽时，用 Log 标尺为宜。

F 和 I 分别是频率的最终值（Final）和初始值（Initial）的缩写。

（3）Vertical 区：设定波特图仪显示的 y 轴的刻度类型。测量幅频特性时，若单击 Log 按钮，y 轴的刻度单位为 dB（分贝）；单击 Lin 按钮后，y 轴是线性刻度。测量相频特性时，y 轴坐标表示相位，单位是度，刻度是线性的。F 栏用于设置 y 轴最终值，I 栏用于设置初始值。

需要指出的是：若被测电路是无源网络（谐振电路除外），由于频幅特性 A（f）的最大值是 1，所以 y 轴坐标的最终值应设置为 0dB，初始值为负值。对于含有放大环节的网络，A（f）值可大于 1，最终值设为正值（+dB）为宜。

（4）Contrlos 区。

Reverse：改变屏幕背景颜色。

Save：以 BOD 格式保存测量结果。

Set…：设置扫描的分辨率，单击该按钮后，屏幕出现如图 4-2-15 所示的对话框。

在 Resolution Points 数值框中选定扫描的分辨率，数值越大读数精度越高，但将增加运行时间，默认值是 100。

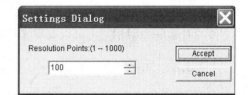

3．测量波形参数

图 4-2-15 设置扫描分辨率对话框

利用鼠标拖动（或单击读数指针移动按钮）读数指针，可测量某个频率点处的幅值或相位，其读数在显示屏下方显示。

4.3 Multisim8 仿真电路的创建

Multisim8 仿真电路的创建包括文件操作、元器件操作、导线的操作、电路图选项的设置、仪器仪表的使用、文件格式的变换等。

4.3.1 文件操作

1. 新建文件（File / New）

新建文件有如下 3 种方式。
（1）单击 File 菜单下的 New 命令；
（2）使用快捷键 Ctrl+N；
（3）单击工具栏中的新建文件图标 。

执行新建文件操作后，在工作区打开一个 Untitled（未命名）的电路窗口，用来建立新的电路文件。

2. 打开文件（File / Open）

打开文件有如下 3 种方式。
（1）单击 File 菜单下的 Open 命令；
（2）使用快捷键 Ctrl+O；
（3）单击工具栏中的新建文件图标 。

执行打开文件操作后，屏幕上显示打开文件对话框，选择曾经保存过的文件，可以打开的文件种类有很多种。

3. 保存文件（File / Save）

保存文件有如下 3 种方式。
（1）单击 File 菜单下的 Save 命令；
（2）使用快捷键 Ctrl+S；
（3）单击工具栏中的保存文件图标 。

执行保存文件操作后，在弹出的保存文件对话框中完成对电路文件的保存，文件扩展名为*.ms8。

4. 另存文件（File/Save As）

单击 File 菜单下的 Save As 命令，即可执行另存文件的操作，弹出的对话框与保存电路文件的对话框类型相同，可以实现文件的换名保存，文件扩展名为*.ms8。

4.3.2 元器件库

Multisim8 提供的所有元器件都放置在 13 个元器件库中，元器件工具栏的图标及其名称如图 4-3-1 所示。

用鼠标左键单击元器件库栏目中的图标即可打开该元器件库，在屏幕上出现的元器件库对话框中选择需要的元器件，如图 4-3-2 所示。电路的仿真实验常用的元件库有信号源库、基本元器件库和指示器件库，下面对这 3 种器件库做详细介绍。

1. Sources（信号源库）

信号源库的元器件列表（Family）如图 4-3-3 所示。用鼠标单击信号源库中的 POWER_

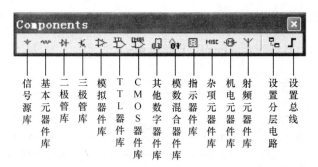

图 4-3-1　元件工具栏

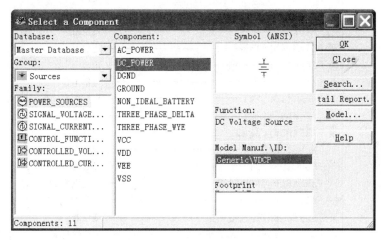

图 4-3-2　选择元器件对话框

SOURCES，会显示其所有成员（Component）。POWER_SOURCES 成员中电路中常用的有 AC_POWER（交流电源）、DC_POWER（直流电源）、GROUND（接地）、THREE_PHASE_WYE（三相电压源）等，如图 4-3-2 所示。用鼠标单击某元件后则在 Component 中高亮显示该元件，并显示该元件的图标（Symbol），然后单击 OK 按钮，该元件即可出现在工作区并随鼠标移动，在合适的位置再次单击鼠标左键可将该元件放置在工作区。若需要对工作区已有的元器件进行操作，先用鼠标左键单击该元器件，在其四周出现蓝色虚线矩形，表示该元器件被选中，然后可以进行移动位置、删除、剪切、复制、旋转等操作。

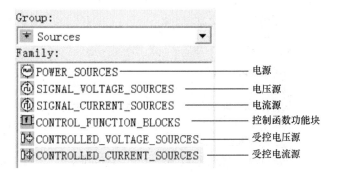

图 4-3-3　电源库中的元器件列表

2．Basic（基本元器件库）

基本元器件库的元器件列表（Family）如图 4-3-4 所示。

图 4-3-4　基本元器件库中的元器件列表

3．Indicators（模拟器件库）

模拟器件库的元器件列表（Family）如图 4-3-5 所示。

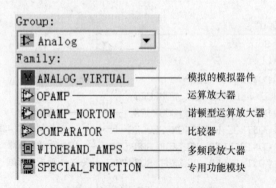

图 4-3-5　模拟器件库中的元器件列表

4．Indicators（指示器件库）

指示器库的元器件列表（Family）如图 4-3-6 所示。

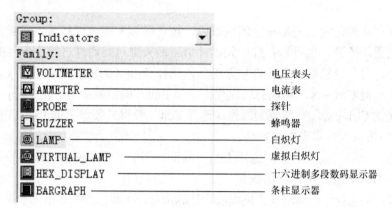

图 4-3-6　指示器库中的元器件列表

4.3.3　元器件操作

1．选择元器件

用鼠标单击元器件库栏目中的图标即可打开该元器件库，在屏幕上出现的元器件库对话框中选择需要的元器件，如图 4-3-7 所示。图中是在信号源库中选择了直流电压源，单击 OK 按钮后，直流电压源随鼠标移动，单击鼠标左键可以将该元件放到工作区的合适位置上。

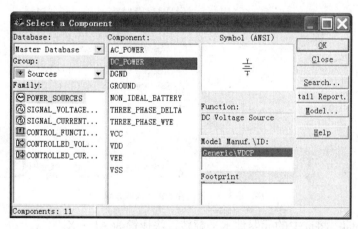

图 4-3-7　选择元器件对话框

2．选中元器件

用鼠标单击某元器件，在其四周出现蓝色虚线矩形，表示该元器件被选中。

若要同时选中多个元器件，可以用鼠标左键画出一个矩形区，包含在该矩形内的元器件同时被选中，然后可以对被选中的多个元器件进行操作。

3．元器件的基本操作

元器件被选中后，在其四周出现蓝色虚线矩形，可以对其进行移动、删除、剪切、复制、旋转等操作。

（1）移动：在蓝色虚线矩形标示的区域内，按住鼠标左键可以移动该元器件，与其连接的导线会自动重新排列。也可以在选中元器件后用箭头键对元器件进行小范围的移动。

（2）剪切、复制、粘贴：元器件被选中后，选择 Edit（编辑）菜单下的 Cut（剪切）命令或者使用快捷键 Ctrl + X，实现剪切操作；选择 Edit（编辑）菜单下的 Copy（复制）命令或者使用快捷键 Ctrl + C，实现复制操作；选择 Edit（编辑）菜单下的 Paste（粘贴）命令或者使用快捷键 Ctrl + V，实现粘贴操作。

（3）删除：元器件被选中后，选择 Edit（编辑）菜单下的 Delete（删除）命令或者直接在键盘上按下 Delete 键，实现删除操作。

（4）旋转：在元器件周围出现蓝色虚线矩形标示后，在蓝色虚线矩形内单击鼠标右键，在弹出的快捷菜单中选择旋转命令，可以对该元器件进行多种方式的旋转操作，如图 4-3-8 所示。

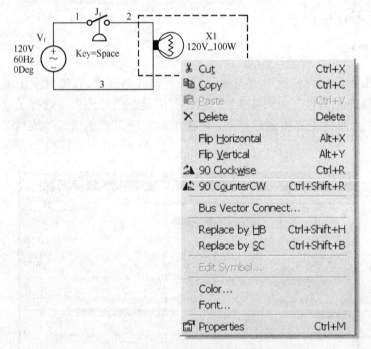

图 4-3-8　元器件的常用操作菜单

Flip Horizontal：将选中的元器件水平翻转，快捷键为 Alt + X。

Flip Vertical：将选中的元器件垂直翻转，快捷键为 Alt + Y。

90 Clockwise：将选中的元器件顺时针旋转 90°，快捷键为 Ctrl + R。

90 CounterCW：将选中的元器件逆时针旋转 90°，快捷键为 Ctrl + Shift + R。

（5）设置颜色、字体：选中元器件后，在蓝色虚线矩形内单击鼠标右键，在弹出的快捷菜单中选择 Color…命令，可以设置该元器件的颜色；选择 Font…命令，可以实现对元件参数的字体、字号、加粗等字体风格的设置，如图 4-3-8 所示。

4．元器件特性参数的设置

元器件被选中后，双击该元器件或选择 Edit 菜单下的 Properties（特性）命令，即可打开该元器件的特性参数设置对话框，可以设置或编辑该元器件的各种特性参数。图 4-3-9 所示为一个交流电压源的特性对话框，其选项卡分别为 Label（标识）、Display（显示）、Value（数值）、Fault（故障）、Pin Info（概要信息）和 Variant（变量），每个选项卡下对应不同的参数。

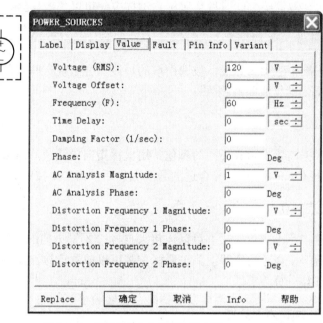

图 4-3-9　元器件的特性参数设置对话框

Label（标识）选项卡用于设置元器件的 Reference ID（序号）、Label（标识）和 Attributes（属性），其中 Reference ID 由系统自动分配，可以修改，但修改时要保证序号的唯一性。电路图是否显示元器件的序号、标识等信息，可以通过菜单 Options 下的 Preferences 对话框进行设置。

Display（显示）选项卡用于设置 Label、Value、Reference ID 和 Attributes 的显示方式。显示方式可以和 Options 下的 Sheet Properties 的设置一致，也可以改变每个元器件的显示方式。

Value（数值）选项卡用来编辑元器件的模型参数、特性、引脚封装等，是最常用的选项卡，如设置额定电压、频率、时间延迟等。

Fault（故障）选项卡来人为设置元器件的故障，如 None（无故障）、Open（开路）、Short（短路）、Leakage（漏电）等常见电路故障，为电路的故障分析提供方便。

4.3.4　导线操作

元器件之间要由导线进行连接，下面介绍导线的连接、导线的删除、导线的颜色设置、在导线中间插入元器件等常用的导线操作。

1．导线的连接

元器件的模型上有端子和电路的其他部分连接，当鼠标放到元器件的某个端子上时会出现黑色小圆点，按住鼠标左键并移动鼠标，会出现一根导线，将鼠标移动到另一个元器件的端子上使其出现小圆点，释放鼠标，则两个元器件之间的连接完成，出现一根带序号的导线。导线会自动选择合适的走向，不会与其他元器件出现交叉。

2．导线的修改

用鼠标单击准备修改的导线，被选中后的导线上会出现一些蓝色的实心小方块，用鼠标指向导线时会出现双箭头，此时按住鼠标左键拖曳，可以修改导线。

3．导线的删除

用鼠标单击准备删除的导线，被选中后的导线上会出现一些蓝色的实心小方块，直接在键盘上按下 Delete 键导线即被删除。

4．导线的颜色

导线可以根据需要设置成不同的颜色。用鼠标指向导线，单击鼠标右键，在弹出的快捷菜单中选择 Wire Color 命令，选择合适的导线颜色后单击 OK 按钮即可完成导线颜色的设定。

5．导线的连接点

导线的连接点是小圆点，最多可以连接来自 4 个不同方向的导线。在 Place 菜单下选择 Junction 命令后，在合适的位置上单击鼠标左键可以放置连接点，并可以将连接点插入在导线中，此时导线被一分为二。

6．在导线中间插入元器件

选中元器件后，用鼠标将其拖至导线上，释放鼠标即可将元器件插入到导线中间。

4.3.5 电路图显示方式的设置

电路图的显示方式可以通过单击 Options 菜单下的 Sheet Properties 命令设置。Sheet Properties 对话框如图 4-3-10 所示，其中有 6 个选项卡，每个选项卡有不同的设置内容，下面介绍常用的有 4 个选项卡。

1．Circuit 选项卡

Circuit 选项由两个部分组成，如图 4-3-10 所示。Show 区决定是否显示电路参数，Color 区决定电路显示的颜色。

Show 区 Component 部分决定的常用显示控制如下。

Labels：是否显示元器件的标识文字。

RefDes：是否显示元器件的序号。

Values：是否显示元器件的参数数值。

Attributes：是否显示元器件的属性。

Color 区决定电路显示的颜色，如果选择 Custom（自定义）方式，Color 区的 5 个按钮就会被激活，用户就可以自己定义电路工作区的背景、导线和元器件的颜色。

2．Workspace 选项卡

Workspace 选项卡有 3 个区，其中 Show 区设置电路工作区显示方式；Sheet Size 区设置图纸大小和方向；Custom Size 区实现用户自定义的设置。Show 区设置电路工作区显示方式的控制如下。

Show Grid：电路工作区是否显示网格。

Show Page Bonds：电路工作区是否显示页面边界。

Show Border：电路工作区是否显示边框。

3．Wiring 选项卡

Wiring 选项卡有两个区，在 Drawing Option 区设置导线的宽度。

4．Font 选项卡

Font 选项卡可以设置字体、字体的应用项目和字体的应用范围。

（1）Font 区下可以选择字体。

（2）Font Style 区下可以选择是否加粗、倾斜等字形效果。

（3）Size 区下可以选择字号的大小。

（4）Sample 区显示设定的字体效果。

（5）Change All 区选择字体应用的项目，包括元器件的序号、参数值、属性、引脚号、引脚名等项目。

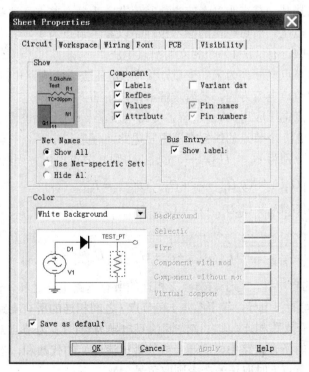

图 4-3-10　"Sheet Properties" 对话框

第 5 章　虚拟仿真实验

实验一　节点电压法的仿真研究

一、实验目的

（1）掌握上机操作基本过程。

（2）掌握应用 Multisim8 软件分析电路的基本方法。

（3）学会利用仿真软件求解线性电阻网络的节点电压。

二、实验原理与说明

在电路中任意选择某一节点为参考节点，其他节点为独立节点，这些节点与此参考节点之间的电压称为节点电压。节点电压的参考极性是以参考节点为负，其余独立节点为正。在具有 n 个节点的电路中，有（$n-1$）个独立的节点电压。

节点电压法是以节点电压作为未知变量，用节点电压去表示支路电流，应用 KCL 建立与独立节点数目相同的节点电流方程，最后求解节点电压的方法。确定了一组独立的节点电压后，即可根据已知节点电压应用 KVL 求解各支路电压。

一般地，对于具有 n 个节点的线性直流电阻电路，任选其中一个节点为参考节点，其余独立节点的节点电压分别为 U_{n1}，U_{n2}，$\cdots$，$U_{n(n-1)}$，则其节点电压方程组具有如下形式：

$$\begin{cases} G_{11}U_{n1} + G_{12}U_{n2} + \cdots + G_{1(n-1)}U_{n(n-1)} = I_{S11} \\ G_{21}U_{n1} + G_{22}U_{n2} + \cdots + G_{2(n-1)}U_{n(n-1)} = I_{S22} \\ \cdots\cdots\cdots\cdots\cdots\cdots\cdots\cdots\cdots\cdots\cdots\cdots\cdots\cdots \\ G_{(n-1)1}U_{n1} + G_{(n-1)2}U_{n2} + \cdots + G_{(n-1)(n-1)}U_{n(n-1)} = I_{S(n-1)(n-1)} \end{cases} \quad (5\text{-}1\text{-}1)$$

式中：G_{kk} 为节点 k 的自电导，等于与节点 k 相连的所有支路电导之和，恒为正；G_{ij}（$i \neq j$）为节点 i 和节点 j 之间的互电导，等于节点 i 和节点 j 之间相连的所有支路的电导之和，恒为负，若两节点之间没有支路相连，则二者之间的互电导为负；I_{skk} 为节点 k 的等效电流源的电流，为与节点 k 相连的所有支路中电流源（或等效电流源）的代数和，当电流源（或等效电流源）的方向为流进节点 k 时取正号，否则取负号。

三、实验内容与步骤

（1）在 Multism8 环境下创建如图 5-1-1 所示的仿真电路，其中电阻、连接点在基本器件库中，直流电源在信号源库中，电压表在指示器件库中。实验参数分别为：电阻 $R_1 = 1\Omega$，$R_2 = R_3 = R_4 = 5\Omega$，$R_5 = 10\Omega$，直流电压源 $U_1 = 10\,\text{V}$，$U_2 = 20\,\text{V}$，直流电流源 $I_1 = 2\text{A}$。

按仿真软件的"启动/停止"开关启动电路，计算节点 1、2 的节点电压，将数据记入表 5-1-1 中。

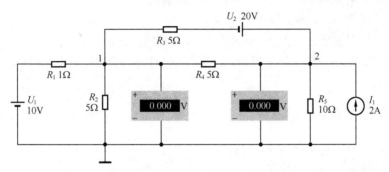

图 5-1-1　求节点电压仿真电路（一）

表 5-1-1　　　　　　　　　　　**节点电压数据表（一）**

节点电压	U_{n1}（V）	U_{n2}（V）
计算值		
仿真值		

（2）在 Multisim8 环境下创建如图 5-1-2 所示的仿真电路，实验参数：电阻 $R_1 = 1\Omega$，$R_2 = 3\Omega$，$R_3 = 5.1\Omega$，$R_4 = 5.1\Omega$，$R_5 = 10\Omega$，电流源 $I_1 = 8\text{A}$，$I_2 = 3\text{A}$，$I_3 = 25\text{A}$，受控源 CCVS 的控制系数 $r = 0.125\Omega$。

按仿真软件的"启动/停止"开关启动电路，计算节点 1、2、3 的节点电压，将数据记入表 5-1-2 中。

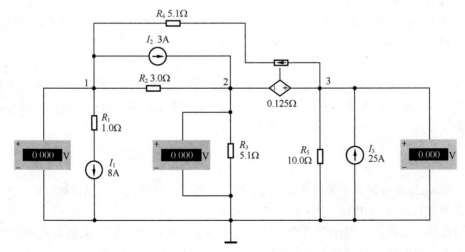

图 5-1-2　求节点电压仿真电路（二）

表 5-1-2	节点电压数据表（二）		
节点电压	U_{n1}（V）	U_{n2}（V）	U_{n3}（V）
计算值			
仿真值			

四、实验注意事项

（1）预习第 4 章 Multisim8 使用简介的相关内容。

（2）电路一定要有接地线，否则电路无法工作。

（3）连接电路应加节点（Place Junction），否则容易出错。

（4）在指示器件库中有 4 种电压表，主要区别是其正负端位置不同，在实验中应注意电压表的极性。

五、实验报告要求

（1）完成表 5-1-1 及表 5-1-2 的计算。

（2）将计算结果与仿真实验结果相比较。

实验二　基尔霍夫定律的仿真研究

一、实验目的

（1）利用仿真分析验证基尔霍夫定律。

（2）加深对基尔霍夫定律的理解。

二、实验原理与说明

基尔霍夫定律是电路的基本定律。它规定了电路中各支路电流之间和各支路电压之间必须服从的约束关系，无论电路元件是线性的或是非线性的，时变的或是非时变的，只要电路是集总参数电路，都必须服从这个约束关系。

基尔霍夫电流定律（KCL）：在集总参数电路中，任何时刻，对于任一节点，所有支路电流的代数和恒等于零，即 $\sum I = 0$。通常约定：流出节点的支路电流为正号，流入节点的支路电流为负号。

基尔霍夫电压定律（KVL）：在集总参数电路中，任何时刻，沿着任一回路内所有支路或元件电压的代数和恒等于零，即 $\sum U = 0$。通常约定：凡支路电压或元件电压的参考方向与回路的绕行方向一致者取正号，反之取负号。

三、实验内容与步骤

（1）在 Multisim8 环境中创建如图 5-2-1 所示的仿真实验电路，实验参数：$R_1 = R_3 = R_4 = 510\Omega$，$R_5 = 330\Omega$，$R_2 = 1k\Omega$，$U_1 = 6V$，$U_2 = 12V$。

（2）在指示器件库中取出电流表，串联到电路中（见图 5-2-2），按仿真软件的"启动/停止"开关启动电路，分别测量 3 个支路电流 I_1、I_2、I_3。

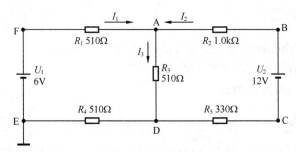

图 5-2-1　基尔霍夫定律的验证实验电路

（3）在指示器件库中取出电压表，并联到电路中（见图 5-2-3），按仿真软件的"启动/停止"开关启动电路，分别测量两路电源和各电阻元件上的电压，将各电流、电压值记入表 5-2-1 中。

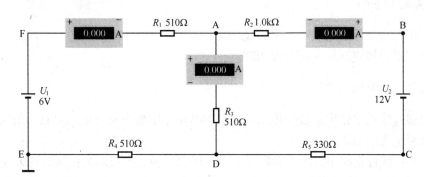

图 5-2-2　验证 KCL 实验电路

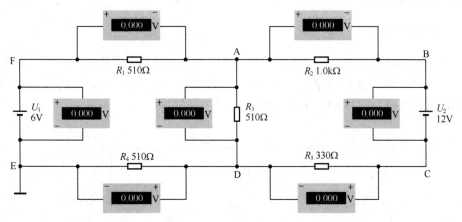

图 5-2-3　验证 KVL 实验电路

表 5-2-1　　　　　　　　　　　　**KCL、KVL 的测量和计算数据**

	I_1（A）	I_2（A）	I_3（A）	U_1（V）	U_2（V）	U_{FA}（V）	U_{AB}（V）	U_{BC}（V）	U_{CD}（V）	U_{DE}（V）
计算值				6	12					
测量值				6	12					

四、实验注意事项

（1）预习第 4 章 Multisim8 使用简介的相关内容。

（2）电路一定要有接地线，否则电路无法工作。

（3）注意电压表、电流表的极性。

五、实验报告要求

（1）完成表 5-2-1 的计算，将各支路电流、电压计算值与仿真结果进行比较。

（2）根据表 5-2-1 所示的仿真结果，验证 KCL 与 KVL 在直流电路中的正确性。

实验三　叠加定理与齐性定理的仿真研究

一、实验目的

（1）利用仿真软件验证线性电路的叠加性和齐次性。

（2）加深对叠加定理和齐性定理的理解。

二、实验原理与说明

叠加定理：线性电路中，任一电压或电流都是电路中各个独立电源单独作用时，在该处产生的电压或电流的叠加。

齐性定理：线性电路中，所有激励（独立电压源与独立电流源）都同时增大或缩小 K 倍（K 为实常数）时，响应（电压和电流）也将同样增大或缩小 K 倍。显然，当电路中只有一个激励时，响应必与该激励成正比。

三、实验内容与步骤

（1）在 Mulitisim8 环境中创建如图 5-3-1 所示的仿真电路，其中电阻元件、开关在基本器件库中，直流电源、接地线在源器件库中。实验参数：$R_1 = R_3 = R_4 = 510\Omega$，$R_5 = 330\Omega$，$R_2 = 1k\Omega$，直流电压源 $U_1 = 6V$，$U_2 = 12V$。

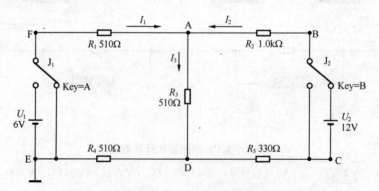

图 5-3-1　验证叠加定理电路图

（2）在指示器件库中选取直流电压表和直流电流表连接到电路中，注意电表的极性，如

图 5-3-2 所示。

（3）按下仿真软件"启动/停止"开关启动电路，开始仿真分析。

（4）U_1 单独作用：开关 J_1 接通 U_1，开关 J_2 接短路线。电路稳定后，读取各电压表和电流表的读数，记入表 5-3-1 中。

（5）U_2 电源单独作用：开关 J_1 接短路线，开关 J_2 接通 U_2，电路稳定后，读取各电压表和电流表的读数，记入表 5-3-1 中。

（6）U_1 和 U_2 共同作用：开关 J_1 接通 U_1，开关 J_2 接通 U_2，电路稳定后，读取各电压表和电流表的读数，记入表 5-3-1 中。

（7）双击 U_2 的图标，在弹出的参数设置对话框中，将 U_2 数值调到+24V。开关 J_1 接通 U_1，开关 J_2 接通 U_2，等电路稳定后，读取各电压表和电流表的读数，记入表 5-3-1 中。

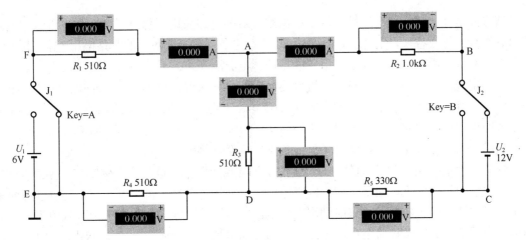

图 5-3-2 叠加定理的验证仿真实验电路

表 **5-3-1** 叠加定理的验证测量数据

	U_1(V)	U_2(V)	I_1(mA)	I_2(mA)	I_3(mA)	U_{AB}(V)	U_{CD}(V)	U_{AD}(V)	U_{DE}(V)	U_{FA}(V)
U_1单独作用	6	0								
U_2单独作用	0	12								
U_1、U_2 共同作用	6	12								
U_2单独作用	0	24								

四、实验注意事项

（1）预习第 4 章 Multisim8 的使用简介的相关内容。

（2）电路一定要有接地线，否则电路无法工作。

（3）注意电压表、电流表的极性与各支路电压、电流的参考方向相对应。

五、实验报告要求

根据实验测试数据，验证线性电路的叠加性和齐次性。

实验四 戴维南定理和诺顿定理的仿真研究

一、实验目的

（1）利用仿真分析验证戴维南定理、诺顿定理和最大功率传输定理。
（2）掌握线性有源二端网络的戴维南等效电路的分析方法。
（3）加深对等效变换的理解。

二、实验原理与说明

1. 戴维南定理和诺顿定理

戴维南定理：任何一个线性有源二端网络，对外电路来说，总可以用一个电压源和电阻的串联组合来等效替换，此电压源的电压 U_S 等于这个有源二端网络的开路电压 U_{OC}，其电阻 R_i 等于该网络中所有独立源置零（电压源短接，电流源开路）后的等效电阻 R_{eq}。

诺顿定理：任何一个线性有源二端网络，对外电路来说，总可以用一个电流源和电阻的并联组合来等效替换，此电流源的电流 I_S 等于这个有源二端网络的短路电流 I_{SC}，其电阻 R_i 等于该网络中所有独立源均置零（电压源短接，电流源开路）后的等效电阻 R_{eq}。

U_{OC}、R_{eq} 或 I_{SC}、R_{eq} 称为线性有源二端网络的等效参数。

计算等效电阻 R_{eq} 时，若电路中仅含电阻，则应用电阻的串联、并联和 Y–△ 变换等方法，可以求得它的等效电阻。如果一端口内部除电阻以外还含有受控源，则往往不能直接用简单的串联、并联求取等效电阻，只能利用端口电压、电流关系即输入电阻来求等效电阻。求端口输入电阻的一般方法称为电压、电流法，即在端口加以电压源 u_S，然后求出端口电流 i；或在端口加以电流源 i_S，然后求出端口电压 u，输入电阻为 $R_{eq} = \dfrac{u_S}{i} = \dfrac{u}{i_S}$。

等效参数 R_{eq} 的其他测量方法，可参考第 3 章中的实验三（戴维南定理的研究）中的相关描述。

2. 最大功率传输定理

对于可变化的负载 R_L 从含源一端口网络获得功率大小的情况，一般应先求出负载之外的一端口网络的戴维南等效电路，如图 5-4-1 所示。当满足负载电阻 R_L 与一端口网络的戴维南等效电阻 R_{eq} 相等，即 $R_L = R_{eq}$ 时，R_L 将获得最大的功

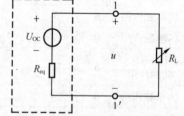

图 5-4-1 负载可变的戴维南等效电路

率 $P_{max} = \dfrac{U_{OC}^2}{4R_{eq}}$。此时，称负载 R_L 与含源一端口的输入电阻匹配。

三、实验内容与步骤

1. 测量有源线性二端网络的外特性

（1）在 Multisim8 环境下创建如图 5-4-2 所示的仿真实验电路，实验参数：$R_1 = 330\Omega$，

$R_2 = R_3 = 510\Omega$，$R_4 = 10\Omega$，$U_S = 12V$，$I_S = 10mA$。R_L 为阻值可变电阻。

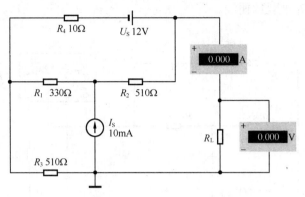

图 5-4-2 测量有源线性二端网络的伏安特性电路图

（2）按仿真软件"启动/停止"开关启动电路，开始仿真分析。按表 5-4-1 所列数值改变电阻 R_L 的阻值，将电压表和电流表的显示数据记入表 5-4-1 中。

表 5-4-1 有源二端网络的伏安特性测量数据

R_L（Ω）	0	100	300	400	500	600	800	1k	1.5k	2k	5k	10k	90k	∞
U（V）														
I（mA）														

2．戴维南定理的验证

（1）根据实验内容 1 的测试数据，可求出该二端网络的戴维南等效电路中的串联电阻 R_{eq}。根据被测有源二端网络的开路电压 U_{OC} 值及等效电阻 R_{eq} 值，在 Multisim8 环境下创建如图 5-4-3 所示的戴维南等效电路。

（2）按仿真软件"启动/停止"开关启动电路，开始仿真分析。按表 5-2-4 所列的数值改变 R_L 的阻值，将电压表和电流表的显示数据记入表 5-4-2 中。

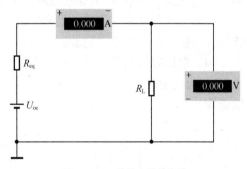

图 5-4-3 戴维南等效电路

表 5-4-2 等效电路的伏安特性测量数据

R_L（Ω）	0	100	300	400	500	600	800	1k	1.5k	2k	5k	10k	90k	∞
U（V）														
I（mA）														

3．最大功率传输定理的研究

如图 5-4-2 所示电路，在仪器库中取出功率表，正确接入电路，如图 5-4-4 所示。

（1）测试负载电阻 R_L 为何值时，获得最大功率。验证最大功率传输条件是否正确。

（2）自拟表格，选取若干测试点，改变电阻 R_L 的阻值，测量负载 R_L 的功率。绘制负载 R_L 的功率 P 随电阻 R_L 变化的曲线。

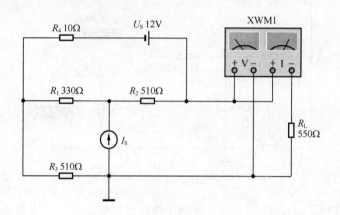

图 5-4-4　最大功率传输定理的验证

4．含受控源的一端口等效参数测量

（1）创建如图 5-4-5 所示的仿真电路，实验参数：电阻元件 $R_1 = R_3 = 2\Omega$，$R_2 = R_4 = 1\Omega$，电压源 $U_1 = 10V$，电流源 $I_1 = 5A$，受控电流源 CCCS 的控制系数 $\beta = 2$，负载电阻 R_L 的阻值可改变。

（2）对于图 5-4-5 所示电路，用仿真软件测出开路电路 U_{OC}，用"电压、电流法"测量等效电阻 R_{eq}，画出戴维南等效电路和诺顿等效电路。

（3）设计仿真方案，分别测量图 5-4-5 所示二端网络及其戴维南等效电路和诺顿等效电路的外特性。自拟表格，记录测量数据。验证戴维南定理和诺顿定理。

（4）根据等效电路，从理论上求负载取何值时得到最大功率。设计仿真方案，测试负载电阻 R_L 为何值时，获得最大的功率，并测出负载功率 P 随 R_L 变化的曲线。验证最大功率传输定理。

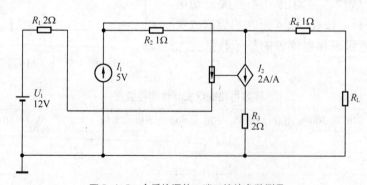

图 5-4-5　含受控源的一端口等效参数测量

四、实验注意事项

（1）预习第 4 章 Multisim8 使用简介的相关内容。

（2）注意电压表、电流表的极性。

（3）注意受控源控制支路的连接。

（4）选用虚拟型电阻（Virtual Resistor），双击电阻图标就可以在弹出的参数设置对话框中设置其阻值。

五、实验报告要求

（1）根据表 5-4-1 中所示的测量数据，写出被测二端网络的等效参数：U_{OC}、I_{SC}、R_{eq}。画出被测二端网络的戴维南等效电路和诺顿等效电路。

（2）根据实验内容 1 和 2 的测量结果，绘制被测二端网络及其等效电路的外特性曲线，验证戴维南定理的正确性。

（3）根据实验内容 3 的测量数据，验证最大功率传输条件是否正确，即当 $R_L = R_{eq}$ 时，负载 R_L 获得的功率是否最大。绘制负载 R_L 的功率 P 随电阻 R_L 变化的曲线。

（4）针对实验内容 4，画出图 5-4-5 所示的戴维南等效电路和诺顿等效电路。

（5）详述实验内容 4 中的仿真设计方案，自拟表格，记录相关数据，绘制相关曲线。

（6）总结对含有受控源的电路求取戴维南等效电路或诺顿等效电路的特点和注意事项。

实验五　动态电路的仿真研究

一、实验目的

（1）掌握一阶动态电路的三要素法及其测量方法。

（2）用示波器观察研究一阶动态电路的响应。

（3）用示波器观察二阶电路响应的状态轨迹，学习判定电路动态过程的方法。

（4）研究 *RLC* 串联二阶电路响应的类型特点及其与元件参数的关系。

（5）学习测量振荡角频率 ω 和衰减系 δ 数值的方法。

二、实验原理与说明

1．一阶电路的响应

动态电路的零输入响应是在电路无外施激励的状态下由动态元件初始储能产生的，动态电路的零状态响应是电路在零初始状态下由电路的外施激励引起的。由电路的外施激励和动态元件的初始储能共同激励引起的响应称为电路的全响应。全响应是零输入响应和零状态响应的叠加。求解一阶电路的全响应可以采用三要素分析法。一阶线性电路全响的一般表达式为

$$f(t) = f_f(t) + [f(0_+) - f_f(0_+)]\mathrm{e}^{-t/\tau}, \quad (t > 0) \tag{5-5-1}$$

式中，$f(0_+)$、$f_f(t)$、τ 分别代表全响应的初始值、稳态解和电路的时间常数，称为一阶线性电路全响应的三要素，其中 $f(0_+)$ 是全响应稳态解的初始值。对于直流激励的一阶电路，全响应的稳态解 $f_f(t)$ 是一个常量，即 $f_f(t) = f_f(0_+) = f(\infty)$。直流激励下的一阶电路全响应可写为

$$f(t) = f(\infty) + [f(0_+) - f(\infty)]\mathrm{e}^{-t/\tau}, \quad (t > 0) \tag{5-5-2}$$

只要求得了一阶线性电路的 $f(0_+)$、$f(\infty)$、τ 这 3 个要素，就可以根据式（5-5-2）直接写出直流激励下一阶电路的全响应的表达式，这种方法称为三要素法。

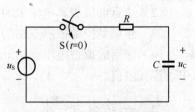

图 5-5-1 正弦激励的一阶 RC 电路

对于正弦激励的一阶电路，电路的稳态解是与外施激励同频率的正弦函数。在初始条件一定的情况下，电路的过渡过程还与正弦激励源的初相角有关。图 5-5-1 所示为一阶 RC 电路，正弦电压源 $u_S = U_m \cos(\omega t + \phi_u)$，其中 ϕ_u 为接通电路时电压源的初相角，它决定于电路的接通时刻，又称为接入相位或合闸角。不同 ϕ_u 时的电容电压 u_C 响应如图 5-5-2 所示。

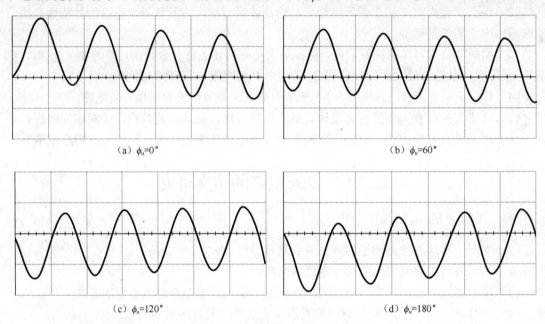

(a) $\phi_u = 0°$

(b) $\phi_u = 60°$

(c) $\phi_u = 120°$

(d) $\phi_u = 180°$

图 5-5-2 不同 ϕ_u 时的零状态响应 u_C 波形

2. 二阶电路的响应

用二阶微分方程描述的动态电路称为二阶电路。在二阶电路中，给定的初始条件应有两个，它们由储能元件的初始值决定。图 5-5-3 所示为 RLC 串联电路，以电容电压 u_C 为变量的动态方程为

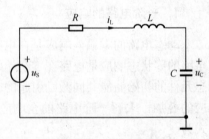

$$LC \frac{\mathrm{d}^2 u_C}{\mathrm{d} t^2} + RC \frac{\mathrm{d} u_C}{\mathrm{d} t} + u_C = u_S \qquad (5\text{-}5\text{-}3)$$

上述二阶微分方程的特征方程的特征根为

图 5-5-3 RLC 串联电路

$$p_{1,2} = -\frac{R}{2L} \pm \sqrt{\left(\frac{R}{2L}\right)^2 - \frac{1}{LC}} \qquad (5\text{-}5\text{-}4)$$

与一阶电路不同，二阶 RLC 串联电路的动态过程的性质与元件参数有关。

（1）当 $R > 2\sqrt{\dfrac{L}{C}}$ 时，p_1、p_2 为两个不相等的负实根，动态过程中的电压、电流具有非周

期性的特点，称为过阻尼状态（非振荡情形）。

（2）当 $R < 2\sqrt{\dfrac{L}{C}}$ 时，p_1、p_2 为共轭复数根（实部为负数），动态过程中的电压、电流具

有周期性衰减振荡的特点，称为欠阻尼状态（衰减振荡情形）。此时衰减系数 $\delta = \dfrac{1}{2RC}$；

$\omega_0 = \sqrt{\dfrac{1}{LC}}$ 是在 $R = 0$ 情况下的谐振角频率，称为无阻尼振荡电路的固有角频率。在 $R \neq 0$ 时，

RLC 串联电路的固有振荡角频率为 $\omega_d = \sqrt{\omega_0^2 - \delta^2}$，为电路的衰减振荡角频率，它将随 δ 的增

加而减小。

（3）当 $R = 2\sqrt{\dfrac{L}{C}}$ 时，p_1、p_2 为两个相等的负实根，$\delta = \omega_0$，$\omega_d = \sqrt{\omega_0^2 - \delta^2} = 0$，动态过

程介于非振荡过程与振荡过程之间，为临界阻尼状态（临界振荡情形）。

对于图 5-5-3 所示电路，可以用状态方程来求解。选取 u_C 和 i_L 为状态变量，则

$$\begin{cases} \dfrac{\mathrm{d}u_C}{\mathrm{d}t} = \dfrac{i_L}{C} \\ \dfrac{\mathrm{d}i_L}{\mathrm{d}t} = -\dfrac{u_C}{L} - \dfrac{Ri_L}{L} + \dfrac{u_S}{L} \end{cases}$$

初始值：

$$\begin{cases} u_C(0_-) = U_0 \\ i_L(0_-) = I_0 \end{cases}$$

对于所有 $t > 0$ 的不同时刻，由状态变量在状态平面上所确定的点的集合，叫做状态轨迹。示波器置于"A/B"模式，A 通道输入 u_C 波形，B 通道输入 i_L 波形，适当调节示波器两通道的增益，即可在示波器上观察到状态轨迹的图形，如图 5-5-4 所示。

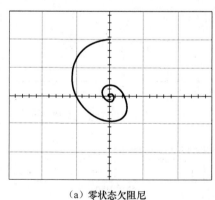 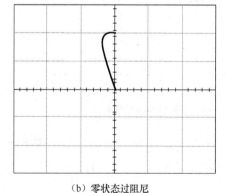

（a）零状态欠阻尼　　　　　　　　　　　　（b）零状态过阻尼

图 5-5-4　RLC 串联电路的零状态响应状态轨迹

三、实验内容与步骤

1. 一阶电路三要素的测量

在 Multisim8 环境下创建如图 5-5-5 所示的仿真实验电路，实验参数：$R_1 = R_2 = 4\Omega$，$R_3 =$

2Ω，$L = 0.1$H，电压源 $U_1 = 8$V，电流源 $I_1 = 2$A，CCVS 控制系数为 2Ω。按 "A" 键，开关 J_1 由位置 "1" 接到位置 "2"，电路发生换路，求换路后的全响应电感电流。换路前，电路处于稳定状态。

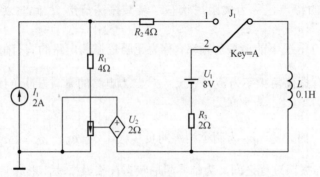

图 5-5-5　一阶电路全响应仿真实验图

（1）测电感电流初始值 $i_L(0_+)$。从指示器件库中取出直流电流表，串联在电感元件所在支路上，如图 5-5-6（a）所示。按仿真软件的 "启动/停止" 开关启动电路，计算电感电流初始值，将数据记入表 5-5-1 中。

（2）测电感电流的稳态值 $i_L(\infty)$。按 "A" 键，开关 J_1 由位置 "1" 合向位置 "2"，如图 5-5-6（b）所示。当电路稳定后，电流表的读数就是电感电流的稳态值，将数据记入表 5-5-1 中。

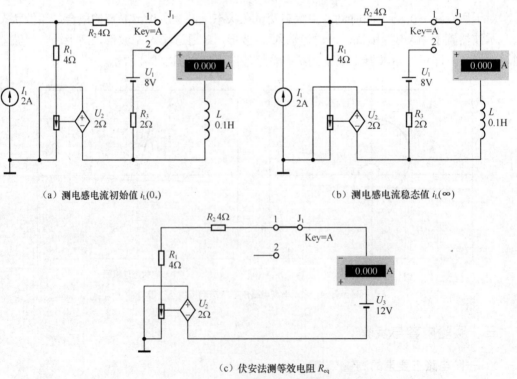

（a）测电感电流初始值 $i_L(0_+)$　　　　　（b）测电感电流稳态值 $i_L(\infty)$

（c）伏安法测等效电阻 R_{eq}

图 5-5-6　一阶 RL 电路的三要素的测量

（3）测电路的等效内阻，求时间常数 τ。如图 5-5-5 所示电路，将电流源开路，断开电感元件，用伏安法测等效电阻，等效电路如图 5-5-6（c）所示，电路外加电压源 $U_3 = 12\text{V}$。按仿真软件的"启动/停止"开关启动电路，开始仿真计算。当电路稳定后，记录电流表的读数，电压源 U_3 的电压除以该读数，即为电路的等效电阻 R_{eq}，将数据记入表 5-5-1 中。

（4）按三要素公式，写出电路中电感电流的全响应表达式。

表 5-5-1　　　　　　　　　　　　　　一阶电路全响应的三要素

	初始值 $i_L(0_+)$	稳态值 $i_L(\infty)$	时间常数 $\tau = L / R_{\text{eq}}$		全响应 $i_L(t)$ 表达式
计算值			$R_{\text{eq}} =$　　Ω	$\tau =$　　s	
仿真值			$R_{\text{eq}} =$　　Ω	$\tau =$　　s	

2．一阶电路的方波响应

（1）一阶 RC 积分电路的响应。

① 在 Multisim8 环境下创建如图 5-5-7 所示的一阶 RC 积分电路，实验参数分别为：$R = 10\text{k}\Omega$，$C = 0.01\mu\text{F}$。函数信号发生器输出幅值为 3V，频率为 1kHz 的方波。

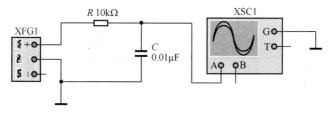

图 5-5-7　一阶 RC 积分电路

② 按仿真软件的"启动/停止"开关启动电路，双击示波器，可观察到响应电压 u_C 的波形，如图 5-5-8 所示，绘出响应波形，测出时间常数 τ。

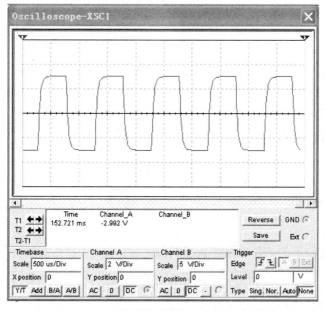

图 5-5-8　示波器观察的积分电路响应 u_C 的波形

③ 增减 C 的值，用示波器观察对响应波形的影响，写出相应结论。

（2）一阶 RC 微分电路。

① 在 Multisim8 环境下创建如图 5-5-9 所示的一阶 RC 微分电路，实验参数：$R = 1\text{k}\Omega$，$C = 0.01\mu\text{F}$。函数信号发生器输出幅值为 3V，频率为 1kHz 的方波。

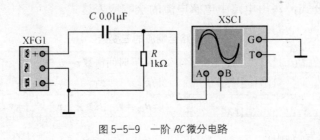

图 5-5-9 一阶 RC 微分电路

② 按仿真软件的"启动/停止"开关启动电路，双击示波器，可观察到响应 u_R 的波形，绘出响应波形（见图 5-5-10）。

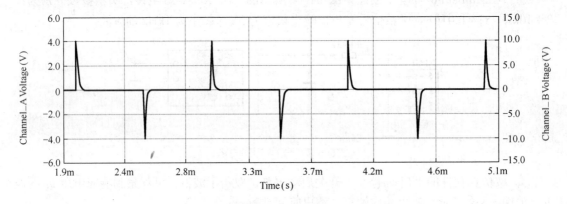

图 5-5-10 示波器显示的微分电路响应 u_R 的波形

③ 增减 R 的值，用示波器观察对 RC 微分电路响应的影响，写出相应结论。

（3）RL 电路的方波响应。

① 在 Multisim8 环境下创建如图 5-3-11 所示的一阶 RL 电路，实验参数：$R_0 = 10\Omega$，$R = 1\text{k}\Omega$，$L = 50\text{mH}$。函数信号发生器输出幅值为 3V，频率为 1kHz 的方波。

② 按仿真软件的"启动/停止"开关，启动电路进行动态分析，可在示波器上观察到完整的方波响应 i_L 波形。记录响应波形。

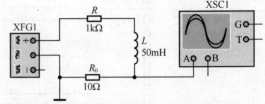

图 5-5-11 一阶 RL 电路波方波响应实验电路图

③ 增减 R 的值，用示波器观察对 RL 电路响应波形的影响，写出相应结论。

3. 观察正弦激励下的 RC 电路零状态响应

在 Multisim8 环境下创建如图 5-5-12 所示的实验电路，实验参数：$R = 200\Omega$，$C = 100\mu\text{F}$，初始值为 0。交流电源电压 $U_1 = 1\text{V}/50\text{Hz}$。按仿真软件的"启动/停止"开关，开始仿真分析。

改变 U_1 的初相角，分别为 0°、60°、90°、120°、180°，用示波器观察响应 u_C 波形，记录响应波形。观察改变激励源的初相位对 *RC* 电路零状态响应的影响，写出相应结论。

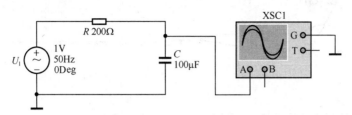

图 5-5-12　正弦激励的一阶 *RC* 零状态响应

4. *RLC* 串联电路的响应波形及状态轨迹

（1）零状态响应、零输入响应及状态轨迹。

在 Multisim8 环境下按图 5-5-13 所示接线，实验参数：$R = 10\Omega$，$L = 0.8\text{mH}$，$C = 2\mu\text{F}$，L 与 C 的初始值均为 0，直流电压源 $U_1 = 1\text{V}$。按仿真软件的"启动/停止"开关启动电路。

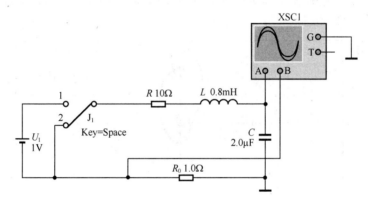

图 5-5-13　*RLC* 串联电路的零输入响应和零状态响应

① 开关 J_1 首先由位置 2 合向位置 1，即可在示波器上观察到欠阻尼情况下的零状态响应，如图 5-5-14 所示。待电路达到稳定状态时，开关 J_1 再由位置 2 合向位置 1，即可在示波器上观察到欠阻尼情况下的零输入响应，如图 5-5-15 所示。观察并记录零状态响应和零输入响应 $u_C(t)$ 和 $i_L(t)$ 的波形。测量并计算此时的衰减系数及阻尼振荡角频率。

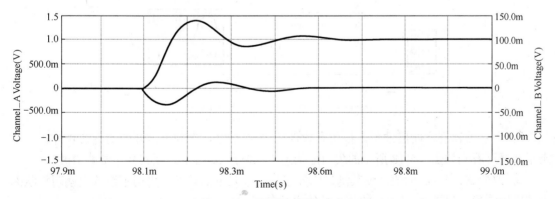

图 5-5-14　示波器显示的 *RLC* 串联电路的零状态响应 $u_c(t)$ 和 $i(t)$ 波形

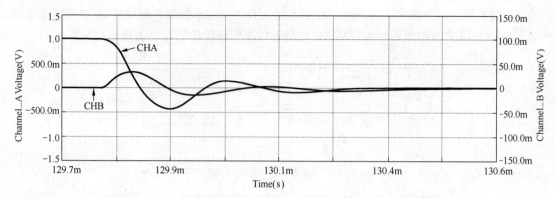

图 5-5-15 示波器显示的 RLC 串联电路的零输入响应 $u_C(t)$ 和 $i(t)$ 波形

② 分别改变电阻 R 的阻值，$R = 39\Omega$、$R = 100\Omega$，观察并记录临界阻尼和过阻尼情况下的零状态响应和零输入响应 $u_C(t)$ 和 $i_L(t)$。

③ 模拟示波器置于 "A/B" 或 "B/A" 输入模式，将 $u_C(t)$ 和 $i_L(t)$ 分别输入通道 A 和通道 B，可以在示波器上观察到响应的状态轨迹，如图 5-5-16 所示。观察并记录欠阻尼、临界阻尼、过阻尼响应的状态轨迹。

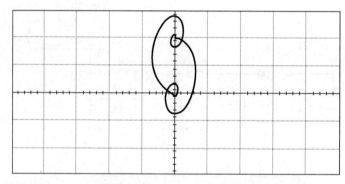

图 5-5-16 示波器 A/B 输入方式显示的欠阻尼响应的状态轨迹

（2）RLC 串联电路的方波响应和状态轨迹。

利用 Multisim8 分析图 5-5-17 所示电路。实验参数：$R = 10\Omega$，$L = 0.8\text{mH}$，$C = 2\mu\text{F}$，L 与 C 的初始值均为 0。函数信号发生器输出幅值为 5V，频率为 1kHz 的方波。

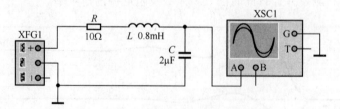

图 5-5-17 RLC 串联电路的方波响应

① 用示波器观察响应波形。按仿真软件的 "启动/停止" 开关，开始动态仿真分析，双击示波器可看到如图 5-5-18 所示的欠阻尼状态下的响应 u_C 波形。观察并记录响应波形。

② 改变 R、L、C 的值，使其满足临界阻尼、过阻尼的条件，再用示波器观察两种状态下的电压波形，记录 R、L、C 的值，并绘出响应波形。

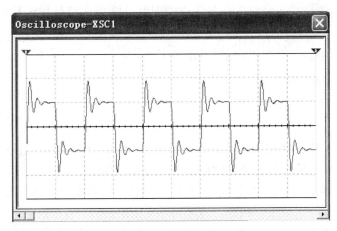

图 5-5-18　示波器显示的欠阻尼状态下的方波响应

四、实验注意事项

（1）为了观察电感电流 i_L，可利用示波器观察采样电阻 R_0 上的电压波形，同时要注意它们之间的参数关系和参考方向。

（2）电路要有接地。

（3）将模拟示波器置于"Y/T"输入模式可观察过阻尼、临界阻尼及欠阻尼的过渡过程，观察电路状态轨迹时，模拟示波器置于"A/B"或"B/A"输入模式，并适当调节通道的增益。

（4）注意各采样量之间的公共端问题。

（5）通过交流电压源的 Value/Phase（相位）设置正弦激励源的初相位。

五、实验报告要求

（1）完成表 5-5-1 的计算任务，并将实验值与计算值进行比较。

（2）绘出一阶 RC 电路方波响应 u_C、u_R 波形，绘出一阶 RL 电路方波响应 i_L 的波形。由曲线测得时间常数 τ 值，并与理论计算结果相比较。绘出一阶 RL 电路方波响应 i_L 的波形。

（3）用绘出正弦激励源不同初相角时的 RC 电路零状态响应 u_C 的波形，归纳总结初相角变化对响应波形的影响，写出相应结论。

（4）绘出 RLC 串联电路欠阻尼、临界阻尼及过阻尼 3 种情形下的响应 $u_C(t)$ 的波形，归纳总结元件参数的改变，对响应变化趋势的影响。

（5）按实验内容 4 的要求，测算欠阻尼响应波形的衰减系数的阻尼振荡角频率。

（6）观察并绘出 RLC 串联电路过渡过程欠阻尼情形、临介阻尼情形及过阻尼情形的状态轨迹。

实验六　谐振电路的仿真研究

一、实验目的

（1）利用计算机分析谐振电路的特性。

（2）加深对电路发生谐振的条件和特点的理解，掌握电路品质因数的物理意义和测定方法。

（3）掌握用仿真软件的波特图仪测试谐振电路的幅频特性曲线的方法。

二、实验原理与说明

1. 谐振

任何含有电感 L 和电容 C 的电路，如果局部或全部处于无功功率完全补偿状态，而使电路的局部或总电压和电流同相，便称此电路（局部或全部）处于谐振状态。处于谐振状态的电路，如果 L 与 C 串联则称为串联谐振；如果 L 与 C 并联则称为并联谐振。谐振是线性电路在正弦稳态下的一种特定的工作状态。通过调节电路参数（电感 L 或电容 C 的值）或是改变电源的频率，能发生谐振的电路，称为谐振电路。

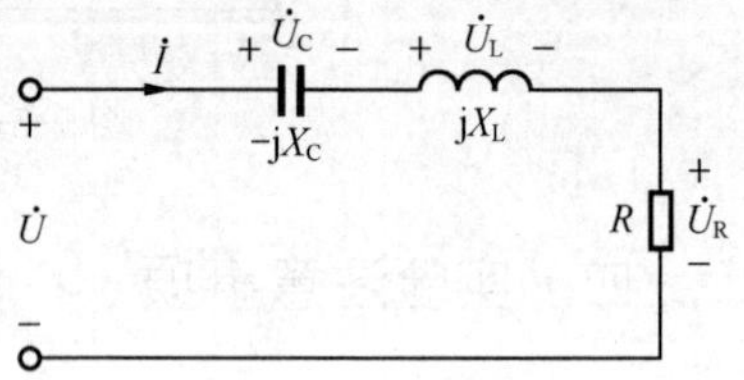

2. 串联谐振

图 5-6-1 *RLC* 串联电路

在图 5-6-1 所示的电路中，电路等效阻抗为

$$Z = R + j(X_L - X_C)$$

若 $X_L = X_C$ 时，即 $\omega_0 L = \dfrac{1}{\omega_0 C}$ 时，则 $\dot{U}$ 与 $\dot{I}$ 同相，此时电路发生串联谐振。因此，产生串联谐振的条件为

$$\omega_0 = \frac{1}{\sqrt{LC}} \quad \text{或} \quad f_0 = \frac{1}{2\pi\sqrt{LC}} \tag{5-6-1}$$

发生串联谐振时，电路表现为纯阻性，电源只提供有功功率。电感和电容的无功功率完全补偿，不与电源进行能量交换。在谐振点，电路的总阻抗等于 R；当电源电压 U 一定时，电路中的电流达到其最大值，即 $I_0 = I_{max} = \dfrac{U}{R}$；电容电压 U_{C0} 和电感电压 U_{L0} 相等，其值可能远大于电路的总电压 U。所以，串联谐振也被称为电压谐振。

在串联谐振电路中，电感和电容产生高电压的能力可以用品质因数来表示，品质因数定义为电容端电压或电感端电压与总电压在谐振点的比值

$$Q = \frac{U_{L0}}{U} = \frac{U_{C0}}{U} = \frac{\omega_0 L}{R} = \frac{1}{\omega_0 RC} \tag{5-6-2}$$

由上式可知，品质因数在串联谐振中的含义是：谐振时，U_{L0} 和 U_{C0} 是电源电压 U 的 Q 倍。

在 *RLC* 串联电路中，电路电流是电源频率的函数，即

$$I(\omega) = \frac{U}{|Z(\omega)|} = \frac{U}{\sqrt{R^2 + \left(\omega L - \dfrac{1}{\omega C}\right)^2}}$$

$$= \frac{U/R}{\sqrt{1 + Q^2\left(\dfrac{\omega}{\omega_0} - \dfrac{\omega_0}{\omega}\right)^2}} = \frac{I_0}{\sqrt{1 + Q^2\left(\dfrac{\omega}{\omega_0} - \dfrac{\omega_0}{\omega}\right)^2}} \tag{5-6-3}$$

上式称为电流的幅频特性。

RLC 串联电路的幅频特性及品质因数的测量方法可参阅本书第 3 章实验十（RLC 串联谐振电路的研究）中相关内容的描述。

在 RLC 串联电路中，在信号源的频率 f 不变的情况下，电路中的感抗也保持不变，通过改变电容的值，使电路发生串联谐振。这样该频率的信号便在电路中产生较强的谐振电流，从而在电容两端获得最大的电压输出。这种调节电路元件的参数，使电路达到谐振的操作过程称为调谐。通过调谐，便可以在众多频率信号中，选出所需要的频率信号，而抑制住其他干扰。

3. 并联谐振

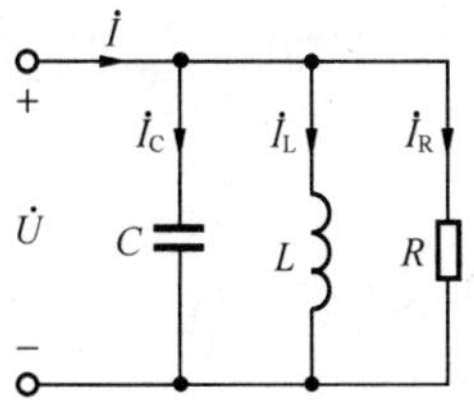

图 5-6-2 所示为理想电感和电容并联的电路。在该电路中，若要使得电压 $\dot{U}$ 与电流 $\dot{I}$ 同相，则必须满足

图 5-6-2 RLC 并联电路

$$\omega_0 L = \frac{1}{\omega_0 C}$$

RLC 并联电路产生并联谐振的条件为

$$\omega_0 = \frac{1}{\sqrt{LC}} \quad \text{或} \quad f_0 = \frac{1}{2\pi\sqrt{LC}} \tag{5-6-4}$$

在 RLC 并联电路发生谐振时，电压 $\dot{U}$ 与电流 $\dot{I}$ 同相，电路表现为纯电阻，电源只提供有功功率。电感和电容的无功功率完全互相补偿，不与电源进行能量交换。电路的总阻抗为最大值，当电源电压一定时，总电流最小。并联支路中的电容电流 I_C 和电感电流 I_L 相等，其值可能远大于电路的总电流 I。所以，并联谐振也被称为电流谐振。

在并联谐振电路中，电感和电容支路产生大电流的能力可以用品质因数来表示。品质因数定义为电容支路电流或电感电流与总电流在谐振点的比值。

$$Q = \frac{I_{L0}}{U} = \frac{I_{C0}}{U} = \frac{\omega_0 L}{R} = \frac{1}{\omega_0 RC} \tag{5-6-5}$$

由上式可知，品质因数在并联谐振中的含义是，在谐振时，电感电流 I_L 和电容电流 I_C 的大小是总电流 I 的 Q 倍。

若考虑电感线圈的电阻，实际电感和电容并联电路则如图 5-6-3 所示。在此电路中，

$$\dot{I}_{RL} = \frac{\dot{U}}{R + j\omega L}, \quad \dot{I}_C = \frac{\dot{U}}{1/j\omega C}$$

$$\dot{I} = \dot{I}_{RL} + \dot{I}_C = \left[\frac{R}{R^2 + (\omega L)^2} - j\left(\frac{\omega L}{R^2 + (\omega L)^2} - \omega C \right) \right]\dot{U} \tag{5-6-6}$$

若式（5-6-6）的虚部等于零，则电压 $\dot{U}$ 与电流 $\dot{I}$ 同相，即

$$\frac{\omega L}{R^2 + (\omega L)^2} - \omega C = 0$$

可得

$$\omega_0 = \sqrt{\frac{1}{LC} - \frac{R^2}{L^2}} = \frac{1}{\sqrt{LC}} \sqrt{1 - \frac{C}{L}R^2} \tag{5-6-7}$$

当 $\frac{C}{L}R^2 \ll 1$，即 $1 - \frac{C}{L}R^2 \approx 1$ 时，则图 5-6-3 所示电路产生并联谐振的条件为

$$\omega_0 = \frac{1}{\sqrt{LC}} \quad \text{或} \quad f_0 = \frac{1}{2\pi\sqrt{LC}} \tag{5-6-8}$$

电路谐振时的相量图如图 5-6-4 所示。

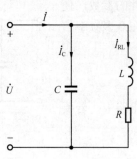

图 5-6-3 实际 LC 并联电路

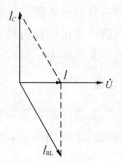

图 5-6-4 实际 LC 并联电路谐振时的相量图

图 5-6-3 所示的 LC 并联电路的阻抗

$$Z = \frac{1}{\dfrac{R}{R^2 + (\omega L)^2} - j\left(\dfrac{\omega L}{R^2 + (\omega L)^2} - \omega C\right)} \tag{5-6-9}$$

将谐振频率的表示式（5-6-7）代入式（5-6-9）中，整理后得到

$$Z_0 = Z_{\max} = \frac{L}{RC} \tag{5-6-10}$$

在谐振点，并联阻抗达到最大，总电流 I 最小。

三、实验内容与步骤

1. 观察 RLC 串联电路的谐振现象，确定谐振点

在 Multisim8 环境中创建如图 5-6-5 所示的实验电路，实验参数：$R = 330\Omega$，$C = 2\,400\text{pF}$，$L = 56\text{mH}$，函数信号发生器的输出幅值为 1V 正弦波。数字万用表设置为交流电压表。

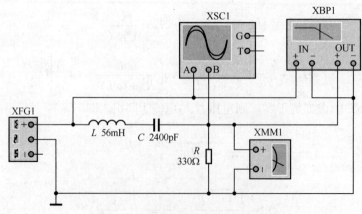

图 5-6-5 RLC 串联谐振电路实验接线图

（1）按仿真软件"启动/停止"开关启动电路。改变信号源的频率，用示波器或电压表监视电路（示波器观察输入、输出波形如图 5-6-6 所示），观察电路的谐振现象，寻找谐振点，确定电路的谐振频率。在谐振点 f_0，用电压表测量电阻 R 上的电压 U_R、电感电压 U_L 和电容电压 U_C 的值，将数据记入表 5-6-1 中。

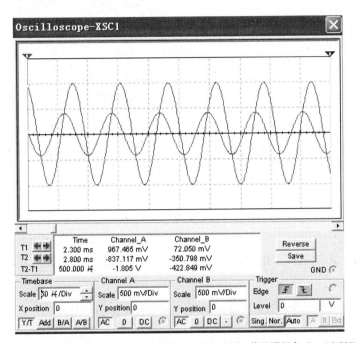

图 5-6-6　示波器显示的 RLC 串联电路的输入、输出波形（信号源频率 $f = 12.735\text{kHz}$）

（2）改变 R 的阻值，取 $R = 1\text{k}\Omega$。按下仿真软件"启动/停止"开关，启动电路。用示波器或电压表观察电路的谐振现象，寻找谐振点，确定电路的谐振频率。在谐振点 f_0，用电压表测量电阻 R 上的电压 U_R、电感电压 U_L 和电容电压 U_C 的值，记入表 5-6-1 中。

表 5-6-1　　　　　　　　　　 RLC **串联电路谐振时的各参数测量数据表**

R（kΩ）	f_0（kHz）	U_{R0}（V）	U_{L0}（V）	U_{C0}（V）	I_0（mA）
0.33					
1					

（3）调节函数信号发生器的输出幅值为 25V，频率 $f_0 = 540\text{kHz}$。调整电路参数，取 $R = 50\Omega$，$L = 0.238\text{mH}$。调节电容 C 的数值，通过示波器或电压表监测电路，定性观察电路的谐振现象，寻找谐振点，记录此时的谐振电容值，并用波特图仪观察幅频特性曲线，如图 5-6-7 所示。

2．测定 RLC 串联电路的通用谐振曲线

（1）实验电路仍如图 5-6-5 所示，实验参数不变。函数信号发生器输出幅值为 1V 的正弦信号。调节函数信号发生器的频率，测量电阻电压 U_R。测量点以谐振频率 f_0 为中心，左右各扩展 9 个测试点。用数字万用表分别测量对应不同频率的电阻电压 U_R，将数据记录在表 5-6-2 中。表格中频率 f 由所给定的频率之比 f/f_0 及 f_0 确定。

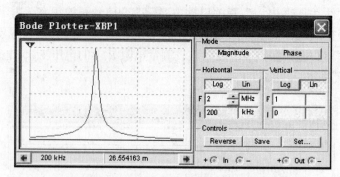

图 5-6-7　波特图仪显示的调谐电路的幅频特性曲线

表 5-6-2 　　　　　　**RLC 串联电路通用幅频特性曲线数据表（R = 0.33kΩ）**

f/f_0	0.1	0.2	0.3	0.4	0.5	0.6	0.7	0.8	0.9	1	2	3	4	5	6	7	8	9	10
U_R(V)																			
F(kHz)																			
I/I_0																			

$f_0=$＿＿＿＿＿kHz, $f_1=$＿＿＿＿＿kHz, $f_h=$＿＿＿＿＿kHz, $Q=$＿＿＿＿＿。

（2）改变电阻 R 的阻值，取 $R = 1kΩ$，重复上述步骤（1）的测量过程，将数据记入表 5-6-3 中。

表 5-6-3 　　　　　　**RLC 串联电路通用幅频特性曲线数据表（R = 1kΩ）**

f/f_0	0.1	0.2	0.3	0.4	0.5	0.6	0.7	0.8	0.9	1	2	3	4	5	6	7	8	9	10
U_R(V)																			
f(kHz)																			
I/I_0																			

$f_0=$＿＿＿＿＿kHz, $f_1=$＿＿＿＿＿kHz, $f_h=$＿＿＿＿＿kHz, $Q=$＿＿＿＿＿。

（3）实验电路仍如图 5-6-5 所示，分别取电阻为 $R = 330Ω$，$R = 1kΩ$，$R = 2kΩ$，用波特图仪观察不同 R 值时 RLC 串联谐振电路的幅频特性曲线（见图 5-6-8），记录幅频特性曲线，并写出改变串联电阻 R 的值对响应幅频特性的影响。

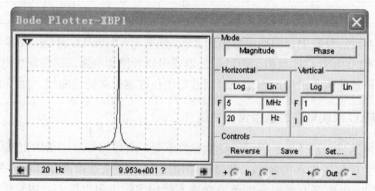

（a）$R=330Ω$

图 5-6-8　用波特图仪观察不同 R 值时的 RLC 串联谐振电路幅频特性曲线

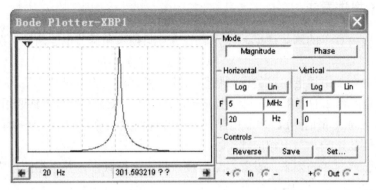

（b）$R=1\text{k}\Omega$

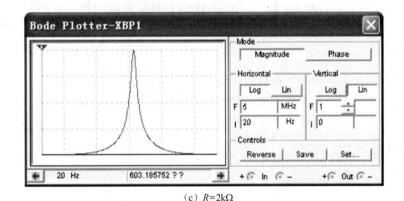

（c）$R=2\text{k}\Omega$

图 5-6-8 用波特图仪观察不同 R 值时的 RLC 串联谐振电路幅频特性曲线（续）

3. 观察 LC 并联电路的谐振现象，确定谐振点

（1）按图 5-6-3 所示的 LC 并联谐振电路，在 Multisim8 环境中创建仿真实验电路，设计仿真方案，利用仿真软件观察电路的谐振现象，寻找谐振点，确定电路的谐振频率。

（2）在谐振点 f_0，测量各支路电流的大小及相位，设计仿真方案，自拟表格，记录实验数据，并画出相量图。

四、实验注意事项

（1）选用虚拟型（Virtual）的电阻、电感和电容，双击元件图标，便可在弹出的参数设置对话框中设置所需的元件参数值。

（2）在测谐振频率的时候，可以先根据电路参数计算谐振频率，根据计算结果，调节信号源频率。

（3）信号源选择函数信号发生器（Function Generator），设定为输出正弦信号。

（4）电路一定要有接地线，否则电路无法工作。

（5）串联电路中的电流可通过用模拟示波器来观察采样电阻 R_0 上的电压来得到，注意电压与电流之间的参数关系及参考方向关系。

五、实验报告要求

（1）按实验内容 1 的测量数据，计算调节信号源频率和调节电容两种情况下电路的品质因数和通频带。

（2）绘出内容 1 中调谐电路的幅频特性曲线，写出相应的电容参数值。

（3）按实验内容 2 的要求，分别绘出 $R = 330\Omega$、$R = 1\text{k}\Omega$ 时 RLC 电路通用幅频特性曲线。

（4）绘出不同 R 值时 RLC 串联电路的幅频特性曲线，总结归纳改变电阻 R 的阻值对谐振电路幅频特性的影响，写出相应结论。

（5）按实验内容 3 的要求，设置电路参数，找出谐振频率，并根据测量数据画出谐振时电路的相量图。

实验七　交流电路的仿真研究

一、实验目的

（1）加深对正弦交流电路中阻抗、相位差等概念的理解。

（2）通过仿真实验，加深理解提高功率因数意义并掌握其方法。

（3）进一步提高对仿真软件的应用能力。

二、实验原理与说明

1. 基尔霍夫定律的相量形式

在正弦交流电路中，用交流电流表测得各支路的电流值，用交流电压表测得回路各元件两端的电压值，它们之间的关系应满足相量形式的基尔霍夫定律，即

$$\sum \dot{I} = 0 \quad \text{和} \quad \sum \dot{U} = 0$$

2. RC 串联移相电路

图 5-7-1 所示为一级 RC 串联移相电路。电阻电压 $\dot{U}_\text{R}$ 与电容电压 $\dot{U}_\text{C}$ 保持有 90°的相位差，当电阻 R 的阻值改变时，电阻电压 $\dot{U}_\text{R}$ 的相量轨迹是一个半圆。电源电压 $\dot{U}_\text{S}$、电容电压 $\dot{U}_\text{C}$ 与电阻电压 $\dot{U}_\text{R}$ 三者形成一个直角电压三角形。当电阻 R 或电容 C 取不同的数值，整个电路的相位也会随之发生变化。

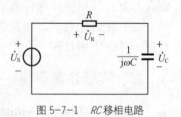

图 5-7-1　RC 移相电路

电容电压 $\dot{U}_\text{C}$ 和电源电压 $\dot{U}_\text{S}$ 之间的关系为

$$\frac{\dot{U}_\text{C}}{\dot{U}_\text{S}} = \frac{\dfrac{1}{\text{j}\omega C}}{R + \dfrac{1}{\text{j}\omega C}} = \frac{1}{1 + \text{j}\omega RC} = \frac{1}{\sqrt{1 + (\omega RC)^2}} \angle - \arctan(\omega RC) \tag{5-7-1}$$

上式表明，改变电容电压 $\dot{U}_\text{C}$ 和电源电压 $\dot{U}_\text{S}$ 之间存在一定的相位差，且改变电容 C 或电阻 R 的取值，该相位差会随之发生变化。适当地选取电阻 R 或电容 C 的数值，即可控制电容

电压 $\dot{U}_C$ 和电源电压 $\dot{U}_S$ 之间的相位差，达到所需
要的相位设计要求。阻容移相电容名称由此而来。

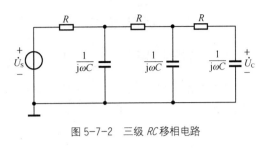

图 5-7-2 所示为三级 RC 移相电路。当电阻 R
或电容 C 取不同数值时，该电路的相位也会随之
发生变化。该电路为梯形电路，可采用梯形电路
的倒退法，分析电容电压 $\dot{U}_C$ 和电源电压 $\dot{U}_S$ 之间
的相位关系，利用齐性定理进行求解。电容电压
$\dot{U}_C$ 和电源电压 $\dot{U}_S$ 之间的关系为

图 5-7-2 三级 RC 移相电路

$$\frac{\dot{U}_C}{\dot{U}_S} = \frac{1}{\left(1+\mathrm{j}\omega RC\right)^3} = \left(1+\left(\omega RC\right)^2\right)^{-\frac{3}{2}} \angle -3\arctan\left(\omega RC\right) \tag{5-7-2}$$

3. 感性负载电路及其功率因数的提高

当电路（系统）的功率因数 $\cos\varphi$ 较低时，会带来两个方面的问题，一是在设备的容量一
定时，使得设备（如发电机、变压器等）的容量得不到充分地利用；二是在负载有功功率不
变的情况下，会使得线路上的电流增大，使线路损耗增加，导致传输效率降低。因此，提高
电路（系统）的功率因数有着十分重要而显著的经济意义。

提高功率因数通常是根据负载的性质在电路中接入适当的电抗元件，即接入电容器或电感
器。由于实际的负载（如电动机、变压器等）大多为感性的，因此在工程应用中一般采用在负载
端并联电容器的方法，用电容器中的容性电流补偿感性负载中的感性电流，从而提高功率因数。

日光灯电路是一种感性负载，其构成和工作
原理可参考第 3 章实验八的相关描述。日光灯正
常工作后，灯管可以认为是一个电阻性负载，而
镇流器是一个铁芯线圈，可以认为是一个电感较
大的感性负载，二者构成一个感性电路，等效电
路如图 5-7-3 所示。日光灯的功率因数较低，为
了改善日光灯电路的功率因数，在日光灯两端并
联补偿电容 C。改变并联电容的大小，当电路总
电流最小时，电路的功率因数最高。

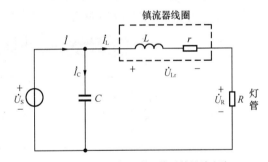

图 5-7-3 日光灯正常工作后的等效电路

如图 5-7-3 所示电路，设 $\dot{U}_S = U\angle 0°$，并联电容 C 前，线路上的电流 $\dot{i}$ 为

$$\dot{i} = \dot{I}_L = I_L\angle -\varphi_L$$

日光灯的功率因数为 $\cos\varphi_L$。

并联电容 C 后，由于端电压 $\dot{U}_S$ 不变，因此，日光灯负载电流 $\dot{I}_L$ 不变。此时，线路上的
电流 $\dot{i}$ 为

$$\dot{i} = \dot{I}_L + \dot{I}_C = I\angle -\varphi$$

与此对应的电路负载端的功率因数为 $\cos\varphi$。

若 $\varphi < \varphi_L$，则 $\cos\varphi > \cos\varphi_L$，即负载端的功率因数提高了。改变电容 C，达到 $\varphi = 0$，即
$\cos\varphi = 1$ 时，电路产生并联谐振，线路总电流 I 为最小。

三、实验内容与步骤

1. 阻容移相电路

在 Multisim8 环境下创建如图 5-7-4 所示的实验电路。实验参数：$R = 3\ 227\Omega/15W$，$C = 4.7\mu F/220V$，交流电压源 $U_1 = 220V/50Hz/0\ Deg$。

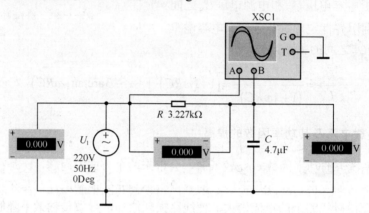

图 5-7-4　RC 移相电路电压三角形测量

（1）电压三角形测量。

① 单击仿真电源开关，启动电路后开始实验，读取各电压表上的数值，记入表 5-5-1 中。用示波器测量输出电压 U_C 与输入电压 U_1 的相位差 φ，记入表 5-5-1 中。示波器所显示的输入电压 U_1 和输出电压 U_C 波形如图 5-7-5 所示。

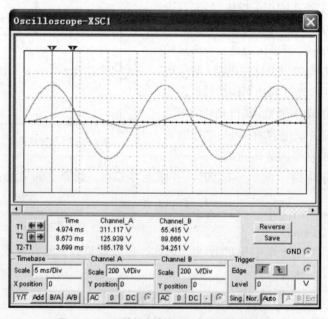

图 5-7-5　RC 移相电路输入 U_1 与输出 U_C 的波形

② 改变电阻 R 的数值，$R = 1\ 613\Omega$，重复上述实验。

（2）实验电路仍如图 5-7-4 所示。改变电容 C 的数值，用示波器观测，使电路的输出电

压 U_C 与输入电压 U_1 的相位差为 45°，记录电容 C 的值。

表 5-7-1   **RC 移相电路的电压三角形关系数据表**

电阻 R	U_1（V）	U_R（V）	U_C（V）	φ_1
$R = 3\,227\,\Omega$（一个 15W 的灯泡）				
$R = 1\,613\,\Omega$（两个 15W 的灯泡并联）				

2．功率因数的提高

根据图 5-7-3 所示的电路原理图，在 Multisim8 环境下创建如图 5-7-6 所示的仿真实验电路。设置各元件参数：交流电压源 $U_1 = 220\text{V}/50\text{Hz}/0\,\text{Deg}$，$R = 280\,\Omega$，$r = 100\,\Omega$，$L = 1.8\,\text{H}$。电容 C 为虚拟电容，其值可变。

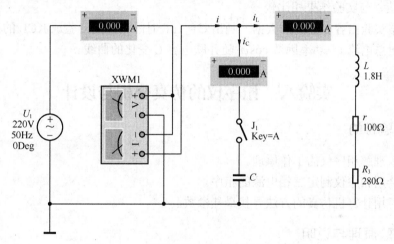

图 5-7-6 感性负载电路的功率因数提高接线图

（1）开关 J_1 断开，按仿真软件的"启动/停止"开关启动电路，进行仿真计算。将各电流表及功率表的读数记入表 5-7-2 中。

（2）闭合开关 J_1，改变并联电容 C 的数值（参考变化范围：1～8μF），通过电流表和功率表监测电路，观察电路总电流及功率因数的变化，寻找电路功率因数提高到 1 的电容值 C，记录此时的电容值及各支路电流、功率和功率因数，将数据记入表 5-7-2 中。

（3）按表 5-7-2 所列数值改变电容 C，按仿真软件"启动/停止"开关，开始仿真计算，读取各电流表和功率表的读数，将数据记入表 5-7-2 中。

表 5-7-2   **感性负载电路功率因数与并联电容 C 之间的关系数据表**

并联电容 C（μF）		1	2	3	4	5	6	7	8	9	10
测量值	I（A）										
	I_L（A）										
	I_C（A）										
	P（W）										
	$\cos\varphi$	1									

四、实验注意事项

（1）电压表和电流表的 Mode（方式）选为"AC"。

（2）注意电阻元件的额定功率、电感的额定电流及电容的额定电压值不能设置得过小。

（3）交流电压源的 Value 一栏设置为：Voltage（电压有效值）220V；Frequency（频率）50Hz；Phase（相位）0Deg；Time Delay（时间延迟）0 sec。

（4）注意功率表的正确接线。

五、实验报告要求

（1）根据实验任务 1 的数据，画出电压三角形相量图，验证 KVL 的相量形式。

（2）根据图 5-7-4 所示电路，计算使电路的输出电压 U_C 与输入电压 U_S 的相位差为 45° 的电容 C 的值，与实验结果相比较。

（3）根据实验内容 2 给出的数据，画出 $C = 1\mu F$ 时的相量图，验证 KCL 的相量形式。

（4）绘出总电流 I、功率因数 $\cos\varphi$ 随并联电容 C 变化的曲线。

实验八　相序仪的仿真分析与设计

一、实验目的

（1）深入理解相序仪的工作原理。

（2）学会用相序仪测定三相电源的相序。

（3）学习用计算机仿真的方法寻找最佳参数。

二、实验原理与说明

在供电系统中，经常采用相序仪测定三相线路的相序。实用的相序仪种类很多，最基本的是如图 5-8-1 所示的电容—灯泡指示型相序仪和图 5-8-2 所示的电感—灯泡指示型相序仪。

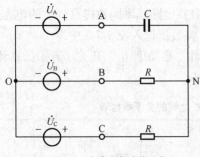

图 5-8-1　电容型相序指示仪

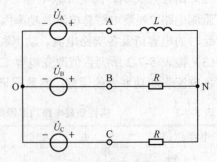

图 5-8-2　电感型相序指示仪

图 5-8-1 所示的电路为三相电源对称，但三相负载不对称的三相三线制电路。假设 A 相电源连接电容 C，B、C 两相电源分别连接功率相同的灯泡（阻值为 R）。由于负载不对称，一般情况下，负载的中性点发生位移，三相负载的相电压不再对称，造成两灯泡发出

的亮度不同。由此可根据两个白炽灯的亮度确定电源的相序：若电容 C 所接电源为 A 相，则较亮灯泡所接电源为 B 相，较暗灯泡所接电源为 C 相。当中性点位移较大时，会造成负载端的电压严重地不对称，从而可能使负载的工作不正常。中性点位移越大，则两灯泡的明暗程度越明显。在电源对称的情况下，可以根据中性点位移的情况判断负载端不对称的程度。假设对称三相电源 $\dot{U}_A = U \angle 0°$，$\dot{U}_B = U \angle -120°$，$\dot{U}_C = U \angle 120°$，可得中性点电压 $\dot{U}_{ON}$ 为

$$\dot{U}_{NO} = \frac{j\omega C\dot{U}_A + \dfrac{\dot{U}_B + \dot{U}_C}{R}}{\dfrac{1}{j\omega C} + \dfrac{2}{R}} = U_{NO} \angle \theta_{NO} \tag{5-8-1}$$

则 B、C 相的灯泡电压分别为

$$\dot{U}_{BN} = \dot{U}_B - \dot{U}_{NO} = U_{BN} \angle \theta_{BN} \tag{5-8-2}$$

$$\dot{U}_{CN} = \dot{U}_C - \dot{U}_{NO} = U_{CN} \angle \theta_{CN} \tag{5-8-3}$$

由式（5-8-1）至式（5-8-3）可知，中性点位移电压相量及两相灯泡上的相电压与电容 C 和电阻 R 的取值有关。相序仪在电容参数取不同值时的相量图如图 5-8-3 所示。

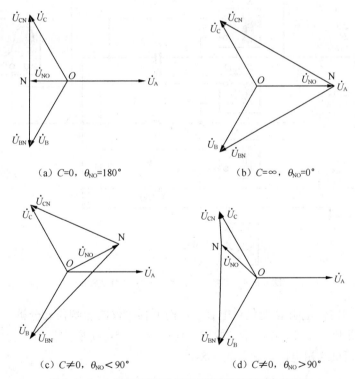

（a）$C=0$，$\theta_{NO}=180°$ （b）$C=\infty$，$\theta_{NO}=0°$

（c）$C\neq0$，$\theta_{NO}<90°$ （d）$C\neq0$，$\theta_{NO}>90°$

图 5-8-3　电容型相序仪在不同电容参数情况下的相量图

（1）当 $C=0$ 时，相当于 A 相负载开路，中性点电压 $\dot{U}_{NO} = -0.5\dot{U}_A = 0.5U \angle 180°$，则 B、C 相的灯泡电压大小相等，明暗程度相同。

（2）当 $C=\infty$ 时，相当于 A 相负载短路，中性点电压 $\dot{U}_{NO} = \dot{U}_A = U \angle 0°$，则 B、C 相的

灯泡电压大小相等，明暗程度相同。

（3）当 $0 < C < \infty$ 时，中性点电压 $\dot{U}_{NO}$ 的相位处于 $0°$ 和 $180°$ 之间，即 $0° < \theta_{NO} < 180°$，此时 B、C 相灯泡的电压大小不相等，灯泡的亮度不相同。

三、实验内容与步骤

1. 不同的负载参数对相序仪的影响仿真分析

图 5-8-1 和图 5-8-2 所示的不对称三相电路中，三相负载的参数 R 与 C（或 R 与 L）取不同的数值，都会对电路产生影响。从上述的相序仪工作原理分析可知，使两灯泡上的电压不等的关键是电容 C（或电感 L）的作用。

（1）电阻 R 固定，电容 C 变化对电容—灯泡型相序仪的影响仿真分析。

图 5-8-1 所示为相序仪电路原理图，在 Multisim8 环境下创建仿真分析电路，如图 5-8-4 所示。三相对称电源 U_A、U_B、U_C 的相电压为 220V，接成星形。取 $R = 3\ 227\Omega$（一个 15W 的灯泡），改变电容 C 的值。利用电压表和示波器分别测量各相负载的电压及中性点电压的有效值及相位，自拟表格，选取若干测试点，记录所测数据，并绘出相量图。

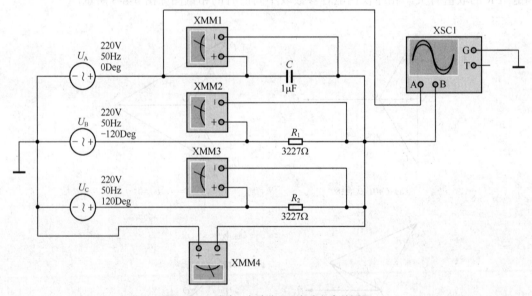

图 5-8-4　电容—灯泡指示型相序仪参数测量

（2）电容 C 固定，电阻 R 变化对电容—灯泡型相序仪的影响仿真分析。

仿真实验电路仍如图 5-8-4 所示，取 $C = 1\mu F$，按表 5-8-1 所列数值改变电阻 R 的值，利用电压表测量各相负载相电压，记入表 5-8-1 中。

表 5-8-1　　　　　　　不同电阻参数对电容型相序仪的影响（$C = 4.7\ \mu F$）

R	U_{AN}	U_{BN}	U_{CN}	U_{NO}
3 227Ω（一个 15W 的灯泡）				
1 936Ω（一个 25W 的灯泡）				
1 614Ω（两个 15W 的灯泡并联）				

R	U_{AN}	U_{BN}	U_{CN}	U_{NO}
1 042Ω（三个 15W 的灯泡并联）				
806Ω（一个 60W 的灯泡）				
484Ω（一个 100W 的灯泡）				

（3）图 5-8-2 所示为相序仪电路，取 $R = 3\ 227Ω$（一个 15W 的灯泡）。用仿真软件分析取不同电感参数对相序仪的影响。设计仿真方案，创建仿真分析电路，分别测量各相负载的电压及中性点电压的有效值和相位，自拟表格，选取若干测试点，记录所测数据，并画出相量图。

2. 分析仿真结果，设计相序仪参数并进行实验测试

（1）从理论上分析图 5-8-1 和图 5-8-2 所示的灯泡指示型相序仪的参数选择范围。

（2）从工程实用的角度看，由于灯泡的额定电压是 220V，超出额定电压会减少灯泡的寿命，甚至会烧毁灯泡。对于图 5-8-1 和图 5-8-2 所示的相序仪，采用额定电压为 220V 的 15W 灯泡，分析并计算相序仪的工程实用的电容 C 或电感 L 的参数选择范围，给出理论上和工程上合理的参数。

（3）根据仿真分析及计算的结果，构建实用的相序仪试验电路，自拟实验方案，进行实验测试。

四、实验报告要求

（1）分析相序仪的原理。

（2）根据实验内容 1 的实验数据，计算并绘制相量图。

（3）对设计任务请自拟表格，记录数据，计算并绘制相量图，分析结果。

（4）对仿真结果进行分析，选出理论上和工程上合理的相序仪参数，给出详细说明。

实验九 三相电路的仿真研究

一、实验目的

（1）利用仿真软件测量三相电路中的相电压、线电压、相电流和线电流的关系。

（2）掌握三相电路的功率测量方法。

（3）通过仿真实验，加深理解三相四线制供电系统中中线的作用。

二、实验原理与说明

实验原理与说明可参考第 3 章实验十三（三相电路的研究）的相关描述。

三、实验内容与步骤

1. 相序指示器测电源相序

（1）在 Multisim8 环境中创建如图 5-9-1 所示的仿真电路，实验参数：两只白炽灯泡均为 15W/220V；电容 $C = 1μF/220V$；U_A、U_B、U_C 为对称三相电源，相电压为 127V。

（2）启动仿真分析，激活电路，观察两只灯泡的明亮状态，判断三相交流电源的相序，将结果记入表 5-9-1 中。

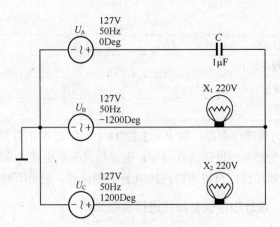

图 5-9-1　相序指示器仿真电路图

表 5-9-1　　　　　　　　　　　相序指示器测相序

2.2μF 电容器一只（设为 A 相）	观察灯泡亮度	判断 B 相、C 相
白炽灯 X_1		
白炽灯 X_2		

2．三相负载星形连接

（1）在 Multisim8 环境中创建如图 5-9-2 所示的仿真电路图。实验参数：三相负载的白炽

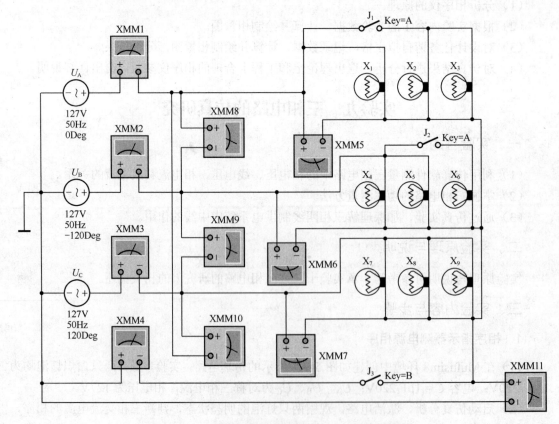

图 5-9-2　三相负载星形联接的电压、电流测量电路图

灯泡均为 15W/220V，额定 220V；三相对称电压源 U_A、U_B、U_C 的线电压为 127V。

（2）启动仿真分析，激活电路。闭合开关 J_1~J_3，形成三相对称 Y 有中线连接。分别测量三相负载的线电压、相电压、线电流、中线电流、电源与负载中点的电压，将数据记入表 5-9-2 中。

（3）断开开关 J_3，其余开关闭合，形成对称三相负载 Y 无中线连接。分别测量三相负载的线电压、相电压、线电流、电源与负载中性点的电压，将数据记入表 5-8-2 中。

（4）断开开关 J_1、J_2，闭合开关 J_3，形成不对称三相负载 Y 有中线连接。分别测量三相负载的线电压、相电压、线电流、中线电流、电源与负载中性点的电压，将数据记入表 5-9-2 中。

（5）闭合开关 J_1~J_3，形成不对称三相负载 Y 无中线连接。分别测量三相负载的线电压、相电压、线电流、电源与负载中性点的电压，将数据记入表 5-9-2 中。

表 5-9-2　　　　　　　　　　　　　　　三相负载星形联接的电压电流

负载情况	开灯盏数			线电流（A）			线电压（V）			相电压（V）			中线电流（A）	中点电压（V）
	A	B	C	I_A	I_B	I_C	U_{AB}	U_{BC}	U_{CA}	U_A	U_B	U_C	I_o	$U_{NN'}$
对称 Y 有中线	3	3	3											
对称 Y 无中线	3	3	3											
不对称 Y 有中线	1	2	3											
不对称 Y 无中线	1	2	3											

（6）对于上述 4 种三相负载连接情况，分别用三瓦计法和二瓦计法测三相负载的有功功率，功率表接线如图 5-9-3 所示。将测量数据记入表 5-9-3 中。

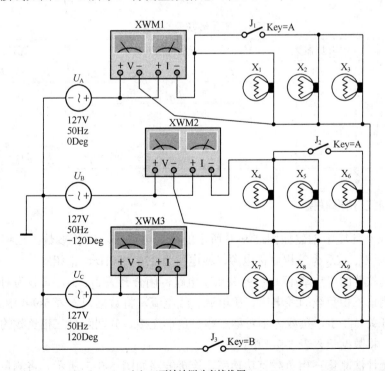

（a）三瓦计法测功率接线图

图 5-9-3　三相星形负载的有功功率测量

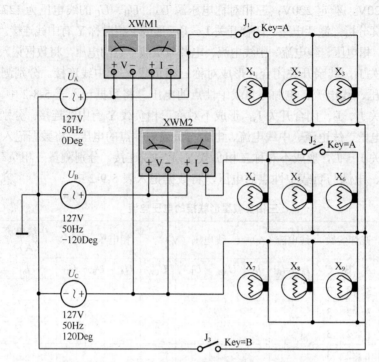

（b）二瓦计法测功率接线图

图 5-9-3 三相星形负载的有功功率测量（续）

表 5-9-3 三相负载星形联接的功率

负载情况	开灯盏数			三瓦计法（W）				二瓦计法（W）		
	A	B	C	P_A	P_B	P_C	$\sum P$	P_1	P_2	$\sum P$
对称 Y 有中线	3	3	3							
对称 Y 无中线	3	3	3							
不对称 Y 有中线	1	2	3							
不对称 Y 无中线	1	2	3							

3．三相负载三角形联接

在 Multisim8 环境中创建如图 5-9-4 所示的仿真电路图。实验参数：三相负载灯泡为 15W/220V，U_A、U_B、U_C 为三相对称电源，线电压为 220V/50Hz，正相序。

（1）按仿真软件的"启动/停止"开关启动电路，闭合开关 J_1、J_2，负载为对称三相三角形连接。分别测量三相负载的线电压、相电流、线电流，将数据记入表 5-9-4 中。

（2）断开开关 J_1、J_2，负载为不对称三相三角形连接。分别测量三相负载的线电压、相电流、线电流，将数据记入表 5-9-4 中。

（3）用二瓦计法测量三相负载有功功率，连接线路如图 5-9-5 所示。将测量数据记入表 5-9-4 中。

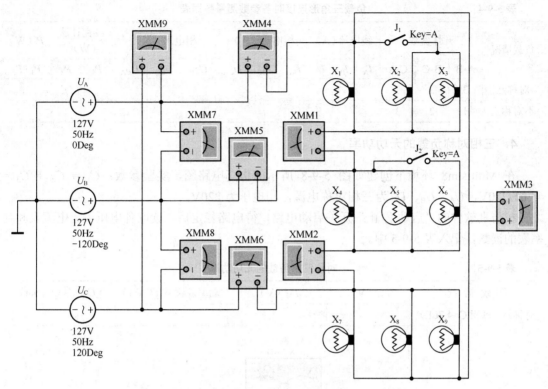

图 5-9-4 负载三角形连接实验图

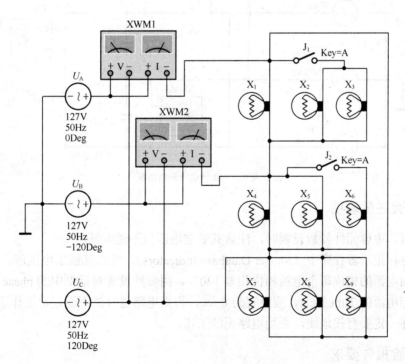

图 5-9-5 二瓦计法测功率实验图

表 5-9-4　　　　　　　　　　　负载三角形连接时各参数测量数据表

负载情况	开灯盏数			线电流（A）			相电流（A）			相电压（V）			二瓦计法（W）		P（W）
	A-B	B-C	C-A	I_A	I_B	I_C	I_{AB}	I_{BC}	U_{CA}	U_{AB}	U_{BC}	U_{CA}	P_1	P_2	P_1+P_2
对称△	3	3	3												
不对称△	1	2	3												

4．三相对称负载的无功功率

在 Multisim8 环境下创建如图 5-9-8 所示的仿真电路图，实验参数：$C_1 = C_2 = C_3 = 4.7μF/220V$，$U_A$、$U_B$、$U_C$ 为三相对称电源，相电压为 220V。

按仿真软件的"启动/停止"开关启动电路，待电路稳定后，读取各电压表、电流表和功率表的读数，记入表 5-9-5 中。

表 5-9-5　　　　　　　　　　　对称三相负载的无功功率

负 载 情 况	$U_相$（V）	$I_相$（V）	功率表读数 Q（Var）	$\sum Q = \sqrt{3}\,Q$（Var）
对称△（每相 C=4.7μF）				

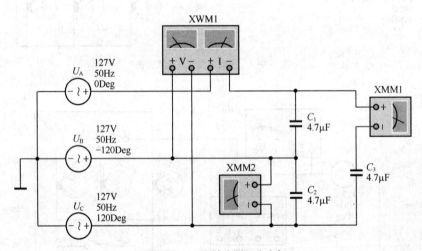

图 5-9-6　一瓦计法测无功功率

四、实验注意事项

（1）电阻、电容元件参数设置时，注意其额定电压值不能太低。

（2）灯泡在指示器件库中（Master Database/Indicators），注意其额定电压值。

（3）三相电源的相位每个电源相位相差 120°，用参数设置对话框中的 phase 进行设置。

（4）三相电源的 Time Delay 应设置为 0 sec，否则电路延时就不能正常工作了。

（5）电路一定要有接地线，否则电路无法工作。

五、实验报告要求

（1）由实验内容 2 的测量数据，验证星形连接负载线电压和相电压的关系。

（2）由实验内容 3 的测量数据，验证三角形连接负载线电流和相电流的关系。

（3）根据实验内容 2、3、4 中的功率测量数据，分析和总结测量三相电路功率的方法和结果。

实验十　非正弦周期电流电路的仿真研究

一、实验目的

（1）利用仿真软件分析非正弦交流电路。

（2）用示波器观察非正弦电路中电感及电容对电流波形的影响。

（3）加深对非正弦有效值关系式及功率公式的理解。

（4）加深理解谐振的概念，学习通过谐振的方法来达到滤波的目的。

二、实验原理与说明

一切满足狄里赫里条件的非正弦周期函数都可以分解成傅里叶级数。电工技术中的非正弦周期信号都满足这个条件。

一个二端网络在非正弦周期电源的作用下，端口电压 $u(t)$ 和电流 $i(t)$ 为非正弦周期信号，可分解成下列傅里叶级数：

$$u(t) = U_0 + \sum_{k=1}^{\infty} U_{km} \cos(\omega_k t + \varphi_{uk}) \tag{5-10-1}$$

$$i(t) = I_0 + \sum_{k=1}^{\infty} I_{km} \cos(\omega_k t + \varphi_{ik}) \tag{5-10-2}$$

对于任何周期性的电压或电流，无论是正弦的还是非正弦的，有效值是在一个周期内的均方根值。因此，非正弦周期电压 $u(t)$ 和电流 $i(t)$ 的有效值分别为

$$U = \frac{1}{T} \int_0^T u^2(t) \mathrm{d}t = \sqrt{U_0^2 + \frac{1}{2} \sum_{i=1}^{\infty} U_{km}^2} \tag{5-10-3}$$

$$I = \frac{1}{T} \int_0^T i^2(t) \mathrm{d}t = \sqrt{I_0^2 + \frac{1}{2} \sum_{i=1}^{\infty} I_{km}^2} \tag{5-10-4}$$

设 $u(t)$ 和电流 $i(t)$ 的参考方向关联，则该二端网络吸收的平均功率 P 为

$$P = \frac{1}{T} \int_0^T u(t) i(t) \mathrm{d}t \tag{5-10-5}$$

将式（5-10-1）和式（5-10-2）代入式（5-10-5），再利用三角函数的正交性，可以求出平均功率为

$$P = U_0 I_0 + \sum_{k=1}^{\infty} U_k I_k \cos \varphi_k \tag{5-10-6}$$

式中，U_k、I_k 分别是第 k 次电压谐波和电流谐波的有效值，φ_k 为第 k 次电压谐波与第 k 次电流谐波的相位差，即 $U_k = \dfrac{U_{km}}{\sqrt{2}}$，$I_k = \dfrac{I_{km}}{\sqrt{2}}$，$\varphi_k = \varphi_{uk} - \varphi_{ik}$。

式（5-10-6）说明，非正弦周期信号的功率是直流分量的功率与各次谐波功率之和。这

是由于三角函数的正交性决定的，这和利用叠加定理计算直流电路时功率是不能叠加的这一点并不矛盾。

电路的视在功率定义为

$$S = UI$$

电路的功率因数

$$\cos\varphi = \frac{P}{S} = \frac{P}{UI}$$

对于非正弦电路而言，功率因数中的 φ 已经不是一个具体相位差了，$\cos\varphi$ 是电路的总有功功率与总视在功率之比。

由于非正弦周期信号可以分解成诸次谐波之和（包括直流分量），线性电路在非正弦周期信号激励下的稳态响应可以用叠加定理求解。首先将非正弦周期信号用傅里叶级数分解，然后求出不同频率分量单独作用时的稳态响应，最后将各次谐波作用的结果叠加。对于每一种频率分量单独作用时的计算，和正弦稳态响应的计算方法基本相同。值得注意的是，各次谐波作用的结果最后进行叠加时，由于频率各不相同，所以，不能用相量相加，只能用瞬时值相加。

感抗和容抗对各次谐波分量的反应不同，感抗与信号的频率成正比，容抗与信号的频率成反比。工程上利用电感 L 和电容 C 彼此相反而又互补的频率特性，设计具有一定滤波功能的"单元电路"，然后再用搭积木方式（如并联、级联），连接成各种各样的无源滤波器网络。图 5-10-1 所示为简单的低通滤波电路，利用了电感对高频分量的抑制作用，电容对高频信号的分流作用，使得输出端的高频分量被大大削弱，低频分量则顺利通过。图 5-10-2 所示为一个简单的高通滤波器，其中电容 C 对低频分量有抑制作用，电感 L 对低频分量有分流作用。图 5-10-3 所示为 LC 串并联谐振电路构成的带通滤波器，它利用谐振电路的频率特性，只允许谐振频率邻域内的信号通过。图 5-10-4 所示电路为带阻滤波器，它阻止谐振频率邻域内的信号通过。

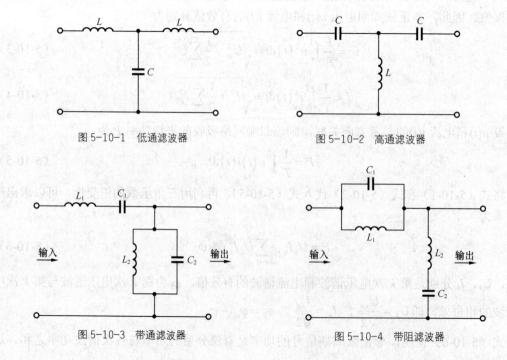

图 5-10-1　低通滤波器　　　　　　　　　　图 5-10-2　高通滤波器

图 5-10-3　带通滤波器　　　　　　　　　　图 5-10-4　带阻滤波器

三、实验内容与步骤

1. 非正弦电路的有效值和平均功率

在 Multisim8 环境下创建如图 5-10-5 所示的实验电路，实验参数：$R = 1\text{k}\Omega$，$C = 1\mu\text{F}$，正弦电压源 $V_1 = 110\text{V}/50\text{Hz}/0\ \text{Deg}$，$V_3 = 50\text{V}/150\text{Hz}/0\ \text{Deg}$，数字万用表设为交流电压表。

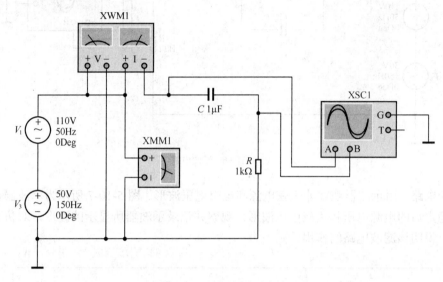

图 5-10-5　非正弦交流电路

（1）按仿真软件的"启动/停止"开关，启动仿真分析，待电路稳定后，用电压表和功率表分别测量电路端电压 U 及功率 P，将数据记入表 5-10-1 中。用示波器观察并记录两个电压源叠加的波形和电阻 R 两端的电压波形（即电流波形）。

（2）把基波电压源 V_1 的电压设为 0，即三次谐波电压 V_3 单独作用，用电压表和功率表分别测量电压功率的三次谐波分量 U_3 和 P_3，将数据记入表 5-10-1 中。

（3）三次谐波电压源 V_3 设为 0V，即基波 V_1 单独作用。用电压表和功率表分别测量电压和功率的基波分量 U_1 和 P_1，记入表 5-10-1 中。

（4）将图 5-10-5 所示电路中的电容 C 换成 $L = 1\text{H}$ 的电感，按仿真软件的"启动/停止"开关，启动仿真分析，用示波器观察并记录两个电压源叠加的波形和电阻 R 两端的电压波形（即电流波形）。

表 5-10-1　　　　　　　　　　　　　　非正弦电路参数的测量

电 压 源	功率（W）	电压（V）
基波 V_1 和三次谐波 V_3	$P =$	$U =$
基波 V_1	$P_1 =$	$U_1 =$
三次谐波 V_3	$P_3 =$	$U_3 =$

2. 滤波器的仿真分析与设计

（1）滤波电路的分析。

图 5-10-6 所示为一滤波电路，交流电压源 V_1 = 110V/50Hz/0 Deg，V_2 = 30V/150Hz/0 Deg，L_1 = 101.3mH，L_2 = 101.3mH，C = 100μF，R = 1kΩ。V_1 和 V_3 构成非正弦交流电源。

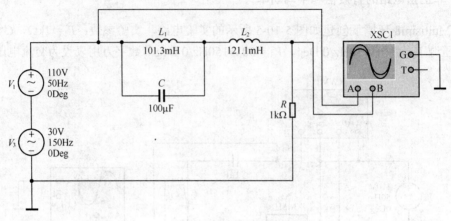

图 5-10-6　滤波电路

启动电路，用示波器观察非正弦电源和电阻电压波形。图 5-10-7 所示为示波器显示的电路响应稳定后的电源电压和负载电压波形，观察并记录示波器所显示的波形，对仿真结果进行分析，说明该滤波电路的作用。

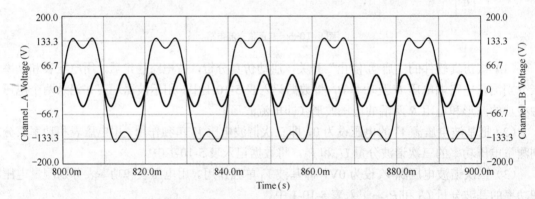

图 5-10-7　示波器显示的滤波电路输入和输出波形

（2）如图 5-10-8 所示的滤波电路，电源含有基波和四次谐波电压分量，V_1 = 110V/160Hz，V_2 = 30V/640Hz，C = 10μF。要求滤波电路将基波分量阻隔而四次谐波分量能全部到达负载，合理设计电感 L_1 和 L_2 的参数，进行仿真分析，绘出滤波电路电源电压和电阻电压的波形。

（3）如图 5-10-8 电路，若要使基波分量能全部到达负载，但负载中不能有 4 次分量。设计滤波器元件 L_1、L_2、C 的参数，并进行仿真分析，绘出滤波电路电源电压和电阻电压的波形。

（4）如图 5-10-4 所示滤波电路，输入信号中含有基波、三次谐波、五次谐波和七次谐波分量。要求在输出信号中不含三次谐波和七次谐波分量。合理设计元件参数，并进行仿真分析，绘出滤波电路输入电压和输出电压的波形。

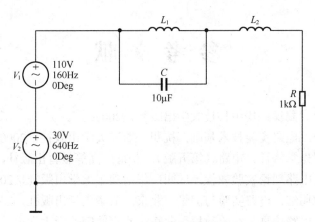

图 5-10-8　滤波电路参数设计

四、实验报告要求

（1）完成实验内容 1 的电压波形绘制及验证任务。

（2）根据实验内容 2 步骤（1）的要求，绘制电源电压和负载电压波形，说明电路的滤波作用及工作原理。

（3）根据实验内容 2 步骤（2）、（3）、（4）的要求，完成滤波器元件参数设计，绘出滤波后的波形。

（4）总结采用无源滤波方法的特点。

参 考 文 献

[1] 汪建. 电路实验. 武汉：华中科技大学出版社，2003.

[2] 钱克猷，江维澄. 电路实验技术基础. 杭州：浙江大学出版社，2000.

[3] 邱关源原著，罗先觉修订. 电路（第五版）. 北京：高等教育出版社，2006.

[4] 刘宏，黄筱霞. 电路理论实验教程. 广州：华南理工大学出版社，2007.

[5] 徐云，奎丽荣，周红. 电路实验与测量. 北京：清华大学出版社，2007.

[6] 田健仲，朱虹. 电路仿真与实验教程. 北京：北京航空航天大学出版社，2007.

[7] 段玉生，王艳丹，何丽静. 电工电子技术与 EDA 基础（上）. 北京：清华大学出版社，
2004.

[8] 陈晓平，温军玲，电路实验与仿真设计教程. 南京：东南大学出版社，2005.

[9] 杨育霞，章玉政，胡玉霞. 电路实验——操作与仿真. 郑州：郑州大学出版社，2003.

[10] 路而红. 虚拟电子实验室——Multisim 7 & Ultiboard 7. 北京：人民邮电出版社，2005.

[11] 从宏寿，程卫群，李绍铭. Multisim 8 仿真应用实例开发. 北京：清华大学出版社，2007.

[12] DF1641C 函数信号发生器使用说明书.

[13] GDM-8135 数字式万用表使用手册. 固纬电子实业股价有限公司.

[14] GOS-6021/6020 示波器使用手册. 固纬电子实业股价有限公司.

[15] DF2170A 交流毫伏表使用说明书.